The Chronicles of Amber
—— 앰버 연대기 ——
❷

아발론의
총

앰버 연대기 2
아발론의 총

지은이 로저 젤라즈니
옮긴이 최용준
펴낸날 2010년 7월 9일 · 1판 1쇄
펴낸곳 도서출판 사람과책
펴낸이 이보환
기획편집 이장휘, 허지혜, 곽준호, 황민희
마케팅 이원섭, 이봉림, 신현정
등록 1994년 4월 20일(제16-878호)
주소 서울시 강남구 역삼1동 605-10 세계빌딩 5층
전화 02-556-1612~4
팩스 02-556-6842
전자우편 man4book@gmail.com
홈페이지 http://www.mannbook.com

ⓒ 도서출판 사람과책 2010
Printed in Korea

ISBN 978-89-8117-122-3 04840
　　　978-89-8117-120-9 (세트)
잘못된 책은 바꾸어 드립니다. 책값은 뒤표지에 있습니다.

The Chronicles of Amber
—— 앰버 연대기 ——

②

아발론의
총

로저 젤라즈니 지음

최용준 옮김

사람과책

보브와 필리스 로즈맨에게

I

나는 바닷가에 서서 "안녕, 버터플라이"라고 말했다. 그러자 버터플라이는 천천히 뱃머리를 돌려 깊은 바다로 향했다. 카브라의 등대가 있는 항구로 돌아가는 것이리라. 그 항구가 그림자에서 가깝기 때문이다.

나는 몸을 돌려 가까이 있는 나무들이 이루는 검은 선을 바라보았다. 이제부터 먼 거리를 걸어야만 했다. 나는 걷기 시작했고, 필요할 때마다 조정을 하며 나아갔다. 새벽이 오기 전의 서늘함이 조용한 숲을 휘감았고, 그 때문에 기분이 좋았다.

아직 몸무게가 평소보다 20킬로그램 정도 덜 나갔고, 가끔씩 사물이 이중으로 보였지만 몸 상태는 점차 나아지고 있었다. 나는 미치광이 드워킨의 도움을 받아 앰버의 지하 감옥을 탈출했고, 주정뱅이 조핀의 도움으로 어느 정도 체력을 회복했다. 이제부터 나는 어떤 장소를 찾아내야만 했다. 이제는 더 이상 존재하지 않는 곳을 닮은 장소를. 나는 그곳으로 가는 길을 찾아냈고, 그 길을 따라 걸었다.

잠시 뒤, 속이 빈 나무 앞에 멈춰 섰다. 당연히 그곳에 있어야 할 나무였다. 나는 나무 안에 손을 넣어 은으로 된 내 칼을 꺼내 허리에 찼다. 이것이 앰버 어딘가에 있었다는 사실은 중요하지 않았다. 이제 내 칼은 이곳에 있고, 내가 걷는 숲은 그림자 속에 있기 때문이다.

몇 시간을 계속 걸었다. 보지는 않았지만, 태양은 왼쪽 어깨 너머 어딘가에 걸려 있었다. 잠시 휴식을 취하고 다시 길을 걸었다. 나뭇잎, 바위, 말라 죽은 나무, 살아 있는 나무, 풀, 검은 대지를 볼 수 있어 좋았다. 생명의 온갖 냄새를 맡고, 붕붕, 윙윙, 짹짹거리는 소리를 들을 수 있어 좋았다. 세상에! 눈이란 얼마나 소중한 것인가! 거의 4년 가까이 암흑 속에서 살다가 시력을 되찾은 기쁨은 이루 말로 표현할 수 없을 정도였다. 게다가 이렇게 자유로이 걸을 수 있다니…….

넝마가 된 망토를 아침 바람에 펄럭이며 나는 계속 걸었다. 주름진 얼굴, 마르고 빈약한 몸 탓에 이제는 아마 쉰 살이 넘어 보이리라. 이런 내 모습을 누가 알아볼 수 있단 말인가?

나는 걸으며, 그림자 속을 걸으며 어떤 장소를 향해 나아갔지만, 결국 그곳에 닿지 못했다. 아마 내가 어느 정도 물러진 탓인 듯했다. 일은 다음처럼 전개되었다.

****

나는 길가에서 사내 일곱 명과 마주쳤다. 여섯 명은 온갖 방법으로 도륙 당해 피투성이가 되어 죽어 있었다. 일곱 번째 사내는 나이 든 떡갈나무의 이끼 낀 줄기에 등을 기대고 반쯤 누워 있었다. 사내의 무릎에는 칼이 얹혀 있었고, 오른쪽 옆구리에는 커다란 상처가 나 있었으며, 그곳에서는 아직도 피가 흘러나왔다. 죽어 있는 다른 사내들 몇은 갑옷을 입고 있었지만, 이 사내는 갑옷을 입고 있지 않았다. 회색 눈을 뜨고 있었지만, 생기 없이 흐리멍덩했다. 손마디의 피부는 벗겨져 있었고 호흡은 느렸다. 사내는 숱 많은 눈썹 아래 두 눈으로 시체의 눈알을 파먹는 까마귀들을 지켜보았다. 내 존재를 눈치채지 못한 듯했다.

나는 두건을 올려 쓰고 고개를 숙여 얼굴을 가린 다음 사내에게 가까이 다가갔다.

나는 이 사내를 알고 있었다. 아니면 이 사내와 아주 닮은 사람을. 사내의 칼이 움직이는가 싶더니 다가오는 나를 향해 칼끝이 올라왔다.

"같은 편이야. 물을 마시겠나?"

내 말에 사내는 잠시 망설이다가 고개를 끄덕였다.

"그래."

나는 뚜껑을 열고 물통을 건넸다. 사내는 물을 마시고 기침을 했고, 다시 물을 마셨다.

사내가 물통을 돌려주며 말했다.

"고맙군. 좀 더 독한 음료가 아니라는 게 아쉬울 뿐이야. 이 빌어먹을 놈의 상처라니!"

"그것도 있어. 만약 마셔도 괜찮을 거 같으면 마셔도 돼."

사내는 손을 내밀었고, 나는 마개를 뽑고 휴대용 술병을 건넸다. 사내는 조핀이 즐기던 술을 한 모금 마시고 20초 넘게 기침을 해 댔다.

이윽고 사내는 왼쪽 입가에 웃음을 머금으며 가볍게 윙크를 했다.

사내가 말했다.

"훨씬 낫군. 내 옆구리에 이걸 한 방울 떨어뜨려도 괜찮겠나? 좋은 위스키를 낭비하기는 정말 싫지만……."

"필요하다면 몽땅 다 써도 돼. 그런데 지금 보니 손이 떨리잖아? 내가 대신 부어 주는 게 나을 것 같군."

사내는 고개를 끄덕였다. 나는 사내의 가죽 재킷을 열고 상처가 보일 때까지 단검으로 셔츠를 잘라 냈다. 상처는 깊고 심각해 보였는데, 앞에서 시작돼 뒤쪽의 엉덩이 몇 센티미터 윗부분까지 길게 지나갔다. 두 팔과 가슴, 어깨에도 비교적 가볍게 베인 상처들이 나 있었다.

큰 상처에서는 계속해 피가 배어 나왔다. 나는 손수건으로 피를 조금 빨아 낸 다음 깨끗하게 닦았다.

내가 말했다.

"좋아. 이를 악물고 고개를 돌려."

나는 위스키를 부었다.

사내가 움찔하면서 크게 경련을 일으키더니, 이윽고 몸을 떨며 진정했다. 하지만 사내는 비명을 지르지 않았다. 나 역시 사내가 비명을 지르지 않을 거라고 생각했다. 나는 손수건을 접어 상처 위에 갖다 댄 다음, 망토 아래 자락에서 길게 찢어 낸 천으로 묶어 고정했다.

"한 모금 더 마시겠어?

내가 물었다.

"물을 줘. 그리고 아무래도 잠을 자야 할 거 같아."

사내는 물을 마시더니, 이윽고 고개를 숙였고, 턱이 가슴에 닿았다. 사내는 잤고, 나는 죽은 사내들의 망토를 가져와 사내에게 베개를 만들어 주고 덮어 줬다.

그런 뒤 나는 사내 옆에 앉아 예쁜 검정 새들을 지켜보았다.

사내는 나를 알아보지 못했다. 하지만, 지금의 나를 알아볼 수 있는 자가 어디 있단 말인가? 만약 내 정체를 밝혔다면 사내는 나를 알아보았을 수도 있다. 사실, 상처 입은 이 사내와 나는 한 번도 만난 적이 없다고 해야 할 터이다. 하지만 특수한 의미로 본다면, 우리는 서로 아는 사이였다.

나는 어떤 곳을, 아주 특별한 곳을 찾기 위해 그림자를 걷고 있었다. 그곳은 멸망했지만, 내게는 그곳을 다시 창조할 힘이 있었다. 앰버는 무한한 그림자를 던지기 때문이다. 앰버의 자손은 그 그림자들 사이를 걸을 수 있고, 나는 앰버의 혈통이다. 원한다면 평행 세계라고 불러도 좋고, 대체 우주라고 해도 좋으며, 정신 착란의 산물이라고 해도 상관 않겠다. 나는 그것들을 '그림자'라고 부르며, 그 사이를 걸을 능력이 있는 사람들 모두가 그렇게 부른다. 우리는 하나의 가능성을 선택하고, 그 가능성에 도달할 때까지 걷는다. 즉, 어떤 의미에서 보자면, 우리는 그것을 창조하는 셈이다. 정확한 표현은 아니지만 우선은 그냥 그렇다고 하자.

나는 바다를 건넜고, 아발론을 향해 걷기 시작했던 것이다.

몇 세기 전, 나는 그곳, 아발론에서 살았다. 그것은 길고, 복잡하고, 자랑스러우면서 또한 가슴 아픈 이야기다. 만약 지금 하는 이야기를 대부분 끝마칠 때까지 내가 살아남을 수 있다면, 그 이야기도 하게 되리라.

상처 입은 기사와 죽은 여섯 명의 사내와 마주쳤을 때 나는 나만의 아발론으로 가는 중이었다. 만약 계속 갔다면 나는 여섯 명의 사내는 죽어 누워 있고 기사는 상처 입지 않고 서 있는 장소에 도착했을 수도 있다. 아니면 기사는 죽어 누워 있고 여섯 명의 사내들이 껄껄거리며 웃는 장소에 도착했을 수도 있다. 그런 건 아무래도 상관없다고 말하는 사람도 있으리라. 이 모든 일들은 일어날 가능성이 있고, 따라서 그림자 어딘가에 존재하기 때문이다.

그곳을 지나가던 이가 내 형제자매였다면(제라드와 베네딕트는 예외로 친다면), 아마 눈길조차 주지 않고 그냥 지나쳤을 것이다. 하지만 나는 마음이 좀 물러져 있었다. 예전에는 그렇지 않았지만 그림자 지구에서 오랜 세월을 보내는 사이 마음이 약간 부드러워졌고, 앰버의 지하 감옥에 갇혀 있는 동안 인간의 고통이 어떤 것인지 어느 정도 깨닫게 된 모양이다. 잘 모르겠다. 한때 친구였던 이와 아주 닮은 사람이 상처 입고 고통스러워하는 모습을 그냥 보고 지나칠 수 없었다고밖에 달리 뭐라 설명할 길이 없다. 만약 이 남자의 귀에 대고 내 이름을 말했다면, 사내는 욕을 하며 슬픈 신세타령을 해 댈 게 불을 보듯 뻔했다.

그래, 좋다. 그 정도는 대가로 치르리라. 사내가 다시 한 번 일어나도록 도와주고, 나는 이곳을 떠나리라. 내게는 아무 해 되는 일이 아니면서 상대에게는 어느 정도 좋은 일이니까.

나는 가만히 앉아 사내를 지켜보았고, 몇 시간 뒤, 사내가 깨어났다.

"어이, 한 모금 더 마시겠어?"

물통 뚜껑을 열며 내가 말했다.

"고마워."

사내가 손을 내밀었다.

나는 사내가 물을 마시는 모습을 바라보았다. 사내가 물통을 돌려주며 말했다.

"내 소개를 하지 않았군. 실례를 범했……."

"난 자네가 누군지 알아. 난 코리야."

사내는 마치 '어디의 코리?'라고 물을 듯한 표정을 지었지만 곧 마음을 바꾸어 먹고 그냥 고개를 끄덕였다.

"알겠어, 코리 경. 고맙다는 말을 하고 싶군."

사내는 내 신분을 낮춰 보았다.

"자네가 아까보다 한결 나아졌다는 사실만으로도 고맙다는 표시는 충분해. 뭔가 먹겠어?"

"고맙게 먹겠어."

"육포랑 신선하다고 할 수는 없는 빵이 좀 있어. 그리고 치즈가 큰 덩어리로 하나 있고. 원하는 만큼 먹으라고."

나는 음식을 사내에게 건넸고, 사내는 음식을 먹었다.

사내가 물었다.

"자네는 안 먹는 건가, 코리 경?"

"난 벌써 먹었어. 자네가 잠든 사이에 말이야."

나는 의미심장한 표정으로 주위를 둘러보았다. 사내가 빙그레 웃었다.

"…… 그런데 자네 혼자 이 여섯 명을 처치한 거야?"

내 질문에 사내는 고개를 끄덕였다.

"훌륭한 솜씨군. 이제 자네를 어쩌면 되는 거지?"

사내는 내 얼굴을 보려 하였으나 실패했다.

"무슨 말인지 모르겠군."

"어디로 가고 있었지?"

"북쪽으로 5리그* 정도 떨어진 곳에 친구들이 있어. 그곳으로 가고 있는데 일이 벌어진 거야. 어떤 사람도, 아니 악마라 할지라도 나를 업고선 1리그도 갈 수 없을 거야. 내가 일어설 수 있으면 좋으련만. 코리 경, 내 덩치가 얼마나 큰지 봤으니 알겠지."

나는 일어나 칼을 뽑아 직경 5센티미터 정도 되는 묘목을 단칼에 베었다. 그러고는 껍질을 벗겨 내고 적당한 길이로 잘라 냈다.

나는 다시 한 번 같은 행동을 한 다음, 죽은 사내들의 허리띠와 망토로 대충 들것을 만들었다.

사내는 가만히 지켜보다가 내가 일을 마치자 자기 의견을 말했다.

"무시무시한 칼을 휘두르는군. 코리 경. 그리고 그 칼은 은으로 만들어진 것 같은……."

"잠시 여행할 수 있겠어?"

내가 물었다. 5리그면 대략 25킬로미터쯤 된다.

"죽은 자들은 어쩔 생각이지?"

사내가 물었다.

"제대로 된 기독교식 장례라도 치러 주고 싶은 건가? 내버려 둬. 자연이 알아서 해결해 줄 테니까. 벌써 악취가 코를 찌르는군."

"적어도 흙이라도 덮어 줬으면 좋겠어. 멋진 상대였거든."

나는 한숨을 쉬었다.

"알았어. 그렇게 해야만 자네가 밤잠을 편안히 잘 수 있다면 어쩔 수 없지. 삽 같은 건 없으니까 돌무덤을 쌓겠어. 하지만 한곳에 다 묻을 거야."

"그 정도면 돼."

---

* 거리를 재는 단위로 1리그는 약 5킬로미터.

사내가 말했다.

나는 여섯 구의 시체를 나란히 뉘었다. 사내가 뭔가 중얼거리는 소리가 들렸다. 죽은 자들을 위한 기도인 듯했다.

나는 시체 주위를 돌로 빙 둘렀다. 주변에 돌이 충분했기에 나는 일을 빨리 끝낼 생각으로 그중 큰 돌들을 골라 작업을 했다.

실수였다. 그 가운데 하나는 무게가 200킬로그램쯤 됐는데, 나는 그것을 굴리는 대신 번쩍 들어 올려 적당한 곳에 갖다 놓은 것이다.

사내가 있는 쪽에서 날카롭게 숨을 들이켜는 소리가 들렸고, 나는 사내가 이 모습을 보았다는 사실을 깨달았다.

내가 욕설을 내뱉었다.

"젠장, 이걸 드느라 몸이 찢어질 뻔했어!"

나는 그다음부터는 작은 돌들을 골랐다.

돌무덤을 완성한 뒤 내가 말했다.

"자, 이제 움직일 준비가 된 건가?"

"그래."

나는 사내를 일으켜 들것에 뉘었다. 그러는 동안 사내는 이를 악물고 있었다.

내가 물었다.

"어디로 가지?"

사내가 손짓을 했다.

"저 오솔길을 되돌아간 뒤 왼쪽으로 돌아 길을 쭉 따라 가다 보면 길이 갈라질 거야. 그러면 오른쪽 길로 가면 돼. 그런데 자네는 어째서……?"

나는 아기를 요람째 안아 올리는 것처럼 두 팔로 들것을 들어 올렸다. 이윽고 나는 사내를 안고 오솔길을 되돌아가기 시작했다.

"코리?"

"왜?"

"자네는 내가 본 가운데 가장 힘센 사람에 들어가. 그리고 왠지 자네를 아는 것 같아."

나는 사내의 말에 곧바로 대답하지 않았다.

이윽고 내가 말했다.

"나는 늘 건강히 지내려 애쓰는 편이지. 청결한 생활이 어쩌고 하는 거 있잖아."

"…… 그리고 당신 목소리도 귀에 익어."

사내는 여전히 고개를 들어 내 얼굴을 보려 했다. 나는 서둘러 화제를 바꾸기로 마음먹었다.

"지금 가는 곳에 있는 자네 친구들이 누구지?"

"우리는 가넬론의 성으로 가고 있어."

"그 생양아치!"

나는 하마터면 사내를 떨어뜨릴 뻔했다.

"그 말이 무슨 뜻인지는 모르겠지만, 자네 말투로 보아 아무래도 욕인 듯하군. 만약 그렇다면 나는 내 친구의 명예를 지켜야만……."

"잠깐, 우리는 동명이인에 대해 이야기하는 것 같은걸. 미안하군."

사내가 몸에서 긴장을 푸는 것이 들것을 통해 느껴졌다.

사내가 말했다.

"틀림없이 그럴 거야."

나는 사내를 안고 오솔길까지 간 뒤 왼쪽으로 돌았다.

사내가 다시 잠에 빠져들자, 나는 걸음을 빨리했으며, 사내가 말한 갈림길에 들어선 뒤에는 사내를 안은 채 전속력으로 달렸다. 사내를 죽이려 했고 거의 성공할 뻔했던 여섯 명이 마음에 걸리기 시작했던 것이다. 이 주변에서 그들의 친구들이 우리를 찾아다니고 있지 않기를 바랄 뿐이었다.

사내의 숨소리가 바뀌자 나는 걸음을 늦췄다.

"그만 깜박 잠들었어."

"…… 그리고 코까지 골더군."

"나를 안은 채 얼마나 멀리 온 거지?"

"대략 2리그 정도 온 거 같아."

"그런데 안 지쳤단 말이야?"

"약간은 지쳤어. 하지만 쉬어야 할 정도는 아니야."

"맙소사! 자네가 적이 아니라서 정말 다행이군. 자네 혹시 악마 아닌 가?"

"실은, 맞아. 유황 냄새가 나지 않아? 그리고 오른쪽 발굽이 아파 죽겠 어."

사내는 진짜로 몇 번 코를 킁킁거린 뒤에야 내 말이 농담인 걸 알아차리 고 킬킬거렸다. 그래서 나는 기분이 조금 상했다.

솔직히 말하자면, 내 계산에 따르면 우리는 4리그 이상 와 있었다. 나는 사내가 다시 잠들어 거리 따위는 신경 쓰지 않게 되기를 바라고 있었다. 팔 이 아파 오기 시작했다.

"자네가 죽인 여섯 명은 누구지?"

"원의 감시자들이야. 그리고 이제는 더 이상 인간이 아니지. 영혼을 빼앗 겼거든. 그러니 코리 경, 그자들의 영혼에 평온이 깃들기를 빌어 주게."

내가 물었다.

"원의 감시자? 무슨 원?"

"검은 원, 사악함과 흉측한 짐승들이 있는 곳이지……."

사내는 깊게 숨을 들이켜고 계속 말했다.

"이 땅을 뒤덮고 있는 병의 근원이야."

"별로 병들어 있는 거 같지 않은데?"

"우리는 그곳에서 멀리 떨어져 있어. 가넬론의 왕국은 아직 강하기 때문 에 침략자들이 들어오지 못했어. 하지만 원은 넓어지고 있어. 이곳에서 마 지막 전투가 일어나리라는 느낌이 들어."

"자네 이야기를 들으니 호기심이 이는군."

"코리 경, 만약 모르고 있었다면 계속 모르는 채 원의 가장자리를 돌아 그냥 가던 길을 가는 게 좋아. 자네와 한편이 되어 싸우고 싶은 마음은 간절하지만 이건 자네 싸움이 아니니까. 그리고 결과가 어떻게 될지 누가 알겠어?"

오솔길이 구불거리는 비탈길로 변했다. 이윽고, 나무들 사이로 저 멀리 뭔가가 보였고, 나는 그것과 닮은 장소를 떠올리며 멈춰 섰다.

"왜⋯⋯?"

내가 안고 있던 사내가 고개를 돌리며 물었다. 이윽고 사내가 말했다.

"아, 내가 생각했던 것보다 훨씬 더 빨리 움직였군. 저기가 우리 목적지야. 가넬론의 성이야."

나는 내가 아는 가넬론에 대해 생각했다. 그러고 싶지 않았지만, 어쩔 수 없었다. 가넬론은 배반을 일삼는 자객이었고 몇 세기 전 내가 아발론에서 추방한 자였다. 나는 실제로 그림자 너머의 다른 시간과 장소로 가넬론을 쫓아냈다. 나중에 내 형인 에릭이 내게 그랬던 것처럼 말이다. 나는 이곳이 가넬론의 추방지가 아니길 바랐다. 그럴 가능성은 거의 없었지만, 그래도 가능성이 있었다. 가넬론은 일정한 수명이 있는 평범한 인간이었고, 내가 아발론에서 가넬론을 추방한 지는 600년 정도 되었다. 하지만 이 세계의 시간으로는 고작 몇 년밖에 지나지 않았을 수도 있다. 시간 역시 그림자에 따라 다르게 흘러갔고, 드워킨조차 그것에 대해서는 속속들이 알지 못했다. 아니, 어쩌면 알고 있는지도 모르겠다. 그래서 미쳐 버린 것인지도 몰랐다. 그리고 나는 시간 중에서 가장 견디기 어려운 시간은 감옥에 갇혀 있을 때라는 사실을 알게 되었다. 어쨌든, 지금 우리가 가는 곳에 있는 인물이 옛 적이자 한때 신뢰했던 측근일 리 없다는 느낌이 들었다. 만약 그자라면 이 땅을 휩쓸고 있는 죄악의 물결에 저항할 리 없기 때문이다. 저항은커녕 오히려 흉측한 짐승들과 장단을 맞춰 놀고 있을 게 뻔했다.

마음에 걸리는 건 내가 지금 들고 가는 이 사내였다. 내가 가넬론을 추방했을 당시 이 사내의 분신은 아발론에 살고 있었다. 그렇다면 대략 그 정도 시간밖에 흐르지 않았다는 뜻이 된다.

내가 알고 있는 가넬론을 만나 정체가 밝혀지고 싶은 마음은 없었다. 가넬론은 그림자에 대해 아무것도 몰랐다. 가넬론은 단지 내가 자기를 죽이는 대신 뭔가 사악한 주술을 걸었다고 생각할 터였다. 그리고 주술로 고통받느니 차라리 죽는 쪽이 낫다고 생각할 수도 있었다.

하지만 내가 안고 있는 사내는 휴식과 보호가 필요했고, 그래서 나는 터벅터벅 걸어갔다.

몇 가지 생각에 머리가 복잡해졌다.

어떤 이유로든 현재 이 사내에게 내 정체를 들킬 가능성이 꽤 있었다. 혹시라도 아발론을 닮았으면서 동시에 닮지 않은 이 장소에 내 그림자의 기억들이 남아 있다면, 그것은 어떤 식의 기억들일까? 그리고 그런 기억을 가진 사람들은 내 정체가 드러났을 때 진짜인 나에게 어떻게 반응하게 될까?

해가 저물고 있었다. 서늘한 바람이 불기 시작하며 밤이 되면 추워질 것을 예고했다. 내가 안고 가는 사내가 다시 코를 골기 시작했기에 나는 남은 거리를 대부분 전속력으로 달리기로 마음먹었다. 해가 진 뒤 이 숲은 저주받은 원의 부정한 주민들로 우글거릴 것이라는 불길한 예감이 들었다. 원에 대해서 아는 바는 전혀 없었지만 웬지 그런 것들이 잔뜩 있을 것만 같았다.

그래서 나는 추적, 매복, 감시당한다는 느낌을 떨쳐 버리고 길어져 가는 그림자들 사이를 달렸다. 그러나 어느 정도 시간이 흐르자 더는 무시할 수 없었다. 그 느낌이 거의 전조(前兆)의 수준까지 커졌기 때문이다. 이윽고 등 뒤에서 소리가 들려왔다. 희미하게 팟팟팟거리는 발소리가.

나는 들것을 내려놓고 뒤를 돌아보며 칼을 뽑았다.

고양이 두 마리가 있었다.

무늬는 샴고양이와 똑같았지만, 덩치는 호랑이만 했다. 눈은 햇살처럼 노랬고, 눈동자는 없었다. 내가 몸을 돌렸을 때 놈들은 엉덩이를 땅에 대고 앉는 참이었다. 놈들은 깜박이지 않는 눈으로 나를 노려보았다.

놈들은 서른 걸음 정도 떨어진 거리에 있었다. 나는 놈들과 들것 사이에서 몸을 옆으로 하고 서서 칼을 들어올렸다.

이윽고 왼쪽에 있는 녀석이 입을 열었다. 그것이 가르랑거릴지 포효할지 가늠이 안 갔다. 대신 녀석은 말을 했다.

"쉽사리 죽는 보통 인간이야."

사람의 목소리가 아니었다. 훨씬 날카로웠다.

두 번째 녀석이 말했다. 목소리는 처음 것과 거의 똑같았다.

"하지만 아직 살아 있어."

첫 번째 녀석이 말했다.

"여기서 죽여 버리자."

"도통 맘에 들지 않는 저 칼을 든 자는 어떻게 할까?"

"보통 인간일까?"

내가 부드럽게 말했다.

"궁금하면 와서 직접 확인해 보는 게 어때?"

"저건 말랐어. 그리고 아마 늙은 거 같아."

"하지만 저건 다른 인간을 들고 돌무덤에서 여기까지 왔는걸. 빠르게, 쉬지도 않고 말이야. 옆쪽을 공격하자."

놈들이 움직였을 때 나는 앞으로 뛰쳐나갔다. 오른쪽에 있던 녀석이 내게 달려들었다.

내 칼이 놈의 두개골을 두 동강 내고 어깨까지 가르며 들어갔다. 칼을 잡아 빼며 몸을 돌리는 순간, 다른 한 마리가 내 곁을 스치며 들것을 향해 달려들었다. 나는 급히 칼을 휘둘렀다.

칼이 녀석의 등을 내리쳤고, 몸통이 완전히 갈라졌다. 녀석은 칠판을 분

19

필로 긁어 댈 때처럼 끼익거리는 비명을 질렀고, 두 토막이 된 채 쓰러져 불타기 시작했다. 다른 한 마리 역시 불에 타고 있었다.

하지만 내가 두 동강 낸 녀석은 아직 살아 있었다. 녀석은 내게 머리를 돌렸고, 이글거리는 눈으로 나를 노려보았다.

"나는 영원한 죽음을 맞이하고 있어. 그래서 난 네가 누군지 알 수 있어, 우리를 풀어낸 이여, 왜 우리를 죽이는 건가?"

이윽고 불길이 녀석의 머리를 휩쌌다.

나는 몸을 돌리고 칼을 닦은 뒤 칼집에 넣었고, 들것을 들어 올린 다음, 모든 의문을 무시한 채 계속 길을 갔다.

지금 만난 것이 무엇인지, 그게 무슨 의미인지에 대해 약간의 지식이 내 안에서 생겼다.

아직도 불타는 고양이 머리를 꿈에서 보곤 한다. 그리고 식은땀에 젖어 몸을 떨며 꿈에서 깨면 밤은 한층 어둡게 느껴지고, 정확히 무어라 말할 수 없는 형체들로 가득 차 있는 것처럼 느껴지곤 한다.

****

가넬론의 성은 해자로 둘러싸여 있었고, 도개교는 올라가 있었다. 높은 성벽이 맞닿는 네 귀퉁이에는 탑이 하나씩 서 있었다. 성벽 안에는 그 탑들보다 더 높은 탑들이 우뚝 솟아 낮게 깔린 검은 구름의 배를 간질이고 초저녁 별들을 가리며, 성이 서 있는 높은 언덕에 칠흑 같은 그림자를 드리우고 있었다. 몇몇 탑에는 이미 불이 켜져 있었고, 사람들의 목소리가 어렴풋이 바람에 실려 왔다.

나는 도개교 앞에 섰고, 안고 있던 사내를 내려놓은 뒤, 두 손을 입에 모아 외쳤다.

"어이! 가넬론! 늦은 밤에 길을 잃은 사람 둘이 찾아왔소!"

금속과 돌이 부딪치는 소리가 들렸다. 어딘가 위쪽에서 나를 지켜보는 듯한 느낌이 들었다. 눈을 가늘게 뜨고 위를 올려다보았지만 아직 내 시력은 정상이라 하기에는 무리였다.

"거기 누구요?"

커다랗게 울리는 목소리가 물었다.

"랜스가 부상을 당했고, 나, 카브라의 코리가 랜스를 데려왔소."

사내는 다른 보초병에게 이 정보를 목청껏 외쳤고, 그 내용이 계속 전달되며 더 많은 목소리들이 연이어 들렸다.

잠시 시간이 흐른 뒤, 같은 방식으로 대답이 전달되어 왔다.

이윽고 처음 내게 물었던 보초병이 외쳤다.

"비키시오! 도개교를 내릴 테니. 들어와도 좋소!"

보초병이 말을 하는 동안 삐거덕거리는 소리가 들리기 시작했고, 곧 내가 있는 해자 쪽 땅에 쿵하며 다리가 떨어졌다. 나는 랜스를 들고 다리를 건넜다.

이렇게 해서, 나는 호수의 기사 랜슬럿 경과 함께 내가 형제처럼 신뢰하는, 즉 전혀 신뢰하지 않는 가넬론의 성으로 들어갔다.

****

내 주위로 여럿이 서둘러 다가왔고, 곧 무장병들이 나를 에워쌌다. 하지만 적의는 보이지 않고 단지 걱정하는 눈치였다. 내가 들어온 곳은 자갈이 깔린 커다란 정원이었고, 여기저기 횃불이 불타오르고 침구가 널려 있었다. 땀, 연기, 말, 음식 냄새가 났다. 소규모 군대가 야영 중이었다.

많은 이들이 다가와 나를 바라보며 웅성거렸다. 이윽고 완전무장한 병사 둘이 다가오더니 한 명이 내 어깨에 손을 얹었다.

병사가 말했다.

"이쪽으로."

나는 그 말에 따랐고, 병사들이 양쪽에서 나를 호위했다. 우리가 나아가자 둥그렇게 나를 에워쌌던 사람들이 길을 비켰다. 도개교는 이미 삐거덕거리며 제자리로 돌아가고 있었다. 우리는 검은 돌로 지은 본채를 향해 나아갔다.

안으로 들어간 우리는 긴 복도를 지나 접견실처럼 보이는 곳을 지나쳤다. 층계가 나왔다. 오른쪽에 있던 사내가 층계를 올라가라고 손짓했다. 2층에 오른 우리는 육중한 나무 문 앞에서 멈췄다. 호위병이 문을 두드렸다.

"들어와."

불행히도, 아주 귀에 익은 목소리가 들렸다. 우리는 안으로 들어갔다.

가넬론은 뜰이 내려다보이는 넓은 창가 근처의 육중한 나무 책상 앞에 앉아 있었다. 검은 셔츠에 갈색 가죽 재킷 차림이었고 바지 역시 검은색이었다. 바지 아랫단이 검은 장화의 윗부분을 덮고 있었다. 폭 넓은 허리띠에는 말굽 모양 손잡이가 달린 단검을 차고 있었다. 책상 앞쪽에는 짧은 칼이 놓여 있었다. 머리털과 턱수염은 붉은색이었고, 드문드문 백발이 섞여 있었다. 눈동자는 흑단처럼 까맸다.

가넬론은 나를 바라보더니, 곧 들것을 가지고 들어온 호위병들에게 주의를 돌렸다.

가넬론이 말했다.

"내 침대에 내려놓도록. 로데릭, 랜스를 치료해 줘."

가넬론의 주치의인 로데릭은 별로 해를 끼칠 것 같지 않은 인물이었기에 적이 안심이 되었다. 랜스가 피를 쏟으며 죽는 모습을 볼 생각이었으면 애당초 이렇게 멀리까지 안고 오지도 않았다.

이윽고 가넬론이 다시 내게로 시선을 돌렸다.

가넬론이 물었다.

"어디서 이 친구를 발견했지?"

"남쪽으로 5리그 떨어진 곳이었어."

"자네는 누군가?"

"사람들은 나를 코리라고 부르지."

가넬론은 너무나 꼼꼼히 나를 살펴보았다. 이윽고 벌레처럼 생긴 입술이 콧수염 아래에서 비틀리며 웃음을 지었다.

가넬론이 물었다.

"이 사건에서 자네 역할은 뭐지?"

"무슨 말인지 모르겠군."

나는 어깨를 약간 늘어뜨리고 있었다. 말도 천천히, 조용조용히 했고, 약간 더듬는 시늉까지 했다. 내 턱수염은 가넬론의 턱수염보다 훨씬 길었으며, 먼지 때문에 원래보다 더 회색으로 보일 터였다. 아마 나는 노인처럼 보일 거라고 생각했다. 나를 살펴보는 가넬론의 태도에 그런 기색이 배어 있었다.

"왜 이 친구를 도왔는지 묻는 거야."

"남자끼리는 서로 도와야 한다고 생각했기 때문이야."

"외국인인가?"

나는 고개를 끄덕였다.

"원하는 만큼 이곳에서 머물도록 하게."

"고맙군. 하지만 내일 떠날 생각이야."

"그럼 와인이나 한잔 같이하며 어떤 상황에서 저 친구를 만나게 되었는지 이야기해 주게."

그래서 나는 그렇게 했다.

가넬론은 한 번도 말을 끊지 않으며 끝까지 내 이야기에 귀를 기울였다. 그러는 동안에도 날카로운 시선은 줄곧 나를 향해 있었다. 사람을 꿰뚫을 것만 같은 시선이라는 표현이 진부하다고 생각하던 나였지만, 그날 밤에는 생각이 달랐다. 가넬론의 시선은 문자 그대로 나를 꿰뚫었다. 가넬론이 나에 대해 무엇을 알고 있으며 어떤 추측을 하고 있을지 궁금해졌다.

이윽고 피곤이 몰려오며 내 목덜미를 움켜쥐었다. 고된 노동, 와인, 따뜻한 방, 이 모든 것들이 한꺼번에 작용했으며, 돌연 어딘가 구석에 서서 나 자신이 말하는 목소리를 듣고 또한 내 모습을 바라보는 듯한, 분열된 느낌이 들었다. 짧은 시간 동안 집중해서 힘을 쓸 수는 있었지만 지구력은 여전히 아주 약하다는 걸 깨달았다. 손도 떨렸다.

내가 이렇게 말하는 소리가 들렸다.

"미안하지만…… 오늘 했던 일들이 워낙 힘들어서……."

"당연히 그렇겠지. 내일 아침에 다시 이야기를 하자고. 이제 좀 쉬라고. 폭 자게나."

이윽고 가넬론은 위병을 불러 나를 방으로 안내하라고 했다. 가는 도중 내가 비틀거린 모양이다. 위병이 내 팔꿈치를 잡고 방까지 안내했던 기억이 있기 때문이다.

그날 밤, 나는 죽은 것처럼 잤다. 14시간짜리, 꿈 한 조각 꾸지 않은 잠이었다.

아침이 되자 온몸이 욱신거렸다.

나는 세수를 했다. 높직한 경대 위에는 대야가 놓여 있었고, 그 옆에는 누군가 사려 깊게도 비누와 수건을 놓아두었다. 목에 톱밥이 꽉 들어찬 것만 같았고, 눈에는 보풀이 가득 들어 있는 느낌이었다.

나는 경대 앞에 앉아 나 자신을 평가해 보았다.

랜스를 안고 어제의 그 거리를 단숨에 달려도 멀쩡하던 때가 있었다. 콜버 산을 싸우면서 올라가 앰버의 심장부에 도달했던 때도 있었다.

이제 그 시절은 옛날이 되어 버렸다. 돌연 나는 지금 보이는 내 모습 그대로 폐인이 된 느낌이 들었다.

뭔가 대책을 마련해야 했다.

지금까지는 몸무게와 체력이 천천히 돌아오고 있었다. 뭔가 이 과정을 더 빠르게 할 방법이 필요했다.

한두 주에 걸쳐 청결하게 살고 격렬한 운동을 하면 상당한 효과가 있을 거라는 생각이 들었다. 가넬론이 내 정체를 알아차렸다는 낌새는 보이지 않았다. 좋아. 가넬론이 보여 준 호의를 이용해야지.

그렇게 결심하고, 부엌을 찾아 따뜻한 아침 식사를 양껏 먹었다. 뭐, 실제로는 점심때가 다 된 시간이었지만, 사물을 각자의 적절한 이름으로 부르도록 하자. 담배를 피우고 싶은 강한 욕망이 들었지만, 담배가 없다는 사실에 일종의 비뚤어진 즐거움을 맛보았다. 내가 원래 모습으로 돌아갈 수 있도록 운명의 여신들이 계획을 꾸며 놓은 것만 같았다.

나는 어슬렁거리며 뜰로 갔다. 맑고 상쾌한 날이었다. 그곳에서 야영하는 병사들이 훈련하는 모습을 한참 동안 지켜보았다.

뜰 저쪽에는 궁수들이 모여 짚더미에 붙인 표적을 향해 활을 쏘아 대고 있었다. 나는 손가락 세 개를 써서 활을 쏘는 게 더 편했지만, 이들은 엄지손가락에 깍지 고리를 끼고 동양식으로 시위를 잡았다. 그 때문에 나는 이 그림자가 약간 이상하다는 느낌이 들었다. 검사들은 칼날과 칼끝을 모두 썼으며, 검과 검술도 다양했다. 병사 수를 세어 보니 800명 정도 되었다. 내 눈에 띄지 않는 곳에 병사가 얼마나 더 있을지는 알 수 없었다. 피부, 머리털, 눈 색깔은 아주 옅은 색부터 아주 어두운 색까지 다양했다. 활시위 튕기는 소리와 칼들이 부딪치는 소리 너머로 낯선 억양의 말이 들려오곤 했다. 하지만 대부분은 아발론의 언어를 말하고 있었고, 그것은 앰버의 언어에 속했다.

서서 구경하는 동안 검사 한 명이 손을 들어 올렸고, 검을 내리고는 이마를 닦으며 뒤로 물러섰다. 검사의 상대는 별로 숨차 보이지 않았다. 바로 내가 찾아다니던 훈련 기회였다.

나는 앞으로 나아가 싱긋 웃으며 말했다.

"나는 카브라의 코리라고 하네. 아까부터 지켜보고 있었네."

나는 쉬고 있는 친구를 보며 히죽거리는 까무잡잡하고 덩치가 큰 사내에게 주의를 돌렸다.

"자네 친구가 쉬는 동안 내가 상대해도 괜찮을까?"

내가 물었다.

사내는 계속 히죽거리며 자기 입과 귀를 가리켰다. 나는 몇 가지 다른 언어로 말을 해 보았지만 소용없었다. 그래서 나는 사내가 이해할 때까지 검과 사내와 나를 번갈아 가리켰다. 사내를 상대했던 검사는 내 생각이 맘에 들었는지 자기 검을 내게 건넸다.

나는 두 손으로 검을 쥐었다. 그레이스 원더보다 짧고 무거웠다(그레이스 원더는 내 검 이름이며, 지금까지 이 사실을 말하지 않았다는 것을 알고 있다. 그 검 자체가 하나의 이야기이며, 내가 어떻게 해서 이 최종 단계에 이르게 되었는지 모두 설명하고 나면 그 이야기를 할 수도 있고 안 할 수도 있다. 그러나 내가 만약 그 검의 이름을 다시 말한다면 그때는 내가 무슨 이야기를 하고 있는지 알게 되리라).

나는 시험 삼아 검을 몇 번 휘두르고 망토를 벗어 옆에 던져 놓은 뒤 준비 자세를 취했다.

덩치 큰 사내가 공격해 왔다. 나는 공격을 받아넘기고 반격했다. 상대는 내 칼을 받아넘기며 되찔러 왔다. 나는 그 공격을 막고 거짓 동작을 하여 상대를 현혹하며 다시 공격했다. 대략 그런 식이었다. 5분 뒤, 나는 상대가 상당히 뛰어난 검사라는 사실을 깨달았다. 그리고 내 실력이 더 뛰어나다는 사실도. 상대는 시합을 두 번 멈추고 내가 쓴 기술을 가르쳐 달라고 했다. 상대는 두 번 모두 금방 그 기술을 배웠다. 하지만 15분 뒤, 상대는 더욱 크게 히죽거렸다. 아마 대다수의 사람들이 이즈음에 이자의 엄청난 지구력 앞에 무릎을 꿇었을 거라는 생각이 들었다. 그때까지 이 사내의 공격을 막을 실력이 된다면 말이다. 이 사내의 체력은 정말 대단했다. 20분 뒤, 사내가 당혹한 표정을 지었다. 아무리 보아도 내가 이렇게까지 오래 버틸 것처럼 보이지 않았기 때문이다. 그러나 앰버의 아들에게 무슨 힘이 있는지 진정으로 알고 있는 자가 세상에 어디 있단 말인가?

25분이 지나자, 상대는 땀에 흠뻑 젖었지만 시합을 계속했다. 내 동생인 랜덤은 이따금 천식에 걸린 십대 아이처럼 보이며 그렇게 행동했다. 언젠가 우리는 어느 쪽이 먼저 그만두자고 하는지 보기 위해 26시간 동안 쉬지 않고 펜싱 시합을 한 적이 있다(결과가 궁금하다면, 항복한 건 나였다. 이튿날 데이트 약속이 있었고, 적어도 어느 정도의 체력은 유지한 채 외출하고 싶었기 때문이다). 우리는 계속 시합을 할 수도 있었다. 물론 지금은 그런 시합을 할 수 있는 상태가 아니지만, 적어도 상대보다 내가 오래 견딜 수 있다는 사실은 알았다. 어차피 상대는 그냥 인간일 뿐이었다.

대략 30분 뒤, 사내의 숨이 가빠지고 반격하는 속도가 느려졌다. 나는 이 상태로 몇 분만 더 지나면 내가 적당히 봐주고 있음을 사내가 깨달으리라는 걸 알았다. 그래서 사내의 이전 상대가 그러했던 것처럼 나도 손을 들고 검을 내렸다. 상대도 천천히 동작을 멈추더니 앞으로 달려 나와 나를 꽉 껴안았다. 사내가 뭐라고 말하는지 이해할 수 없었지만, 아마 이 시합이 즐거웠다는 뜻일 거라고 짐작했다. 나 역시 즐거웠다.

끔찍했던 건, 피곤함을 느꼈다는 점이다. 머리가 빙빙 도는 것 같았다.

그러나 나는 연습이 더 필요했다. 오늘은 죽도록 운동을 하고 밤이 되면 음식을 잔뜩 먹고 이튿날이 되면 또 그러겠노라 다짐했다.

그래서 나는 궁수들이 훈련하는 곳으로 갔다. 잠시 뒤, 나는 활을 하나 빌렸고, 손가락 세 개를 쓰는 방식으로 100대쯤 활을 쏘았다. 성적은 나쁘지 않았다. 그다음에는 장창, 방패, 가시 철퇴들을 든 기마병을 잠시 지켜보았다. 그리고 다시 자리를 옮겨 맨손 격투 연습을 하는 이들을 지켜보았다.

마지막으로, 나는 연달아 세 명과 레슬링 시합을 했다. 그러고 나니 피곤해졌다. 완전히. 무척.

나는 땀에 젖어 거친 숨을 몰아쉬며 그늘진 곳의 벤치에 가 앉았고, 랜스, 가넬론, 저녁 식사에 대해 생각했다. 10분 정도 쉰 다음 내 방으로 돌아가 다시 몸을 씻었다.

그 무렵 나는 지독하게 배가 고팠기 때문에 저녁 식사도 하고 정보도 얻기 위해 방을 나섰다.

****

문에서 그리 멀리 가지 않았을 때 어제 저녁에 보았던 호위병 가운데 한 명(나를 방까지 데려다 준 사내였다)이 다가와 말했다.

"주군께서 방에서 함께 식사를 하자고 하십니다. 저녁 식사 종이 울리면 그곳으로 가 주십시오."

나는 호위병에게 그곳에 가겠으며 알려 줘서 고맙다고 한 뒤, 다시 내 방으로 돌아와 시간이 될 때까지 침대에서 쉬었다. 시간이 되자 나는 다시 방을 나섰다.

온몸 깊숙이 여기저기가 쑤시기 시작했고 멍도 몇 군데 더 생겼다. 나는 그 덕에 더 늙어 보일 수 있겠다고 판단했다. 가넬론의 방문을 두드리자 한 소년이 문을 열어 준 뒤 벽난로 옆 식탁에 음식을 차리던 다른 소년에게 서둘러 돌아갔다.

가넬론은 녹색 셔츠와 바지, 녹색 장화와 허리띠 차림이었고, 등받이가 높은 의자에 앉아 있었다. 내가 들어서자 가넬론은 일어나 다가오며 나를 맞이했다.

가넬론이 나와 악수하며 말했다.

"코리 경, 오늘 자네가 한 일에 대한 보고를 받았네. 이제 랜스를 이곳까지 안고 왔다는 자네 말이 더 믿음직해졌어. 자네는 겉모습과 달리 힘이 아주 세구먼. 나쁜 뜻에서 하는 말은 아니니 맘 상하지 말게나."

킥킥거리며 내가 말했다.

"괜찮아."

가넬론은 나를 의자로 안내했고, 화이트 와인을 한 잔 건넸다. 내 입맛에는 조금 달았다.

가넬론이 말했다.

"자네 겉모습만 보면 한 손으로 밀어 넘어뜨릴 수 있을 것 같지만, 랜스를 안고 5리그나 왔고, 도중에 그 괴물 고양이도 두 마리나 죽였지. 그리고 랜스 말로는 돌무덤까지 쌓았다더군. 커다란 바위를 모아서……."

내가 말을 가로챘다.

"오늘 랜스의 상태는 어떻지?"

"랜스가 정말로 휴식을 취하도록 문 앞에 보초를 세워 두어야 했어. 그냥 두면 그 근육 덩어리는 당장이라도 일어나 돌아다니고 싶어 할 테니까 말이야. 하지만 하늘이 무너져도 랜스는 이번 주 내내 방에서 쉬어야 해!"

"그렇다면 상당히 좋아진 모양이로군."

가넬론이 고개를 끄덕였다.

"랜스의 건강을 위해서, 건배."

내 말에 가넬론이 맞장구를 쳤다.

"랜스의 건강을 위해서, 건배"

우리는 와인을 마셨다.

이윽고 가넬론이 말했다.

"자네나 랜스 같은 이들로 된 군대가 있다면 이야기가 완전히 달라졌을 텐데."

"무슨 이야기?"

"원과 그 감시자들에 대한 이야기 말이야. 들은 적 없나?"

"랜스가 잠깐 말했을 뿐이야. 그게 다야."

소년 한 명이 꼬치에 꽂은 커다란 쇠고기 덩어리를 약한 불에 굽고 있었다. 소년은 이따금 꼬치를 돌리며 그 위에 와인을 뿌렸다. 그 냄새가 풍겨 올 때마다 내 뱃속에서는 꼬르륵 소리가 났고, 그 소리에 가넬론은 킥킥거렸다. 다른 소년이 빵을 가지러 부엌에 갔다.

가넬론은 오랫동안 침묵을 지켰다. 가넬론은 와인을 마저 마시고 한 잔 더 따랐다. 나는 아직도 첫 잔을 천천히 홀짝이고 있었다.

마침내 가넬론이 입을 열었다.

"아발론에 대해 들어본 적은 있나?"

내가 대답했다.

"있어. 오래전에 만난 음유시인에게서 이런 노래를 들은 적이 있지. '우리는 축복받은 자들의 강가에 앉아 아발론을 생각하며 울었노라. 우리 손의 칼은 부러지고 방패는 떡갈나무에 걸어 두었으니. 은빛 탑들은 무너져 핏빛 바다에 잠겼구나. 아발론까지 얼마나 남았느뇨? 답할 수 없노라, 내가 말했도다. 은빛 탑들은 무너졌으니.'"

"아발론이 멸망했다고……?"

"미친 사내였을 거야. 아발론이 어딘지는 몰라. 하지만 그 노래가 굉장히 인상적이어서 아직까지 기억하고 있지."

가넬론은 고개를 돌리고 몇 분 동안 아무 말도 하지 않았다. 가넬론이 다시 입을 열었을 때는 목소리가 달라져 있었다.

"옛날 그런 장소가 있었지. 나는 몇 년 전까지 그곳에 살고 있었어. 하지만 그곳이 멸망한 것은 모르고 있었네."

내가 물었다.

"자네는 어떻게 이곳으로 온 거지?"

"나는 앰버의 코윈이라 하는 마술사 왕에 의해 이곳으로 쫓겨난 거야. 그 자는 암흑과 광기를 꿰뚫고 나를 이곳으로 내쳤어. 여기서 고통받고 죽도록 말이야. 실제로 나는 고통을 받았고 죽을 뻔한 적도 여러 번 있었지. 돌아가는 길을 찾아보았지만 그 방법을 아는 이는 아무도 없었어. 마술사들과 이야기를 해 보았고, 생포한 원의 짐승들에게도 죽이기 전에 그 방법을 물어보았어. 하지만 아발론으로 가는 길을 아는 이는 아무도 없었어. 그 음유시인의 말대로, '모르노라'였어."

가넬론은 내 시를 잘못 인용했다.

"그 음유시인의 이름을 기억하고 있나?"

"유감이지만 기억나지 않아."

"자네가 있었다는 카브라는 어디지?"

"동쪽 멀리 바다 너머에 있어. 까마득히 먼 곳에 있는 섬 왕국이야."

"혹시 그곳에서 군대를 모집할 수는 없을까? 나는 상당한 금액을 지불할 능력이 있어."

나는 고개를 저었다.

"민병대만 약간 있는 작은 곳이야. 게다가 그곳에 가려면 바다와 땅 양쪽으로 몇 개월 동안 여행을 해야 해. 그리고 그곳 사람들은 단 한 번도 용병으로 싸워 본 적이 없는 데다가 전쟁을 좋아하지도 않아."

"그럼 자네는 자네 지역 사람들과 아주 다른 존재로군."

나를 다시 한 번 보며 가넬론이 말했다. 나는 와인을 홀짝였다.

"나는 근위대의 무술 사범이었지."

"그러면 내 병사들을 훈련하는 걸 돕는다든지 하면서 여기에서 일해 볼 생각은 없나?"

"몇 주 정도 머물면서 그래 보지."

가넬론은 굳게 다문 입술에 찰나 웃음을 머금으며 끄덕였다.

"그 아름답던 아발론이 사라졌다는 소식을 들으니 맘이 아프군. 하지만 그게 사실이라면 나를 추방한 자 역시 죽었을 확률이 높아."

가넬론은 남은 와인을 전부 들이켰다.

"그럼 악마조차도 결국은 자기 몸을 지키지 못했다는 이야기로군."

가넬론은 생각에 잠긴 듯한 표정을 지었다.

"그렇게 생각하니 기운이 솟는걸. 이곳에 있는 우리도 악마들을 물리칠 가능성이 있다는 뜻이 되니까."

괜히 긁어 부스럼이 될 수도 있었지만, 밝힐 건 밝혀야겠다는 생각이 들었다.

"실례지만, 만약 자네가 앰버의 코윈에 대해 이야기하는 거라면, 지금 이야기했던 일이 일어났을 때 그자는 죽지 않았어."

가넬론의 손아귀에서 유리잔이 깨졌다.

"코윈을 알고 있나?"

"아니, 하지만 코윈에 대해서는 들어서 알고 있어. 몇 해 전 그자의 동생을 만난 적이 있거든. 브랜드라는 자였지. 브랜드는 내게 앰버라는 장소에 대해 이야기해 주었고, 코윈과 그 동생인 블레이즈라는 사내가 대군을 이끌고 앰버를 지배하던 에릭이라는 형에게 대항해 싸운 전투에 대해서도 말해 주었어. 블레이즈는 콜버 산에서 추락했고, 코윈은 포로로 잡혔어. 대관식이 끝난 뒤, 에릭은 코윈의 눈을 멀게 했고, 지하 감옥에 넣었다더군. 만약 죽지 않았다면 아직 그곳에 갇혀 있을 거야."

내가 이야기를 하는 동안 가넬론의 얼굴이 창백해졌다.

"자네가 말한 이름들, 브랜드, 블레이즈, 에릭에 대해 오래전에 그자가 말하는 것을 들은 적이 있어. 그 이야기를 들은 것이 언제였지?"

"4년 정도 전이야."

"그렇게 불운을 당하기에는 아까운 인물인데."

"자네에게 그런 짓을 했는데도 말이야?"

"뭐, 난 그 일에 대해 생각해 볼 시간이 많았고, 내가 잘못한 게 없는데 그자가 괜히 나를 그렇게 대했다고 한다면 그건 거짓말이지. 그자는 아주 아주 강했어. 자네나 랜스보다도 말이야. 게다가 머리도 좋았어. 가끔은 유쾌하기도 했고. 감옥에 가둬 두는 대신 빨리 그자를 죽이는 게 차라리 나을 텐데. 그자를 좋아하지는 않지만 증오는 좀 덜해졌다고 할 수 있지. 그냥 그 악마에게 걸맞지 않은 운명이라는 생각이 들었을 뿐이야."

두 번째 소년이 빵 바구니를 가지고 돌아왔다. 고기를 굽던 소년은 고기 덩어리를 꼬치에서 빼어 식탁 한가운데 접시 위에 올려놓았다.

가넬론은 그쪽을 향해 고개를 끄덕였다.

"가서 먹지."

가넬론이 의자에서 일어나 식탁으로 갔다.

나는 가넬론을 따랐다. 식사하는 동안에는 우리 둘 다 별 말이 없었다.

아주 단 와인을 반주로 곁들이며 배가 꽉 찰 때까지 양껏 먹고 나자 하품이 나오기 시작했다. 세 번째 하품을 하자 가넬론이 욕을 했다.

"제길! 코리! 멈추라고! 내게 옮잖아!"

가넬론은 새어 나오는 하품을 억지로 삼켰다.

"밖에 나가 신선한 공기를 좀 쐬고 오도록 하지."

자리에서 일어나며 가넬론이 말했다.

우리는 성의 흉벽을 따라 올라갔고, 순찰을 돌던 병사들과 몇 번 만났다. 병사들은 다가오는 이가 누구인지 아는 즉시 차려 자세를 취하고 가넬론에게 경례를 했다. 그러면 가넬론은 가볍게 몇 마디 건넸고, 우리는 계속 산책을 했다. 총안이 있는 흉벽에 도착하자 우리는 잠시 쉬기로 하고, 돌 위에 앉아 밤공기를 들이마셨다. 공기는 서늘하고 축축했으며 숲의 향으로 가득했다. 어두워지는 하늘에는 하나둘씩 별이 모습을 드러내기 시작했다. 내가 앉은 돌은 서늘했다. 저 멀리 어렴풋이 반짝이는 바다가 보이는 듯했다. 아래 어디에선가 밤새의 울음소리가 들려왔다. 가넬론은 허리띠에 찬 작은 쌈지에서 파이프와 담배를 꺼냈다. 가넬론은 파이프에 담배를 넣고 다진 다음 부싯돌로 불을 붙였다. 튀겨 오른 불똥에 비친 가넬론의 얼굴은 악마 같아 보였지만, 아래로 처진 입가, 위로 올라간 뺨의 근육, 두 눈의 안쪽 꼬리와 날카로운 콧등이 각을 이루며 그런 못된 인상을 누그러뜨렸다. 악마라면 사악한 웃음을 짓고 있어야 하지만, 가넬론은 너무나 침울한 표정을 하고 있었다. 우리는 성벽을 따라 걸었고, 순찰 도는 보초들을 지나쳤다. 다가오는 이가 누구인지 확인하자마자 보초들은 차려 자세를 취하고 경례를 했다. 가넬론은 가볍게 한 마디 정도 인사를 건넸고, 우리는 보초를 지나 계속 걸었다. 나는 담배 연기를 맡았다. 잠시 후, 가넬론이 말을 하기 시작했다. 부드럽게, 그리고 아주 천천히.

"아발론을 기억하고 있어. 난 비천한 집안 출신은 아니었지만 미덕과는 거리가 멀었어. 상속받은 재산을 금세 날려 먹고 집을 떠난 뒤로는 여행자들을 털었어. 그리고 나와 비슷한 무리와 합류했어. 그리고 내가 가장 강하고 통솔력이 있다는 걸 그자들이 알게 되면서 나는 우두머리가 되었지. 우리 목에는 현상금이 걸렸고, 내 목에 걸린 상금이 가장 컸어."

가넬론의 말은 처음보다 빨라졌고, 목소리는 더 명확해졌으며 쓰는 단어는 과거의 신분을 은연중에 드러내고 있었다.

"그래, 난 아발론을 기억하고 있어. 은과 그늘과 차가운 물의 도시, 밤에는 별들이 모닥불처럼 타오르고 대낮에는 봄의 상록이 가득한 그곳을. 청춘, 사랑, 아름다움. 아발론에 있을 때는 이런 것들과 익숙했는데. 위풍당당한 군마, 반짝이는 금속 장식, 부드러운 입술, 다크 에일, 명예……."

가넬론이 고개를 저었다.

"어느 날, 그 왕국에서 전쟁이 일어났고 그곳의 왕은 자신을 도와 반란군을 무찔러 준다면 어떤 무법자라도 완전히 사면해 주겠노라고 약속했지. 그자가 바로 코윈이야. 나는 코윈과 운명을 같이하기로 결심하고 전쟁터에 나갔어. 곧 나는 장교가 되었고, 이윽고 참모가 되었어. 우리는 전투에서 승리했고, 반란을 진압했지. 코윈은 다시금 평화로이 통치를 했고, 나는 궁궐에 계속 남아 있었어. 그때가 좋았지. 그 뒤로 국경에서 작은 충돌이 몇 번 있었지만 늘 우리가 이겼네. 코윈은 나를 믿고 그런 일들을 내게 맡겼어. 그러던 어느 날, 코윈은 별로 유명하지 않은 귀족 가문에 공작령을 내렸어. 그 집 딸과 결혼하고 싶어 했거든. 나는 전부터 그 공작령을 원했어. 오래전부터 코윈은 때가 되면 내게 그것을 주겠노라고 은근히 암시를 해 왔고 말이야. 그래서 나는 불같이 화가 났고, 분쟁이 끊이지 않는 남부 국경 지대에서 일어난 분쟁을 해결하라고 파견되었을 때 코윈을 배신했지. 많은 부하들이 죽었고, 침략자들이 왕국에 쳐들어왔어. 놈들이 왕국을 엉망으로 만들기 전에 코윈은 다시 한 번 군대를 끌고 나서야 했지. 침략자들은 강했고, 이번에는 코윈이 질 거라고 생각했어. 진심으로 그러길 바랐어. 하지만 코윈은 교묘한 전술을 써서 전쟁을 승리로 이끌었어. 나는 도망쳤지만 붙잡혔고, 코윈 앞에서 처형을 기다리는 처지가 되었지. 나는 코윈에게 저주를 내리고 침을 뱉었어. 그자에게 고개 숙일 맘이 조금도 없었고, 그자가 밟은 땅마저 증오했어. 사형당할 운명이라 해서 남자답게 당당히 행동하지 말란 법은 없으니까 말이야. 코윈은 과거의 내 공을 생각해 약간의 자비를 베풀겠노라고 했어. 나는 그 따위는 필요 없다고 말했지만 곧 그자가 나를 조롱하는 거라는 사실을 깨달았어. 코윈은 나를 풀어 주라고 명령한 뒤 내게 다가오더군. 그자가 맨손으로도 나를 죽일 수 있다는 사실을 나는 잘 알고 있었어. 코윈과 싸워 보려 했지만 역부족이더군. 나는 그자가 휘두른 한 방에 쓰러졌어. 정신이 들어 보니 꽁꽁 묶인 채 그자의 말 엉덩이 위에 실려 있더군. 코윈은 나를 약 올리며 말을 몰고 갔어. 나는 그자가 무슨 말을 해도 대꾸하지 않았어. 우리는 불가사의한 땅과 악몽 같은 땅들을 지나갔어. 그 사실로 인해 나는 그자가 마력을 지니고 있다는 것을 알게 되었지. 그날 내가 본 장소들에 가 봤다는 사람은 아직까지 단 한 명도 본 적이 없거든. 그리고 코윈은 나를 유배 보내겠노라 선언했고, 이곳에서 나를 풀어 준 뒤 말 머리를 돌려 떠났어."

가넬론은 불이 꺼진 파이프에 불을 붙이기 위해 말을 멈췄고, 잠시 파이프를 뻐끔거리다가 다시 이야기를 이었다.

"이곳에 온 뒤로 사람이며 짐승들에게 수없이 두드려 맞고, 물리고, 몽둥이찜질을 당했지만 간신히 목숨만은 부지했어. 그자는 자기 왕국에서 가장 사악한 곳에 나를 두고 간 거야. 그러던 어느 날, 다시 내게 운이 돌아왔어. 갑옷을 입은 기사가 길 가는데 방해가 된다며 나보고 비키라더군. 그 당시 나는 죽든 살든 될 대로 되라는 심정이었기 때문에, 너 따위 곰보투성이에 갈보 자식은 악마에게나 잡아먹히라고 욕을 퍼부어 줬어. 기사는 내게 돌진해 왔고, 나는 기사의 장창을 잡고 창끝을 땅에 박아 그자를 말에서 떨어뜨렸어. 그리고 그자의 단검으로 턱 아래에 웃는 입을 하나 더 그려 주었지. 그렇게 해서 나는 말과 무기가 생겼어. 그리고 내게 못되게 굴었던 자들을 찾아가서 후련하게 빚을 갚아 주었어. 나는 옛 직업인 노상강도 짓을 다시 시작했고, 부하들도 생겨났어. 시간이 지나며 우리 세력은 커졌어. 몇백 명이 되고 나니 필요한 것들도 상당해지더군. 우리는 말을 타고 가서 작은 마을을 점령하곤 했어. 현지 민병대는 우리를 두려워했지. 이때 역시 좋은 시절이었어. 두 번 다시 볼 수 없게 된 아발론 시절만큼 화려하지는 않지만 말이야. 길가에 서 있는 여관들은 모두가 우리 말들이 내는 천둥 같은 발굽 소리를 두려워하게 되었고, 여행자들은 우리가 온다는 이야기만 들어도 바지에 오줌을 지리곤 했어. 하! 이렇게 몇 년이 지났지. 우리를 추격해 없앨 요량으로 대규모 병력이 파견된 적도 있지만 우리는 늘 놈들을 따돌리거나 매복 공격을 해 무찔렀어. 그러던 어느 날, 검은 원이라는 게 생겨났어. 그리고 그 이유를 아는 자는 아무도 없었어."

가넬론은 아까보다 더욱 힘차게 파이프를 뻐끔거리며, 먼 산을 바라보았다.

"저 멀리 서쪽 어디선가 독버섯으로 이루어진 조그만 원이 생긴 게 그 시작이라고 하더군. 그 원의 중심에서 어린애 한 명이 죽은 채 발견되었고, 그 여자 아이를 발견한 아이의 아버지도 며칠 뒤 경련을 일으키며 죽었지. 그 즉시, 그 장소는 저주받은 곳이라는 소문이 돌았어. 그 뒤 몇 달 동안 원은 빠르게 커져 갔고, 직경이 반 리그에 이르게 되었어. 그 안에 있는 풀들은 거무스름해지고 금속처럼 반짝였지만 죽지는 않았어. 나무는 비틀리고 잎들은 시커메졌지. 바람이 없어도 가지가 흔들리고 그사이로 박쥐들이 어지러이 날아다녔어. 해 질 녘에는 이상한 모습을 한 것들이 움직이는 모습이 보였어. 물론 언제나 원 안에서였지. 밤새 작은 모닥불 같은 불빛이 보였어. 원은 계속 자랐고, 그 근처에 살던 사람들은 대부분 도망쳤어. 하지만 몇 명은 그곳에 남았어. 그곳에 남은 자들은 암흑의 존재와 뭔가 계약을 했다는 소문이 돌았지. 연못에 던진 돌이 파문을 일으키듯 원은 계속 넓어졌어. 더욱더 많은 사람들이 그 안에서 사는 쪽을 택했어. 나는 그 사람들과 대화를 했고, 싸웠고, 죽여 없앴지. 그자들은 내부의 뭔가가 죽어 있는 것만 같았어. 목소리에는 자기가 한 말을 되씹으며 맛보는 인간 특유의 박력과 깊이가 없었어. 표정 변화가 거의 없었으며 데스마스크를 쓴 듯한 분위기를 풍겼지. 그자들은 원에서 무리 지어 나와 약탈을 하기 시작했어. 무자비하게 살육을 해 댔지. 잔악한 짓들을 아무렇지도 않게 해 대고 신성한 장소를 더럽혔어. 그리고 떠날 때면 불을 질렀네. 하지만 은으로 된 물건에는 손도 대지 않았어. 그리고 몇 년이 지난 뒤, 사람 말고 다른 생물들도 나오기 시작했어. 자네가 죽인 괴물 고양이처럼 이상하게 생긴 것들이 말이야. 이윽고 원은 성장이 느려졌고, 한계에 도달한 것처럼 거의 정지하는 듯했어. 그러나 지금은 온갖 침입자들이 나타나고 있어. 심지어 어떤 놈들은 대낮에 나오기도 해. 그렇게 나와서 경계 주변의 땅들을 황폐화하고 있지. 그리고 주위가 완전히 황폐해지면 원은 그 영역을 집어삼킨다네. 그렇게 다시 성장을 시작하는 거야. 늙은 유서 왕*은 나를 잡기 위해 오랫동안 내 뒤를 쫓았지만, 이제 내 일은 젖혀 두고 그 저주받은 원을 감시하기 위해 군대를 투입했지. 나 역시 원 때문에 걱정이 되기 시작했어. 잠자다가 지옥에서 기어 나온 흡혈귀 같은 것에게 붙잡혀 죽는다는 상상은 즐겁지 않거든. 그래서 어느 날, 나는 부하 가운데 쉰다섯 명을 뽑았어. 모두 자원자들이었어. 겁쟁이는 필요 없었으니까. 우리는 말을 타고 원이 있는 곳으로 갔지. 우리는 돌로 된 제단에서 산 염소를 굽고 있는 무표정한 사내들과 마

---

*   아서 왕의 아버지.

주쳤어. 우리는 놈들을 거세게 공격했고, 한 명을 포로로 잡았어. 놈을 제단에 묶고 신문을 했지. 놈은 원이 계속 커질 것이며, 마침내 한쪽 바다 끝에서 다른 쪽 바다 끝까지 온 땅을 다 뒤덮을 거라고 하더군. 어느 날 이 세계의 반대편에서 원의 테두리가 만나게 될 거라고 말이야. 살고 싶으면 자기 쪽으로 합류하라고도 하더군. 그러자 부하 하나가 그자를 찔렀고, 그자는 죽었어. 그자는 진짜로 죽었어. 죽었는지 안 죽었는지 나는 보면 알아. 수없이 사람을 죽여 봤거든. 하지만 그자의 피가 돌 위에 떨어지자 그자의 입이 열리면서 커다란 웃음소리가 터져 나오더군. 그렇게 큰 웃음소리는 평생 처음 들어봤어. 마치 천둥이 치는 듯했지. 이윽고 그자는 일어나 앉았지만 숨을 쉬지 않았고, 곧 불타기 시작했어. 그자는 불에 타면서 모습이 바뀌었고, 마지막에는 제단에서 불타고 있던 염소와 똑같은 모습으로 변했어. 단지 덩치가 더 컸을 뿐이지. 이윽고 그 괴물의 입에서 목소리가 흘러나왔어. '도망치거라, 죽을 운명의 인간들이여! 그러나 결코 이 원에서 벗어나지 못하리라!' 하고 말하더군. 그리고 당연히 우리는 도망쳤지! 하늘은 박쥐와 정체 모를 다른 것들로 시커메졌어. 발굽 소리가 우리 뒤를 쫓았지. 우리는 검을 들고 말을 몰면서 앞을 막는 건 무조건 죽이며 도망쳤어. 자네가 죽인 것 같은 고양이도 있었고, 뱀이며, 펄쩍펄쩍 뛰어오르는 것들, 기타 등등 정체를 알 수 없는 온갖 괴물들이 앞을 막았어. 우리가 원 가장자리로 다가가자 유서 왕의 순찰대 하나가 우리를 보고 도우러 다가왔어. 나와 함께 갔던 쉰다섯 명 가운데 살아 돌아온 자는 열여섯 명이었어. 순찰대에서는 아마 서른 명 정도 죽었을 거야. 내가 누군지 알아본 순찰대는 나를 궁정으로 끌고 갔어. 여기로 말이야. 이곳은 원래 유서 왕의 궁전이었지. 나는 왕에게 내가 무슨 일을 했는지 말했고, 또한 내가 보고 들은 것을 말해 주었어. 왕은 코윈과 같은 조건을 걸더군. 만약 자기를 도와 원의 감시자들과 싸워 준다면 나와 내 부하들에게 완전한 사면을 내리겠다고 말이야. 나는 원에서 겪은 일을 곰곰이 생각해 봤고, 원이 커지는 걸 어떻게든 막아야 한다는 걸 깨달았지. 그래서 그러겠다고 동의했어. 하지만 곧 병에 걸려 사흘 동안 정신 착란 상태에 빠졌어. 회복한 뒤에도 어린애처럼 약했어. 원에 들어갔던 다른 부하들도 모두 같은 상태를 겪었다고 하더군. 그중 세 명이 죽었어. 나는 나머지 부하들을 찾아가 이 이야기를 해 주었고, 모두 징병에 응했지. 원 주위를 도는 순찰은 강화되었어. 하지만 원을 막을 수는 없었어. 그 후 몇 년 동안 원은 커져 갔어. 우리는 자그마한 전투를 무수히 벌였어. 나는 승진을 거듭해 유서 왕의 오른팔이 되었어. 예전에 코원의 오른팔이 되었던 것처럼 말이야. 이윽고 자그마한 전투는 더 이상 자그맣지 않게 되었어. 그 지옥 같은 곳에서 나오는 무리의 규모는 점차 커져 갔어. 우리는 몇몇 전투에서 패했고, 놈들은 우리 전초기지 몇 곳을 함락했어. 그러던 어느 날 밤, 군대가 출현했어. 원에 사는 인간과 괴물들로 이루어진 군대, 아니, 떼거리였지. 그날 밤, 우리들은 그때까지 마주쳤던 가운데 가장 강력한 적과 마주한 거야. 고령이니 왕궁에 남아 있으라는 내 조언을 무시하고 유서 왕이 몸소 전투에 임했고, 그날 밤 전사했지. 이 땅은 통치자를 잃어버린 거지. 나는 내 군대의 지휘관인 랜슬럿에게 관리인 역할을 해 달라고 했어. 나보다 랜슬럿이 훨씬 더 고귀한 인물이라는 걸 나는 알고 있었거든……. 그런데 여기서 좀 묘한 일이 있어. 나는 아발론에서도 랜슬럿을 알고 있었어. 이곳의 랜슬럿과 똑같이 생긴 랜슬럿을 말이야. 하지만 이 사내는 내가 누군지 모르더군. 이상한 일이지……. 어쨌든 랜슬럿은 내 제안을 거절했고, 나에게 그 자리를 억지로 떠맡겼어. 나는 그게 싫었지만 보다시피 여기에 이렇게 처박혀 있네. 지금까지 3년 동안 원의 세력을 막아 냈어. 내 모든 본능은 당장 여기서 도망치라고 말을 하지. 이 망할 놈의 사람들이 내게 뭘 잘해 줬다고 내가 이렇게 해야 하는 거야? 그 빌어먹을 원이 넓어지든 말든 내가 무슨 상관이냐고! 내가 살아 있는 동안엔 그것들이 오지 못할 만큼 바다 건너 먼 곳에 가서 나 몰라라 하면서 살 수도 있는데. 젠장! 나는 이런 책임을 지고 싶지 않았어! 하지만 이제는 내 책임이야!"

"왜?"

내가 물었다. 질문을 하는 내 목소리가 낯설게 들렸다.

침묵이 흘렀다.

가넬론은 파이프를 비웠다. 다시 담배를 채웠다. 불을 붙이곤 뻐끔거렸다.

다시 침묵이 흘렀다.

이윽고 가넬론이 말했다.

"모르겠네. 나는 신발 한 켤레를 위해서 기꺼이 사람 등을 찌를 수 있는 사람이야. 상대방에게 신발이 있고 내가 그 신발이 필요하다면 말이야. 실제로 그런 적이 있어. 그래서 아는 거야. 하지만…… 이건 달라. 이건 모든 사람들이 고통스러워하고, 그걸 막을 수 있는 건 나뿐이야. 젠장! 나도 언젠가 이 땅에 묻히겠지. 다른 사람들과 마찬가지로 말이야. 하지만 몸을 뺄 수가 없어. 가능한 한 오랫동안 그것을 막는 길밖에 없어."

서늘한 밤공기 덕분에 머리가 맑아졌다. 정신에 새로운 활력이 돌았다고나 할까. 하지만 몸은 여전히 살짝 마취되어 있는 듯한 느낌이었다.

내가 물었다.

"랜스가 앞장설 수는 없었나?"

"가능은 했을 거야. 랜스는 훌륭한 사내니까. 하지만 다른 이유가 있어. 제단 위에 있던 그 염소 같은 것, 아니 그게 무엇이었든 간에, 여하튼 그것이 나를 약간 두려워하는 듯했어. 내가 원 안으로 들어갔을 때 놈은 내가 다시 빠져나가지 못할 거라고 말했지만 나는 빠져나왔잖아. 그리고 나를 덮쳐 온 병과도 싸워 살아남았고. 놈은 지금까지 자기에게 대항해 싸워 온 인물이 바로 나라는 것을 알고 있었어. 우리는 유서 왕이 전사하던 그날 밤의 피비린내 나는 전투에서도 승리했어. 그날, 다른 모습을 한 놈과 마주쳤고, 놈은 나를 알아보더군. 아마 이런 사실이 미흡하게나마 녀석을 견제하는 역할을 하는 걸 거야."

"어떤 모습이었지?"

"인간의 모습을 했지만 염소 뿔이 달려 있었고 눈은 새빨갰지. 놈은 얼룩무늬 말을 타고 다녔어. 우리는 한참을 싸웠지만 전투의 흐름 때문에 갈라졌어. 내겐 다행이었어. 놈이 이기고 있었거든. 맞붙어 칼을 휘두르고 있을 때 놈이 다시 입을 열었고, 머리가 다 울릴 정도로 큰 목소리로 말했어. 내가 아는 바로 그 목소리였지. 그놈은 나더러 어리석다며 내가 이길 가능성은 전혀 없다고 말했어. 하지만 아침이 되었을 때 전쟁터를 장악한 건 우리쪽이었고, 우리는 놈들을 죽이며 원으로 쫓아 보냈어. 얼룩무늬 말을 탄 놈은 도망쳤어. 그날 이후에도 놈들의 습격이 몇 번 있었지만 그날 밤처럼 큰 전투는 없었어. 만약 내가 이 땅을 떠난다면 또 다시 그런 군대가, 지금 이 순간에도 그 안에서 전투태세를 갖추고 있을 그런 군대가 쳐들어올 거야. 놈은 내가 떠난 걸 알아차릴 거야. 랜스가 내게 원 내부의 병력 배치에 대해 보고를 하려 돌아오려 하자 놈이 그것을 알아차리고 랜스를 죽이라고 원의 감시자를 보냈던 것처럼 말이야. 놈은 이제 자네에 대해서도 알고 있을 거야. 그리고 이 새로운 전개에 대해 곰곰이 생각하고 있을 거야. 자네가 그토록 힘이 세다는 걸 아니 자네의 정체를 무척 궁금해할 거야. 나는 이곳에 머물면서 내가 쓰러지는 그 순간까지 싸울 생각이야. 그래야만 해. 이유는 묻지 말게. 내 유일한 소원이라면, 그날이 오기 전에 적어도 왜 이런 일이 일어났는지, 왜 저곳에 원이 있는지 알았으면 하는 거야."

그때 내 머리 위로 무엇인가가 펄럭이며 다가왔다. 뭔지는 몰랐지만 나는 재빨리 고개를 숙여 그것을 피했다. 하지만 그럴 필요가 없었다. 그것은 그냥 새였다. 하얀 새였다. 새는 내 왼쪽 어깨에 내려앉아 작은 소리로 지저귀었다. 손목을 내밀자 새는 그 위에 올라탔다. 다리에 작은 쪽지가 매여 있었다. 나는 쪽지를 풀어 읽었고, 손에 움켜쥐었다. 이윽고 저 멀리 있는 보이지 않는 것들을 살펴보았다.

가넬론이 외쳤다.

"무슨 일인가, 코리 경?"

쪽지, 내 손으로 써서 내 욕망의 새에게 실어 내 목적지로 미리 보낸 이 쪽지는 오로지 내가 다음에 머물게 될 장소에만 도착한다. 물론 엄밀하게 말하자면 이곳은 내가 생각하고 있던 장소가 아니었다. 하지만 나는 나 자신의 전조를 읽을 수 있었다.

가넬론이 물었다.

"무슨 일이지? 손에 쥐고 있는 건 뭐야? 쪽지인가?"

나는 고개를 끄덕였다. 나는 쪽지를 가넬론에게 건넸다. 내가 읽는 모습을 가넬론이 보았으니 시치미 떼고 버릴 수도 없는 노릇이었다. 쪽지에는 '내가 간다'라고 적혀 있고 내 서명이 되어 있었다. 가넬론은 파이프를 뻐끔거린 뒤 그 불빛으로 쪽지를 읽었다.

"그자가 살아 있나? 그리고 이곳에 온다고?"

"그런 것 같아."

"정말 이상한 일이로군. 전혀 이해가 안 돼……."

"도와주러 오겠다고 약속하는 것 같군."

나는 이렇게 말하며 새를 놓아 주었다. 새는 두 번 쿠쿠거리고는 내 머리 위를 선회한 뒤 날아갔다.

가넬론이 고개를 저었다.

"무슨 일인지 도통 모르겠군."

"왜 공짜로 얻을 말의 이빨 수를 세는 거야? 자네는 그것을 견제하는 데만 성공했다고 말했잖아?"

"맞아. 아마 그자라면 그것을 없앨 수 있을지도 몰라."

"혹은 농담일지도 모르지. 잔인한 농담."

가넬론은 다시 고개를 저었다.

"아냐. 그건 그자의 스타일이 아니야. 그자가 무엇을 노리는지 모르겠군."

내가 제안했다.

"한숨 자고 생각하지."

"현재로서 달리 할 수 있는 일은 없는 것 같군."

하품을 삼키며 가넬론이 말했다.

우리는 일어나 성벽 위를 걸었다. 우리는 서로 잘 자라고 인사를 나누었고, 나는 잠의 나락으로 비틀거리며 걸어가 그 안으로 곧장 떨어졌다.

2

아침. 더 쑤시고 더 아팠다.

누군가 새 망토를 두고 갔다. 갈색이었다. 나는 다행이라고 생각했다. 시간이 지나 몸무게가 정상으로 돌아오고, 가넬론이 내 색깔을 기억해 낼 경우를 생각하면 특히 다행이었다. 나는 수염을 깎지 않았다. 가넬론은 지금보다 수염과 머리털이 짧았을 때의 나를 알기 때문이다. 가넬론의 곁에 있을 때는 다른 목소리를 내려 애썼다. 그레이스 원더는 침대 밑에 감춰 두었다.

다음 주 내내 나는 무자비하게 몸을 혹사했다. 훈련하고 땀을 흘리고 쉬지 않고 대련을 했다. 점차 고통이 사라지고 근육이 단단해지기 시작했다. 체중이 그 주에만 7킬로그램은 늘어난 것 같다. 천천히, 아주 천천히 나는 예전의 나로 돌아가고 있었다.

이 나라의 이름은 로레인이었다. 그리고 그 여인의 이름도 로레인이었다. 그럴싸한 이야기를 들려줄 마음이 들었다면 이렇게 말했을지도 모르겠다. 우리는 성 뒤쪽 초원에서 만났고, 로레인은 꽃을 따고 있었으며, 나는 산책을 하며 맑은 공기도 마실 겸 해서 그곳을 지나가다 로레인과 마주쳤다고. 물론 헛소리다.

좋게 말해서 로레인은 종군 민간인*이었다. 로레인을 처음 만난 건 하루 종일 기병도와 철퇴로 열심히 훈련한 뒤였다. 처음 눈이 마주친 건 연병장 바깥쪽에 서서 데이트 상대를 기다리는 로레인을 보았을 때였다. 로레인은 나를 보며 싱긋 웃었고, 나도 함께 웃고 윙크를 하며 그 앞을 지나갔다. 이튿날 아침, 로레인을 다시 보았을 때 나는 지나가며 "안녕" 하고 말했다. 그게 다였다.

그렇게 나는 계속 로레인과 마주쳤다. 하지만 두 번째 주가 끝날 무렵, 몸의 통증은 사라지고 몸무게는 80킬로그램이 넘었으며, 몸무게에 상응해 성적 욕구도 늘었다. 그래서 나는 그날 밤을 로레인과 보내기로 했다. 그 무렵, 나는 이미 로레인의 신분을 알았지만 그건 상관없었다. 그러나 그날 밤, 우리는 평소의 그 일을 하지 않았다. 정말이다.

대신 우리는 이야기를 나누었고, 그러던 중에 뭔가 다른 일이 일어났다.

로레인의 머리카락은 새치가 약간 섞인 적갈색이었다. 하지만 나이는 서른이 안 되었을 거라고 생각한다. 새파란 눈. 약간 뾰족한 듯한 턱. 나를 볼 때면 가지런한 치아를 드러내며 활짝 웃는 정갈한 입. 목소리에는 비음이 약간 섞여 있었고, 머리카락은 너무 길었으며, 세상사에 지친 얼굴을 가리기 위해 너무 짙은 화장을 했고, 주근깨도 너무 많았으며, 옷은 너무 화려하고 몸에 딱 붙었다. 그래도 나는 로레인이 좋았다. 하지만 그날 밤 만나 달라고 로레인에게 말했을 때부터 그런 생각을 했던 건 아니다. 이미 말했듯, 당시 내게는 누구를 좋아한다는 따위 여유로운 생각을 할 틈이 없었기 때문이다.

딱히 갈 곳이 없었기에 우리는 함께 내 방으로 갔다. 나는 대위가 되어 있었고, 그 계급의 특권을 이용해 방으로 식사와 와인 한 병을 가져오게 했다.

---

* 위안부라는 뜻.

"사람들이 당신을 두려워해요. 당신은 결코 지치는 법이 없대요."

"나도 지칠 때가 있어. 진짜야."

로레인이 너무 긴 머리 타래를 흔들며 싱긋 웃었다.

"물론 그렇겠죠. 안 그런 사람이 어디 있겠어요?"

"그렇지."

"당신은 몇 살이죠?"

"당신은 몇 살이지?"

"신사는 그런 질문을 하지 않아요."

"숙녀도 마찬가지야."

"당신이 처음 이곳에 왔을 때, 사람들은 당신이 쉰 살이 넘었다고 생각했어요."

"그래서……?"

"지금은 자신 없어 해요. 마흔다섯? 마흔?"

"아니야."

"저도 그렇겐 생각 안 했어요. 하지만 수염 때문에 모두가 헷갈려 하는 거예요."

"수염이 좀 그런 경향이 있지."

"날이 갈수록 나아지는 듯해요. 몸도 불어나고……."

"고마워. 나도 여기 도착했을 때보다 훨씬 좋아진 느낌이야."

"카브라의 코리 경이라…… 카브라는 어디 있나요? 어떤 곳이죠? 상냥하게 부탁하면 데려가 줄래요?"

"그러겠다고 대답할 수는 있지만 그러면 거짓말을 하게 되는 거야."

"알아요. 하지만 들으면 기분이 좋아질 거 같아요."

"좋아. 당신을 그곳으로 데려가 주지. 하지만 끔찍한 곳이야."

"사람들 말처럼 당신은 정말 실력이 뛰어난가요?"

"아쉽게도, 아니야. 당신은?"

"아니죠. 지금 잘래요?"

"아니, 좀 더 이야기를 하고 싶어. 와인 한잔하지."

"고마워요……. 당신의 건강을 위해."

"당신의 건강을 위해."

"당신은 어떻게 그토록 검술 실력이 뛰어나죠?"

"소질과 좋은 스승들 덕분이지."

"…… 그리고 랜스를 안고 그 먼 거리를 왔고, 그 짐승들도 죽였고……."

"원래 소문이라는 건 눈덩이처럼 불어나는 법이야."

"하지만 전 당신을 줄곧 지켜봤어요. 당신은 다른 사람들보다 뛰어나요. 그래서 가넬론이 그런 제안을 한 거예요. 무슨 제안인지는 모르지만요. 가넬론에게는 좋은 것을 알아보는 재주가 있거든요. 전 검사인 친구들이 잔뜩 있어서 그 친구들이 연습하는 모습을 지켜보곤 했어요. 당신이라면 그 친구들을 잘게 저밀 수도 있을 거예요. 사람들은 당신이 좋은 선생이라고 해요. 그리고 당신을 좋아해요. 두려워하면서도 말이죠."

"왜 나를 두려워하는데? 내가 강해서? 세상에는 강한 사람들이 얼마든지 있어. 아니면 내가 오랫동안 검을 휘두르며 맞설 수 있기 때문인가?"

"사람들은 당신에게 뭔가 초자연적인 데가 있다고 생각해요."

나는 소리 내어 웃었다.

"아니야. 사실 난 이류 검사에 지나지 않아. 아니, 제대로 말하자면 삼류인지도 몰라. 하지만 늘 열심히 연습하지."

"누가 당신보다 더 센가요?"

"아마 앰버의 에릭일 거야."

"그게 누구죠?"

"초자연적인 인물이지."

"그 사람이 최고인가요?"

"아니."

"그럼 누가 최고인가요?"

"앰버의 베네딕트."

"그 사람도 초자연적인 인물인가요?"

"살아 있다면, 그렇지."

"당신이란 사람은 정말 이해가 안 가네요. 왜 그럴까요? 말해 줘요. 당신
은 초자연적인 인물인가요?"

"와인이나 한잔 더 하자고."

"그러면 머리가 빙빙 돌 거예요."

"잘됐군."

나는 와인을 따랐다.

"우리 모두 죽을 거예요."

"결국은 다들 그렇지."

"제 말은, 여기서 그것과 싸우다가 곧 죽을 거라는 뜻이에요."

"왜 그런 말을 하지?"

"그것이 너무 강하니까요."

"그럼 왜 여기 머물러 있는 거야?"

"딱히 갈 데가 없어요. 그래서 카브라에 대해 물었던 거예요."

"오늘 밤 이곳에 온 게 그 때문인 거야?"

"아니요, 당신이 어떤 사람인지 궁금했어요."

"나는 이제 막 훈련을 시작한 운동선수에 지나지 않아. 이 근처에서 태어
났나?"

"네, 숲에서요."

"왜 이곳 사내들과 지내는 거지?"

"안 될 게 뭐 있는데요? 날마다 돼지 똥을 밟고 돌아다니는 것보다는 이
쪽이 훨씬 나아요."

"남자와 같이 산 적은 없어? 그러니까, 견실한 관계 말이야."

"있었어요. 죽었어요. 그걸 발견한 사람이 그이였어요……. 요정의 원 말이에요."

"유감이로군."

"그렇지도 않아요. 그이는 빌리거나 훔쳐온 걸로 전부 술을 마셨고, 집에 돌아오면 저를 때리곤 했어요. 그래서 가넬론을 만나자 기뻤어요."

"그러면 그것이 너무 강하기 때문에 우리가 질 거라고 생각하는 거야?"

"네."

"당신 말이 맞을지도 모르겠군. 난 그렇지 않다고 보지만."

로레인이 어깨를 으쓱했다.

"우리와 함께 싸울 건가요?"

"아무래도 그렇게 될 거 같아."

"확실하게 아는 사람은 아무도 없고, 설령 안다 할지라도 아무도 말하지 않아요. 당신이 우리와 함께한다면 재미있어질 것 같아요. 당신이 그 염소 인간과 싸우는 걸 보고 싶어요."

"왜?"

"그 염소 인간이 그쪽의 두목인 거 같으니까요. 만약 그자를 죽인다면 우리가 이길 가능성이 좀 더 높아질 거예요. 당신이라면 해낼 수 있을 거예요."

"해야만 해."

"무슨 이유라도 있나요?"

"응."

"말하면 안 되는 이유?"

"응."

"행운을 빌게요."

"고마워."

로레인은 다시 와인을 다 마셨고, 나는 한 잔을 더 따라 주었다.

“저는 그자가 초자연적 존재라고 생각해요.”

“화제를 바꾸지.”

“좋아요. 제 부탁 하나 들어주실래요?”

“말해 봐.”

“내일 갑옷을 입고, 장창을 들고, 말을 타고, 덩치 큰 기마대 장교 하랄드를 혼내 줘요.”

“왜?”

“지난주에 저를 때렸어요. 예전에 얄이 그랬던 것처럼요. 해 줄래요?”

“그래.”

“정말이죠?”

“못 할 이유도 없잖아? 그자는 이미 호되게 당했다고 여겨도 돼.”

로레인은 다가와 내게 몸을 기댔다.

“사랑해요.”

“헛소리하지 말고.”

“알았어요. 그러면 ‘당신이 좋아요’는 어때요?”

“그건 괜찮아. 난…….”

그때, 온몸이 마비될 듯한 차가운 바람이 등골을 훑고 갔다. 나는 긴장을 하고 마음을 완전히 비우며 곧 다가올 것에 저항할 준비를 했다.

누군가 나를 찾고 있었다. 앰버의 왕족 가운데 한 명이 분명했고, 내 트럼프나 아니면 그에 버금가는 것을 쓰고 있었다. 다른 이유로 이런 느낌이 들 리 만무했다. 만약 이것이 에릭이라면 에릭은 내가 생각했던 이상으로 용감하다는 말이 된다. 마지막으로 접촉했을 때, 나는 에릭의 뇌를 네이팜탄으로 태워 버리기 직전까지 몰아넣었기 때문이다. 랜덤일 리는 없었다. 감옥에서 나왔다면 가능하겠지만, 그럴 가능성은 희박했다. 줄리앙이나 케인이라면, 차라리 지랄을 떨라고 말해 주고 싶다. 블레이즈는 아마 죽었을 것이다. 베네딕트도. 그러면 남은 것은 제라드, 브랜드, 그리고 누이들이다. 이 가운데 제라드만이 내게 호의적이다. 그래서 나는 발견되지 않도록 저항했고, 성공했다. 그러는 동안 5분 정도가 흘렀고, 마침내 탐색이 끝났을 때 나는 몸을 떨며 땀을 흘리고 있었다. 로레인이 의아한 눈초리로 나를 바라보았다.

로레인이 물었다.

"무슨 일이에요? 아직 취하지 않았잖아요. 저도 안 취했는데."

"가끔 일어나는 발작이야. 섬 지방에서 걸린 병이야."

"얼굴이 보였어요. 방바닥에서 본 건지 머릿속에서 떠오른 건지는 모르겠지만, 나이 든 남자였어요. 옷깃은 녹색이고, 당신과 많이 닮은 얼굴이었어요. 수염이 잿빛이라는 것만 빼면요."

나는 로레인의 뺨을 때렸다.

"거짓말하지 마! 네가 그걸……."

"전 본대로 말한 것뿐이에요! 절 때리지 말아요! 그게 무슨 뜻인지도 모른다고요! 그 사람은 누구죠?"

"아버지였을 거야. 맙소사, 설마 그런 묘한 일이……."

"무슨 일이에요?"

로레인이 질문을 되풀이했다.

"발작이야. 가끔씩 발작이 일어나. 그러면 사람들은 내 아버지 얼굴이 성벽이나 방바닥에 나타난 걸 봤다고 착각하곤 하지. 걱정하지 않아도 돼. 전염되는 건 아니니까."

"허풍 떨지 말아요. 거짓말인 거 다 알아요."

"나도 알아. 하지만 이 일에 대해서는 다 잊어줘."

"왜 그래야 하죠?"

"왜냐하면 당신은 날 좋아하니까. 아까 한 말 기억 안 나? 그리고 내일 난 당신을 위해 하랄드를 혼내 줄 거잖아."

"맞아요."

로레인은 이렇게 말했고, 내가 다시 몸을 떨기 시작하자 침대에서 담요를 가져와 어깨에 걸쳐 주었다.

로레인은 내게 와인을 건넸고, 우리는 함께 와인을 마셨다. 로레인은 내 곁에 앉아 내 어깨에 머리를 기댔고, 나는 로레인의 몸에 팔을 둘렀다. 악마 같은 바람이 비명을 질러 대기 시작했고, 바람과 함께 도착한 빗방울이 후드득 떨어지는 소리가 들렸다. 순간, 뭔가가 창문 바깥의 덧문을 두드리는 느낌이 들었다. 로레인이 조그맣게 울먹였다.

"오늘 밤 일어나는 일들이 맘에 안 들어요."

"동감이야. 가서 빗장을 걸고 와. 지금은 자물쇠만 걸려 있으니까."

로레인이 그러는 동안, 나는 의자를 움직여 방에 단 하나 나 있는 창쪽으로 돌렸다. 나는 침대 밑에서 그레이스 원더를 꺼내 칼집에서 빼냈다. 이윽고 오른쪽 탁자에 있는 양초 하나만 남겨 두고 나머지 불을 모두 껐다.

나는 다시 의자에 앉아 칼을 무릎 위에 올려놓았다.

로레인이 내 왼편으로 다가와 앉으며 물었다.

"뭘 하고 있는 거죠?"

"기다리는 거야."

"뭘요?"

"확실하게 말할 순 없지만, 오늘 밤은 그런 일이 벌어지기에 어울리는 밤이야."

로레인은 몸을 떨며 더욱 바짝 다가와 앉았다.

"있잖아, 당신은 여길 떠나는 게 나을지도 몰라."

"알아요. 하지만 밖으로 나가기 무서워요. 제가 여기 남아 있으면 당신이 지켜 줄 거죠?"

나는 고개를 저었다.

"나 자신도 지킬 수 있을지 의심스러운 상황인걸."

로레인이 그레이스 원더에 손을 갖다 댔다.

"정말 아름다운 검이네요! 이런 건 처음 봐요."

"세상에 버금갈 만한 게 없는 검이지."

내가 조금씩 움직일 때마다 검에 떨어지는 빛의 각도가 달라지면서, 그레이스 원더는 한순간 오렌지색을 띤 듯이, 인간의 것이 아닌 피로 된 얇은 막으로 덮인 듯이 보이다가, 다음 순간에는 눈이나 여자의 젖무덤처럼 하얗고 서늘한 빛을 뿜었고, 내가 살짝 몸서리를 칠 때마다 손안에서 나와 함께 몸을 떨었다.

나는 내가 감히 접촉을 하지 못했는데도 로레인이 뭔가를 봤다는 게 신기했다. 로레인의 말은 그냥 상상으로 꾸며 한 말이라고 하기에는 너무나 진짜 같았다.

내가 말했다.

"당신에겐 뭔가 묘한 구석이 있어."

로레인은 촛불이 네댓 번 펄럭일 동안 잠자코 있다가 입을 열었다.

"제게는 투시력이 약간 있어요. 어머니는 더 있었죠. 제 할머니는 마녀였대요. 하지만 전 그런 건 전혀 몰라요. 아니, 거의 모른다는 게 맞는 말이겠네요. 안 해 본 지 한참 되었으니까요. 늘, 얻는 것보다 잃는 게 더 많았어요."

로레인은 다시 침묵을 지켰다.

내가 로레인에게 물었다.

"무슨 뜻이지?"

"처음 남자를 얻기 위해 주문을 썼어요. 그렇게 해서 얻은 남자가 어땠는지 보세요. 만약 제가 주문을 쓰지 않았더라면 지금쯤 훨씬 더 행복했을 거예요. 저는 귀여운 딸을 원했고, 그래서 그렇게 되도록……."

로레인은 갑자기 말을 멈췄고, 나는 로레인이 울고 있는 걸 깨달았다.

"왜 그러는 거야? 영문을 모르겠군……."

"당신이라면 알 거라고 생각했어요."

"아니, 무슨 말인지 모르겠어."

"요정의 원에 있던 그 여자애가 바로 제 딸이었어요. 당신은 알 줄 알았어요……."

"유감이로군."

"이런 능력 따위는 아예 처음부터 없었으면 좋았을 텐데. 이제 더 이상은 쓰지 않아요. 하지만 그쪽에서 저를 놓아 주지 않아요. 이 능력 때문에 꿈을 꾸고 전조를 보지만, 제가 어떻게 해 볼 수 있는 것들이 아니에요. 이 따위 능력, 전 필요 없으니 어디 다른 사람에게 가서 달라붙었으면 좋겠어요!"

"그런 건 절대 맘대로 되지 않아, 로레인. 안타깝지만, 그 능력을 떼어 버릴 수는 없어."

"당신이 그걸 어떻게 알죠?"

"당신 같은 사람들을 알고 지냈거든. 그뿐이야."

"당신도 그런 능력이 조금 있는 거죠?"

"맞아."

"그럼 바깥에 뭔가가 있다는 것도 느끼는 거죠?"

"맞아."

"저도 마찬가지예요. 그게 무슨 일을 하는지 알아요?"

"날 찾고 있어."

"맞아요. 저도 그렇게 느껴요. 하지만 왜요?"

"내 힘을 시험해 보려는 거겠지. 그건 내가 여기 있는 걸 알아. 만약 가넬론에게 새 동맹자가 생겼다면 이것저것 궁금할 거야. 내가 무엇을 대표하는지, 내가 누구인지……."

"뿔이 난 사내가 직접 온 걸까요?"

"모르겠어. 하지만 아닐 거 같아."

"왜요?"

"만약 내가 정말로 놈을 죽이려 온 자라면, 나를 찾아 이렇게 많은 병력에 에워싸인 성으로 온다는 건 어리석은 짓이야. 아마 놈의 부하 가운데 하나가 나를 찾는 걸 거야. 어쩌면 아버지의 유령이 온 것도 그걸 내게…… 모르겠어. 만약 놈의 부하가 나를 찾아 내 이름을 알아낸다면, 놈은 어떤 대비를 해야 할지 알게 될 거야. 만약 나를 찾아내 죽인다면 문제는 해결될 거고. 반대로 내가 놈의 부하를 죽인다면 내 힘에 대해 더 많은 걸 알아내게 되겠지. 어찌 되어도, 그 뿔 달린 염소 괴물은 뭔가 이득을 얻게 돼. 그러니 지금 이 단계에서 위험을 무릅쓰고 구태여 뿔 달린 자기 머리를 들이밀 필요는 없지 않겠어?"

그림자에 감싸인 방에서 점차 짧아지는 양초를 바라보며 우리는 기다렸다.

로레인이 물었다.

"무슨 말이죠? 그것이 당신을 찾아내 이름을 알아낸다니요? 무슨 이름을 알아낸다는 거죠?"

"하마터면 이곳에 오지 않았을 뻔한 자의 이름을."

"그럼 당신이 어디서 왔는지 그게 알아차릴 수도 있다는 말인가요?"

"그럴 거 같아."

내가 말했다.

로레인은 내게서 몸을 뺐다.

"두려워하지 마. 난 당신에게 상처를 주거나 하진 않아."

"두려워요. 그리고 당신은 제게 상처를 줄 거예요! 전 그걸 알아요! 하지만 전 당신을 원해요! 왜 당신을 원하는 걸까요?"

"모르겠어."

그때 로레인이 약간 병적으로 흥분한 목소리로 말했다.

"밖에 뭔가 있어요! 가까워요! 아주 가까워요! 들어 봐요! 들어 봐요!"

"조용히 해!"

서늘하고 따끔따끔한 느낌이 목덜미로 다가오더니 내 목을 감쌌다.

"방 저쪽으로 가 있어. 침대 뒤로!"

"어두운 곳은 무서워요."

"시키는 대로 해. 말 안 들으면 때려눕혀서 데려다 놓겠어. 여기 있으면 방해만 된다고."

로레인은 내 말대로 했고, 이윽고 폭풍우 소리와 함께 무엇인가 무겁게 펄럭이는 소리가 났고, 곧 성벽의 돌을 긁는 소리가 들렸다.

다음 순간, 나는 내 눈을 노려보는 두 개의 뜨겁고 빨간 눈을 바라보고 있었다. 나는 재빨리 시선을 내렸다. 그것은 창밖의 턱에 서서 나를 노려보고 있었다.

놈은 키가 180센티미터가 훨씬 넘었고, 이마에는 거대한 사슴 뿔이 나 있었다. 온몸은 벌거숭이였고, 피부색은 잿빛이었다. 아마도 중성인 듯했고, 회색 가죽 날개가 등 뒤로 길게 뻗어 있었으며, 그 끝은 어둠 속으로 스며들어 있었다. 놈은 검은 금속으로 된 짧고 묵직한 칼을 오른손에 들고 있었으며, 칼 전체에는 룬 문자가 새겨져 있었다. 왼손으로는 창틀을 움켜쥐고 있었다.

"관을 봐야 정신을 차릴 놈이로군."

나는 커다란 목소리로 말하며 그레이스 원더의 칼끝을 들어 놈의 가슴을 겨눴다.

놈이 킬킬거렸다. 놈은 그냥 그 자리에서 나를 바라보고 킬킬거리며 웃었다. 놈은 한 번 더 나와 시선을 마주치려 했지만 나는 얼른 시선을 피했다. 만약 내 눈을 오랫동안 들여다본다면 그 괴물 고양이들처럼 내 정체를 알게 될 것이기 때문이었다.

놈이 말을 했다. 마치 바순*을 부는 듯한 목소리였다.

---

* 관현악에서 중저음부를 담당하는 목관 악기

"너는 아냐. 너무 작고 너무 늙었어. 하지만…… 그 검은…… 그자의 것일 수도 있겠군. 넌 누구지?"

내가 물었다.

"넌 누구지?"

"내 이름은 스트리걸드워. 내 이름을 주문처럼 외워 봐. 그럼 내가 네 심장과 간을 먹어 줄 테니."

"주문처럼 외우라고? 난 발음하는 것조차 어려운걸. 그리고 난 간경변증이 있어서 소화시키기가 어려울 거야. 그러니 꺼져."

"넌 누구지?"

"미슬리, 감미 그라딜, 스트리걸드워."

내가 이렇게 말하자 놈은 발에 불침이라도 맞은 듯 펄쩍 뛰었다.

다시 자세를 가다듬으며 놈이 말했다.

"그런 간단한 주문으로 날 내쫓아 낼 생각이야? 난 그렇게 약하지 않아."

"그래도 약간 거북해하는 기색이던걸?"

놈이 다시 물었다.

"넌 누구지?"

"그건 네 알 바 아니고 이 멍청아. 무당벌레야, 무당벌레야, 집으로 날아 돌아가렴."

"그곳으로 들어가 널 죽일 때까지 네 번 네 이름을 묻고 네 번 거절당해야 한단 말이로군. 넌 누구지?"

일어나며 내가 말했다.

"아니지. 들어와 죽는 건 네 쪽이야. 어서 와. 요절을 내 줄 테니!"

그러자 놈이 격자창을 뜯어냈다. 놈이 방으로 들어오며 함께 들어온 바람에 촛불이 꺼졌다.

나는 앞으로 돌진했고, 그레이스 원더와 검은 룬 검이 맞부딪치며 불꽃이 튀었다. 우리는 거세게 부딪쳤고, 나는 뒤로 펄쩍 뛰며 물러났다. 이미 어둑어둑한 상태에 눈이 익숙해져 있었기에 불이 꺼졌다고 해서 안 보이는 건 아니었다. 상대 역시 어둠 속에서도 잘 볼 수 있었다. 놈은 인간보다 강했지만, 나 역시 마찬가지였다. 우리는 방 안을 빙빙 돌았다. 얼음장처럼 차가운 바람이 우리를 핥아 댔다. 다시 창문 옆을 지나자 차가운 빗방울이 얼굴을 때렸다. 내가 처음으로 놈을 베었을 때(가슴을 가로지르는 기다란 상처였다) 놈은 아무 소리도 내지 않았지만 상처 가장자리에서 작은 불꽃이 일어났다. 두 번째로 상처를 입혔을 때(팔죽지였다) 놈은 비명을 지르고 욕을 해 댔다.

"오늘 밤 네 뼈에서 골수를 빨아 먹겠어. 네 뼈를 말린 다음 정교하게 세공을 해 악기로 만들어 주지! 그걸 연주하면 육체 없는 네 놈의 영혼은 고통에 몸부림치게 될 거다!"

"지금 예쁘게 불타고 있는 건 그쪽인 듯한걸."

1초의 몇 분의 1 정도, 놈의 움직임이 둔해졌다. 바로 내가 기다리던 순간이었다.

나는 검은 검을 옆으로 쳐 내며 찌르기를 했다. 내 찌르기는 완벽했다. 녀석의 가슴 한가운데가 목표였다. 내 칼이 놈의 가슴을 관통했다.

놈은 울부짖었지만 쓰러지지는 않았다. 그레이스 원더가 내 손아귀에서 빠져나갔고, 놈의 상처 주위에선 불길이 일었다. 하지만 놈은 불길 속에 우뚝 서 있었다. 놈은 한 발 내게 다가왔고, 나는 작은 의자를 들어 방어 자세를 취했다.

놈이 말했다.

"내 심장은 인간과 같은 장소에 있지 않아."

이윽고 놈은 찌르기를 했지만 나는 의자로 공격을 막아 냈다. 의자 다리 하나가 놈의 오른쪽 눈을 찔렀다. 나는 의자를 옆으로 던지고 앞으로 나아가 놈의 오른 손목을 잡아 비틀었다. 그리고 손날로 온 힘을 다해 팔꿈치를 때렸다. 날카롭게 부러지는 소리가 나며 룬을 새긴 검이 바닥에 떨어졌다.

이윽고 놈이 왼손으로 내 머리를 때렸고, 내가 쓰러졌다.

놈은 자기의 검을 향해 껑충 뛰었고, 나는 놈의 발목을 붙잡고 확 잡아당겼다.

놈은 큰대 자로 뻗었고, 나는 놈 위로 올라가 목을 졸랐다. 놈이 왼손으로 내 얼굴을 할퀴려 해 댔지만, 나는 그것을 막기 위해 고개를 돌려 어깨의 우묵한 부분에 턱을 댔다.

내가 손아귀에 점점 더 힘을 주며 목을 단단하게 조르는 동안, 놈이 내 눈을 바라보았다. 이번에는 시선을 피하지 않았다. 그러자 뇌 어딘가에 작은 충격이 왔다. 우리 둘 다 상대의 정체를 알았기 때문이었다.

"넌!"

놈은 헐떡이며 간신히 내뱉었고, 내가 거세게 손을 비틀자 그 시뻘건 눈에서 생명이 빠져나갔다.

나는 일어섰고, 시체에 한쪽 발을 대고 그레이스 윈더를 뽑았다.

칼날이 빠져나오며 놈은 불길에 휩싸였고, 계속 불에 타올라 결국 바닥에 그을린 자국만 남기고 완전히 사라졌다.

이윽고 로레인이 내게 다가왔다. 내가 로레인을 껴안자 로레인은 자기 숙소까지 데려다 달라고 했다. 나는 로레인의 부탁대로 해 주었지만, 그곳에서도 별 다른 일을 하지 않고 단지 로레인이 울다 지쳐 잠이 들 때까지 함께 누워 있기만 했다. 이런 경위로 나는 로레인을 만났다.

****

햇살이 등 뒤로 따갑게 내리쬐는 늦은 아침, 랜스, 가넬론, 나는 말을 타고 높은 언덕 위에서 그곳을 내려다보고 있었다. 눈앞의 광경은 내 생각이 옳다는 걸 확인시켜 주었다.

눈앞에 펼쳐진 광경은 앰버 남쪽의 골짜기를 가득 메운 그 뒤틀린 숲과 똑같았다.

오, 아버지! 대체 제가 무슨 짓을 했단 말입니까? 마음속으로 이렇게 말했지만 아무런 답도 오지 않았다. 오직 아래쪽으로 눈 닿는 곳까지 검은 원만 펼쳐져 있을 뿐이었다.

면갑(面甲)의 살 너머로 나는 시꺼멓게 그을린 경치를 내려다보았다. 썩는 냄새를 맡았다. 최근 나는 면갑을 쓴 채로 지냈다. 병사들은 그걸 두고 젠 체한다고 여겼지만 내 계급 덕분에 이 정도 엉뚱한 행동은 용납되었다. 스트리걸드워와 싸운 뒤 나는 두 주 넘게 면갑을 쓴 채 지냈다. 처음 이것을 쓴 건 스트리걸드워와 싸운 이튿날, 즉 로레인과 약속한 대로 하랄드를 혼내 주기 전이었다. 몸이 불어나면서 면갑으로 얼굴을 감추고 있는 편이 낫겠다고 판단했기 때문이다.

이제 몸무게는 90킬로그램 정도 나갔고, 거의 예전의 모습으로 돌아왔다는 느낌이 들었다. 만약 내가 이들을 도와 로레인이라는 이 나라의 문제를 해결할 수 있다면, 내가 가장 원하는 것을 적어도 시도는 해 볼 기회를 얻을 수 있을 것이고, 아마 성공할 수 있으리라.

내가 말했다.

"저런 상태였군. 군대가 모이는 기미는 안 보이는데."

랜스가 말했다.

"그러려면 북쪽으로 가야 해. 그리고 어두워진 다음에나 볼 수 있을 거야."

"북쪽으로 얼마나 멀리?"

"3~4리그 정도. 놈들은 조금씩 돌아다니니까."

우리는 이틀 동안 말을 타고 원까지 왔다. 우리는 그날 아침 일찍 순찰대 하나와 만났고, 밤마다 원 안에서 군대가 모인다는 사실을 들었다. 놈들은 밤새 여러 훈련을 하다가 아침이 되면 (어딘가 더 깊숙한 곳으로) 모습을 감춘다고 했다. 원의 상공에는 늘 시커먼 적란운이 깔려 있지만 폭풍우가 친 적은 한 번도 없다고도 했다.

내가 물었다.

"여기서 아침 식사를 하고 북쪽으로 가면 어때?"

가넬론이 말했다.

"그러지. 배가 고파 죽겠는 데다가 시간도 충분하니까."

그래서 우리는 말에서 내려 육포를 먹고 수통의 물을 마셨다.

가넬론이 트림을 하며 배를 두드리고 파이프에 불을 붙인 다음 말했다.

"아직도 그 쪽지는 이해가 안 가. 최후의 전투에서 그자는 우리와 함께 싸울까, 아닐까? 그자는 어디에 있는 걸까? 최후의 날은 시시각각 다가오는데 말이야."

내가 말했다.

"잊어버려. 아마 농담일 거야."

"잊을 수가 없어, 젠장! 이번 사태에는 뭔가 묘한 점이 있어!"

"무슨 말이지?"

랜스가 물었다. 그제야 나는 가넬론이 랜스에게 쪽지에 대해 아무 말도 하지 않은 것을 깨달았다.

"내 옛 주군 코윈 왕이 전서조를 통해 이곳으로 오겠다는 이상한 소식을 전해 왔어. 나는 코윈이 죽었다고 생각했지만 이렇게 소식을 보내왔군. 이걸 어떻게 해석해야 할지 아직도 모르겠네."

"코윈? 앰버의 코윈?"

랜스가 물었고, 나는 숨을 죽였다.

"그래. 앰버와 아발론의."

"그 쪽지는 잊어버려."

"왜?"

"코윈은 명예를 모르는 자고 약속을 헌신짝처럼 버리는 자야."

"코윈을 아나?"

61

"알고 있어. 오래전, 이 땅을 다스렸지. 악마의 소군주에 대한 이야기들을 잊었단 말이야? 그것과 같은 이야기야. 그자가 바로 코윈이지. 내가 태어나기도 전의 이야기지만 말이야. 그자가 한 가장 좋은 일은 저항이 너무 거세지자 왕좌에서 물러나 도망친 일 정도였어."

터무니없는 거짓말이다! 아니, 사실이라고 해야 하나?

앰버는 무한대의 그림자를 던지고, 나의 아발론도 그곳에 있던 나 때문에 무수한 그림자를 던졌다. 나는 아마 밟아 본 적도 없는 무수한 땅에 알려졌을 것이다. 내 그림자들이 내 행동과 생각을 불완전하게 흉내 내며 그 땅들을 걸었을 터이기 때문이다.

가넬론이 말했다.

"아니, 나는 옛날이야기는 믿지 않아. 이곳을 지배했던 자가 내가 아는 코윈인지 궁금해. 흥미롭군."

대화에 끼기 위해 내가 맞장구쳤다.

"정말 그래. 하지만 코윈이 그렇게 오래전에 이곳을 다스렸다면 지금은 죽었거나 늙어 빠진 존재 아니겠어?"

랜스가 말했다.

"그자는 마법사야."

가넬론이 말했다.

"적어도 내가 알던 코윈은 그랬어. 그 어떤 마법이나 술수를 써도 결코 발견할 수 없는 땅으로부터 나를 추방했거든."

랜스가 말했다.

"금시초문인데. 어쩌다 그렇게 된 거지?"

"그건 자네가 알 바 아니고."

가넬론이 말했다. 랜스는 다시 침묵을 지켰다.

나는 파이프를 꺼냈고(이틀 전에 구한 것이다) 랜스도 파이프를 꺼냈다. 사기로 만든 파이프였고, 연기가 뜨거워서 빨기 어려웠다. 우리는 파이프에 불을 붙였고, 그곳에 앉아 담배를 피웠다.

가넬론이 말했다.

"흠, 그자는 현명하게 처신한 거야. 그 일에 대해서는 우선 잊어버리도록 하지."

당연히 그렇게 쉽사리 잊을 수 있을 리 만무했다. 그러나 그 뒤로는 아무도 그 이야기를 꺼내지 않았다.

등 뒤의 검은 물체만 없었다면 그렇게 앉아 편하게 있는 게 아주 즐거웠을 터였다. 갑자기 나는 이 둘에게 끈끈한 정을 느꼈다. 뭐라고 말을 해 주고 싶었지만 무슨 말을 해야 할지 알 수 없었다.

가넬론이 또 다시 현 상황을 화제로 꺼낸 덕분에 이 문제가 해결되었다.

"그럼 놈들이 공격해 오기 전에 우리가 먼저 공격하자는 말인가?"

내가 대답했다.

"맞아. 놈들의 영역에서 싸우는 거야."

가넬론이 말했다.

"문제는 그게 놈들의 영역이라는 거야. 놈들은 그곳에 대해 우리보다 더 잘 알고 있어. 또한 놈들이 그곳에서 무슨 마력을 쓸지 누가 알겠나?"

내가 말했다.

"뿔 난 자를 죽이면 나머지는 쉽사리 무너질 거야."

가넬론이 말했다.

"그럴 수도 있고 아닐 수도 있어. 적어도 내 경우에는 놈을 죽일 자신이 없어. 운이 따라 준다면 몰라도 말이야. 놈은 그렇게 간단히 죽일 수 있는 존재가 아니야. 현재의 나는 왕년의 나와 견주어 봤을 때 여전히 혈기 왕성하다고 생각하지만 스스로를 속이고 있는 건지도 몰라. 어쩌면 물러진 건지도 모르겠군. 젠장, 애당초 이렇게 한곳에 머물러 있을 생각은 조금도 없었어!"

내가 말했다.

"알고 있어."

랜스가 말했다.

"알고 있어."

가넬론이 말했다.

"랜스, 이 친구 말대로 해야 할까? 우리가 먼저 공격을 해야 할까?"

랜스는 어깨를 으쓱해 보이며 애매한 태도를 취할 수도 있었지만 그렇게 하지 않았다.

랜스가 말했다.

"그렇다고 생각해. 예전에 싸웠을 때 놈들은 우리를 거세게 몰아붙였고, 우리는 하마터면 그 싸움에서 질 뻔했어. 유서 왕이 전사했던 밤 전투에서의 승패는 정말 아슬아슬했지. 만약 지금 놈들을 공격하지 않으면 다음에는 놈들이 이길 거라는 확실한 느낌이 들어. 물론 쉽지 않은 일이고, 놈들 쪽도 큰 피해를 입겠지만 말이야. 하지만 놈들은 자기들이 우릴 이길 수 있다고 생각해. 그러니 지금부터 상황을 파악하고 공격 계획을 짜는 게 좋을 듯해."

가넬론이 말했다.

"알겠네. 나도 기다리는 건 지긋지긋해. 돌아가면 그 이야기를 다시 해 줘. 그 말대로 할 테니."

그래서 우리는 그렇게 했다.

그날 오후, 우리는 말을 타고 북쪽으로 갔고, 언덕 뒤에 숨어서 원을 내려다보았다. 원 안에서 놈들은 자기들 방식대로 예배를 했고, 훈련을 했다. 4000명 정도 되어 보였다. 우리 쪽 병력은 2500명이었다. 또한 놈들에게는 밤이 되면 시끄러운 소리를 내며 기고 뛰고 나는 괴물들도 있었다. 우리에게는 용기가 있었다. 그랬다.

나로서는 놈들 두목과 몇 분 정도만 따로 만나는 걸로 충분했다. 그러면 어떤 식으로든 결말을 볼 수 있을 터였다. 다른 두 명에게 그 이야기를 해 줄 수는 없지만, 사실이었다.

그랬다. 저곳에서 일어나는 모든 일은 내 책임인 것이다. 저 문제를 일으킨 자는 나고, 해결해야 할 자도 나였다. 그럴 수만 있다면.

그럴 수 없을 거 같아 두려웠다.

분노, 공포, 고통이 복합된 상황에서 나는 격노에 찬 감정을 주체 못 하고 저것을 풀어 놓아 버렸으며, 그 사실은 현존하는 모든 땅에 어떤 식으로든 반영되었다. 앰버의 왕자가 내린 피의 저주는 이런 것이다.

우리는 밤새 원의 감시자들을 관찰했고, 아침이 되자 그곳을 떠났다.

결론은, '공격!'이었다.

그래서 우리는 말을 타고 왔던 길을 되돌아왔다. 뒤를 쫓는 자는 없었다. 가넬론의 성에 돌아온 뒤 우리는 열심히 작전을 짰다. 아군은 이미, 아마 너무나 오래, 준비 태세를 갖추고 있었다. 우리는 두 주 안에 공격하기로 결정했다.

****

나는 로레인과 함께 누워 이런 이야기들을 해 주었다. 로레인이 알고 있어야 한다고 생각했기 때문이다. 나는 로레인을 그림자로 피난시킬 능력이 있었다. 바로 그날 밤, 로레인이 동의했다면 나는 그렇게 했을 것이다. 그러나 로레인은 동의하지 않았다.

"함께 있을래요."

"알았어."

나는 모든 일이 내 손에 달려 있다는 말을 해 주지는 않았지만, 어떤 이유에서인가 로레인이 그 사실을 알고 또한 나를 믿는다는 느낌을 받았다. 나라면 그러지 않겠지만, 그건 로레인의 문제였다.

"일이 잘못될지도 몰라."

"알아요."

로레인이 대답했고, 나는 로레인이 정말로 안다는 사실을 깨달았다. 그걸로 끝이었다.

우리는 다른 일들에 주의를 돌렸고, 후에 잠이 들었다.

****

로레인은 꿈을 꾸었다.

아침이 되었을 때 로레인이 말했다.

"꿈을 꾸었어요."

"무슨 꿈?"

"이번 전투에 대한 거요. 당신과 그 뿔 난 자가 싸우고 있었어요."

"누가 이겼지?"

"모르겠어요. 하지만 당신이 자는 동안 당신에게 도움이 될지도 모를 일을 해 뒀어요."

"그럴 필요는 없는데. 내 일쯤은 알아서 처리할 수 있어."

"그러고는 제가 죽는 꿈도 꿨어요."

"내가 아는 곳으로 데려가 줄 테니 가자고."

"아니요, 전 여기 있을 거예요."

"당신을 내 소유물인 양 다룰 생각은 전혀 없어. 하지만 당신이 무슨 꿈을 꿨든 난 당신을 구할 수 있어. 나에게는 적어도 그 정도 힘은 있어. 날 믿으라고."

"믿어요. 하지만 안 갈래요."

"정말 바보로군."

"그냥 여기 있게 해 주세요."

"원하는 대로 해…… 봐. 원하면 카브라로 보내 줄 수도 있어……."

"싫어요."

"정말 바보로군."

"알아요. 그리고 당신을 사랑해요."

"…… 그리고 멍청해. '사랑한다'가 아니라 '좋아한다'였다고. 기억해?"

"제 말대로 해 줄 거 알아요."

"턱도 없는 소리 집어치워!"

내 말에 로레인은 작게 흐느꼈고, 나는 또 다시 로레인을 위로해야만 했다. 로레인은 그런 여자였다.

3

어느 날 아침, 나는 지금까지 일어났던 일들을 모두 회고해 보았다. 나는 형제자매들을 한 명씩 전부 떠올려 보았다. 마치 카드라도 펼쳐 보듯이 말이다. 그 생각이 잘못되었다는 것은 알고 있었다. 나는 처음 정신을 차렸던 병원을, 앰버에서 벌어진 전투를, 레브마에서 패턴을 걸었던 일을, 지금은 에릭의 여인이 되었을 수도 있는 모이어와 함께했던 시간을 생각했다. 그날 아침, 나는 블레이즈를, 랜덤을, 디어드리를, 케인을, 제라드를, 에릭을 생각했다. 그날 아침, 물론 전투가 시작된 날 아침, 우리는 원 부근의 언덕에 주둔하고 있었다. 도중에 몇 번 공격을 받았지만 치고 빠지는 게릴라식 기습에 불과했다. 우리는 공격해 온 자들을 모두 물리치고 계속 나아갔다. 목표 지점에 도달한 뒤에는 야영지를 차렸고, 보초를 배치하고 휴식을 취했다. 우리는 아무 방해도 받지 않고 잤다. 내가 자기들을 생각하는 것처럼 내 형제자매들도 나를 생각하고 있을까? 그런 생각을 하며 나는 잠에서 깼다. 아주 서글픈 생각이었다.

나는 작은 숲 속에 들어가 투구에 비눗물을 담아 놓고 수염을 깎았다. 그리고 내 색깔을 한 너덜너덜한 옷을 천천히 입었다. 나는 예전의 내 모습으로 돌아와 있었다. 즉 돌처럼 단단했고 흙처럼 거무스름했으며 악랄했다.

오늘이 바로 그날이었다. 나는 면갑을 쓰고, 사슬 갑옷을 입고 혁대를 하고 옆구리에 그레이스 원더를 찼다. 망토를 걸치고 은 장미 죔쇠로 목 부분을 여몄다. 그때 전령이 오더니 준비가 거의 다 되었다고 알려 줬다.

나는 따라오겠다고 계속 고집을 부리는 로레인에게 키스를 하고, '스타'라는 이름의 흰 무늬 밤색 말에 올라타고 선봉으로 갔다.

선봉에서 가넬론과 랜스를 만났다. 둘이 말했다.

"우리는 준비가 되었어."

나는 내 부하 장교들을 불러 작전 설명을 했다. 장교들은 경례를 하고 말을 돌려 자기 위치로 갔다.

랜스가 파이프에 불을 붙이며 말했다.

"이제 곧 시작되겠군."

"자네 팔은 어때?"

"이젠 괜찮아. 어제 자네와 연습한 이후 쭉 완벽한 상태야."

나는 면갑을 열고 내 파이프에 불을 붙였다.

랜스가 말했다.

"면도를 했군. 수염이 없으니 자네인지 못 알아보겠어."

내가 말했다.

"이러는 쪽이 투구가 더 잘 맞거든."

가넬론이 말했다.

"우리 모두에게 행운이 함께하기를. 나는 신들하고 아는 사이가 아니지만 그중 누구라도 우리 편을 들어준다면 두 손 들어 환영하겠어."

랜스가 말했다.

"신은 오직 한 분뿐이야. 주께서 우리와 함께하시길."

가넬론이 파이프에 불을 붙이며 말했다.

"아멘, 오늘을 위해."

랜스가 말했다.

"승리는 우리 거야."

내가 말했다.

"그럴 거야. 그런 느낌이 드는군."

동쪽에서 해가 떠오르기 시작했고, 아침 새들의 지저귐이 들려왔다.

담배를 다 피우자 우리는 파이프에서 재를 털어 냈고, 허리띠에 끼웠다. 이윽고 갑옷의 여미개와 쥠쇠를 마지막으로 점검했다.

가넬론이 말했다.

"자, 그럼 가도록 하지."

내 부하 장교들이 돌아와 보고를 했다. 우리 부대는 준비를 마친 상태였다.

우리는 줄을 지어 언덕을 내려갔고, 원 바깥에서 대열을 정비했다. 원 안에서는 아무 움직임도 없었고, 군대도 보이지 않았다.

가넬론이 내게 말했다.

"코윈의 일이 궁금하군."

"코윈은 우리와 함께 있어."

내가 말했다. 가넬론은 이상하다는 표정으로 나를 보았다. 그제야 내 장미 쥠쇠를 본 모양이었다. 이윽고 가넬론은 무뚝뚝하게 고개를 끄덕였다.

우리가 대열을 정비하자 가넬론이 말했다.

"랜스, 명령을 내려."

랜스가 검을 뽑아 들고 외쳤다.

"돌격!"

랜스의 외침이 주위에 울려 퍼졌다.

****

원으로 500미터 정도 들어가기 전까지는 아무 일도 일어나지 않았다. 우리 선봉대는 500명이었고, 모두 말을 타고 있었다. 검은 기병대가 나타나 우리를 막았다. 5분 뒤, 놈들의 대열이 무너졌고, 우리는 계속 앞으로 나아갔다.

이윽고 천둥이 쳤다.

번개가 치며 비가 내리기 시작했다.

마침내 적란운이 깨진 것이다.

주로 창보병으로 된 보병들이 성긴 대열을 이루고 우리 앞을 막은 채 끈기 있게 기다렸다. 우리 모두 함정의 냄새를 맡았는지도 모르지만, 우리는 어쨌든 돌진했다. 그러자 기병이 우리 측면을 공격했다.

우리는 방향을 바꿨고, 본격적인 전투가 시작되었다.

아마 20분 정도 지났을 것이다…….

우리는 본대의 도착을 기다리며 공격을 버텨 냈다.

이윽고 우리측에서 200기 정도가 앞으로 돌진했다.

인간, 우리가 죽이고 죽인 것은 인간이었다. 잿빛 얼굴에 음침한 표정을 한 인간들. 나는 원하고 더 원했다. 한 명만 더…….

놈들은 반 형이상학적인 병참술 문제에 부닥친 게 분명했다. 놈들은 이 통로에 얼마나 많은 병력을 투입할 수 있을까? 확신이 서지 않았다. 곧…….

높은 곳으로 오르자 아래편 저 멀리로 검은 성이 보였다.

나는 검을 들어 올렸다.

우리가 내려가자 놈들이 공격해 왔다.

놈들은 쉭쉭거리고 깍깍거리고 퍼덕거렸다. 놈들이 왔다는 사실은 이제 인간 부하가 떨어졌다는 뜻으로 해석할 수도 있었다. 그레이스 원더가 내 손에서 화염으로, 벼락으로, 휴대용 전기의자로 변했다. 나는 적들이 다가오는 족족 베어 없앴고, 놈들은 죽으면서 불길에 휩싸였다. 내 오른쪽에서 랜스가 칼로 혼돈의 선을 그리는 모습이 보였다. 랜스는 싸우면서 작은 소리로 뭐라고 중얼거렸다. 죽은 자들을 위한 기도일 게 뻔했다. 왼쪽에서는 가넬론이 적들을 베었고, 말의 꼬리 뒤로 화염의 궤적을 그리며 전진하고 있었다. 번쩍이는 번개 아래에서 성이 점차 거대한 모습을 드러냈다.

100기가량의 아군이 돌진했고, 저주받은 자들이 주위에서 쓰러졌다.

성문에 도착하자 인간과 짐승으로 된 보병이 우리를 막았다. 우리는 돌격했다.

적이 수적으로 우세했지만 우리에게는 선택의 여지가 없었다. 아군 보병들보다 우리가 너무 앞서 온 것일 수도 있었다. 하지만 나는 그렇게 생각하지 않았다. 지금 가장 중요한 것은 시간이었다.

내가 외쳤다.

"난 여길 뚫고 나가야 해! 놈이 저 안에 있어!"

랜스가 외쳤다.

"그자는 내게 맡겨!"

가넬론이 주위의 적들을 마구 베며 말했다.

"둘 다 하고 싶은 대로 해! 기회가 오면 들어가! 나도 따라가겠어!"

우리는 베고 또 베고 또 베었지만 전투의 흐름은 적에게 유리한 쪽으로 돌아갔다. 놈들은 우리를 압박했다. 놈들은 인간 이상 또는 인간 이하의 추악한 것들과 인간으로 구성된 군대였다. 우리는 작게 뭉쳐 사방에서 공격해 오는 적을 막아야 했다. 그때 비에 흠뻑 젖은 아군이 도착했고, 적을 무너뜨리기 시작했다. 우리는 다시 한 번 성문으로 돌진했고, 이번에는 45기모두 성문을 돌파하는데 성공했다.

우리는 싸우며 나아갔고, 안뜰에 도착해 보니 없애야 할 적이 기다리고 있었다.

검은 탑의 기부에 도착한 여남은 명의 아군을 최후의 근위대가 맞이했다.

우리가 말에서 뛰어내려 적에게 뛰어드는 순간 가넬론이 외쳤다.

"서둘러!"

랜스가 외쳤다.

"서둘러!"

내게 외치는 듯했다. 아니면 서로를 향해 외쳤든가.

나는 내게 한 소리일 거라고 결론 내리고 전투지를 빠져나와 계단을 뛰어올랐다.

놈은 이곳, 가장 높은 탑 안에 있을 터였다. 나는 알고 있었다. 나는 놈과 대결해야 하고 굴복시켜야 했다. 놈이 어디서 왔는지 아는 자는 나 혼자뿐이었기 때문이다. 그리고 놈을 이곳에 불러온 자가 바로 나이기 때문이다.

계단 꼭대기에는 육중한 나무 문이 있었다. 열어 보려 했지만 안쪽으로 빗장이 걸려 있었다. 나는 있는 힘껏 문을 걷어찼다.

문이 요란한 소리를 내며 안으로 쓰러졌다.

놈은 창가에 있었다. 가벼운 갑옷을 입은 몸은 인간의 모습이었고, 떡 벌어진 어깨 위로는 염소 머리가 달려 있었다.

나는 문지방을 넘어선 뒤 멈춰 섰다.

놈은 문이 부서졌을 때 몸을 돌려 이쪽을 보고 있었다. 놈은 이제 강철 투구 안쪽의 내 눈을 들여다보려고 하고 있었다.

"죽을 운명의 인간이여, 너무 멀리까지 왔군. 아니, 너는 인간인가?"

다음 순간, 놈의 손에 검이 쥐어져 있었다.

"그런 건 스트리걸드워에게 물어보라고."

"스트리걸드워를 죽인 게 바로 너였군. 그가 네 이름을 불렀나?"

"아마도."

등 뒤 계단에서 발소리가 들렸다. 나는 문 왼쪽으로 몸을 비켰다.

가넬론이 방으로 뛰어 들어왔다. 나는 "멈춰!"라고 말했고, 가넬론은 걸음을 멈췄다.

가넬론이 말했다.

"바로 이놈이야. 대체 이놈 정체가 뭐야?"

"내가 사랑한 것을 배신한 내 죄의 결과물이지. 놈에게서 떨어져. 이건 내가 맡을 테니."

가넬론이 말했다.

"자네 맘대로 하라고."

가넬론은 그 자리에 서서 꼼짝 않았다.

괴물이 말했다.

"진심으로 하는 이야기인가?"

"이제 알게 될 거야."

내가 말하며 앞으로 뛰어 나갔다.

놈은 나와 싸우려 하지 않았다. 그 대신, 인간 검사라면 바보짓이라 여길
만한 행동을 했다.

놈은 검 끝을 내게 겨눈 채 벼락을 치듯 검을 집어 던졌다. 검이 공중을
가르며 천둥 같은 소리를 냈다. 탑 바깥의 비바람과 천둥 번개가 그 소리에
맞춰 귀가 멀 정도로 요란한 소리를 냈다.

나는 그레이스 원더로 평범한 찌르기를 받아넘기듯 그 검을 받아넘겼
다. 내가 받아넘긴 검이 바닥에 박혀 불타올랐다. 밖에서 번개가 호응했다.

한순간 그 빛은 마그네슘 섬광처럼 눈부시게 번쩍였고, 다음 순간 놈은
나를 짓누르고 있었다.

놈은 내 두 팔을 옆구리에 밀어붙여 꼼짝 못하게 했으며 뿔로 내 면갑을
찔렀다. 한 번, 두 번……

나는 온 힘을 다해 놈의 팔을 밀었다. 나를 껴안고 있던 힘이 약해지기
시작했다.

나는 그레이스 원더를 놓고 나를 껴안은 놈에게 마지막으로 한 번 더 힘
을 주어 놈을 떨어 냈다.

하지만 그 순간, 우리 시선이 마주쳤다.

그 순간 우리는 서로를 공격했고, 다음 순간 둘 다 비틀거리며 뒤로 물러
섰다.

놈이 말했다.

"앰버의 왕자여, 왜 나와 싸우는 것인가? 우리를 이곳으로 불러낸 이가, 이 길을 통해 오게 한 이가 바로 당신 아니던가?"

"내 경솔한 행동을 뉘우치고 바로잡으려는 거야."

"너무 늦었소. 그리고 이곳은 그런 일을 시작하기에 어울리는 장소가 아니오."

놈은 또 다시 나를 공격했다. 너무나 빨랐기에 막을 틈도 없었다. 나는 뒤쪽 벽에 부딪혔다. 놈의 움직임은 지독히 빨랐다.

이윽고 놈은 한 손을 들더니 손짓을 했고, 혼돈의 궁정의 환영이 내 눈앞에 펼쳐졌다. 그 환영을 본 나는 내가 무슨 짓을 저질렀는지 깨달았다. 온몸의 털이 곤두서고 차가운 바람이 영혼을 가로질러 갔다.

놈이 말했다.

"알겠소? 당신이 우리에게 이 '통로'를 주었소. 이제 우리를 도와주시오. 그러면 당신의 것을 당신에게 돌려주겠소."

잠시 마음이 흔들렸다. 놈이 한 말은 실현될 가능성이 있었다. 내가 돕기만 한다면.

하지만 그럴 경우 놈은 영원한 위협으로 남을 터였다. 잠시 동맹을 맺고 서로 원하는 것을 얻은 뒤에는 서로의 목을 따려 할 터였다. 그리고 이들 검은 세력은 지금보다 훨씬 더 강해져 있을 터였다. 하지만 내가 앰버를 장악하고 있다면…….

"거래를 하겠소?"

날카로운, 거의 매애거리는 듯한 목소리로 놈이 물어왔다.

나는 그림자들에 대해서, 그리고 그림자 너머의 장소들에 대해서 생각했다.

천천히, 나는 투구로 손을 가져가 끈을 풀었고…….

놈이 긴장을 푸는 기색을 보이는 순간, 나는 그것을 던졌다. 이미 그때 가넬론이 앞으로 달려가고 있었다고 생각한다.

　나는 껑충 뛰어 방을 가로질렀고, 놈을 반대편 벽으로 밀어붙였다.

　"거절하지!"

　내가 외쳤다.

　내가 두 손으로 놈의 목을 감은 순간, 인간의 손을 한 놈의 손도 내 목을 감싸 쥐었다.

　나는 온 힘을 다해 목을 졸랐고, 비틀었다. 놈도 같은 일을 했다고 생각한다.

　마른 나뭇가지가 부러지는 듯한 소리가 났다. 어느 쪽 목이 부러진 걸까 하는 생각이 들었다. 적어도 내 목이 아픈 건 확실했다.

****

　눈을 뜨자 하늘이 보였다. 나는 땅에 깔아 놓은 담요 위에 누워 있었다.

　"안타깝게도 살아난 것 같군."

　가넬론이 말했다.

　나는 가넬론의 목소리가 들려온 곳으로 천천히 고개를 돌렸다.

　가넬론은 무릎 위에 칼을 올려놓고 담요 끝자락에 앉아 있었다. 로레인이 가넬론과 함께 있었다.

　내가 물었다.

　"어떻게 됐어?"

　가넬론이 말했다.

　"우리가 이겼어. 자네는 약속을 지켰어. 자네가 그 괴물을 죽이자 모든 것이 끝났어. 인간들은 정신을 잃고 쓰러졌고, 괴물들은 불타올랐지."

　"잘됐군."

　"나는 여기 앉아서 왜 내가 더 이상 자네를 미워하지 않는지에 대해 생각하고 있었어.”

“그 이유를 알아냈나?”

“아니, 아마 우리 둘이 많이 닮았기 때문인지도 모르겠어. 정말 모르겠어.”

나는 로레인을 보며 싱긋 웃었다.

“미래를 예언하는 당신 능력이 형편없다는 점이 기쁘군. 전쟁은 끝났고 당신은 아직 살아 있잖아.”

내 웃음을 못 본 척하며 로레인이 대답했다.

“죽음은 이미 시작되었어요.”

“무슨 뜻이지?”

“이곳 사람들은 코윈 왕이 자기 할아버지를 어떻게 죽였는지 아직도 생생하게 기억하고 있어요. 자기에게 대항해 일어난 초기 반란 가운데 하나를 주도했다는 혐의로 사람들 앞에서 말에다 몸을 묶고 사지를 찢어 죽였죠.”

“그건 내가 아냐. 내 그림자 가운데 하나가 한 짓이야.”

그러나 로레인은 고개를 저었다.

“앰버의 코윈, 저는 그런 여자예요.”

로레인은 자리에서 일어나 가버렸다.

사라져 가는 로레인을 무시하며 가넬론이 물었다.

“그게 뭐였지? 탑에 있던 게 뭐였지?”

내가 대답했다.

“내 것이었어. 내가 앰버에 저주를 내렸을 때 풀려난 것 가운데 하나야. 그때 나는 그림자 너머에 있는 것에게 진정한 세계로 들어올 수 있는 길을 터 준 거야. 그 길들은 가장 저항이 적은 곳을 따라 났고, 그림자들을 관통해 앰버까지 나 있어. 이곳의 길은 바로 원이었지. 다른 곳에서는 다른 모양을 하고 있을 거야. 나는 이곳으로 통하는 길을 닫았어. 그러니 여기는 안심해도 돼.”

"자네는 그 때문에 여기로 온 건가?"

"아니, 그건 아니야. 아발론으로 가다가 랜스를 만난 거야. 나는 랜스를 못 본 척 그냥 갈 수가 없었고, 랜스를 자네에게 데리고 온 뒤 내가 저지른 일에 휘말리게 된 거지."

"아발론? 그럼 그곳이 멸망했다는 건 거짓말이었어?"

나는 고개를 저었다.

"거짓말이 아니야. 우리의 아발론은 멸망했어. 하지만 나는 그림자 속에서 아발론과 닮은 곳을 다시 찾아낼 수 있어."

"나도 데려가 주게."

"자네 미쳤나?"

"아니, 내가 태어난 땅을 다시 한 번 이 두 눈으로 보고 싶어. 어떤 위험이 닥친다 해도 말이야."

"나는 그곳에 살러 가는 게 아니라 전쟁을 위한 무기를 구하러 가는 거야. 아발론에는 보석상들이 쓰는 분홍색 가루가 있어. 예전에 앰버에서 그것을 폭발시킨 적이 있어. 내가 아발론에 가려는 이유는 단지 그 가루를 얻기 위해서야. 총을 만들어 앰버를 포위 공격하고 내 왕좌를 되찾기 위해서 말이야."

"자네가 말한 그 그림자 너머에서 왔다는 괴물들은 어쩔 생각이지?"

"그건 나중에 처리할 거야. 이번에 내가 진다면 에릭이 알아서 하겠지."

"에릭은 당신을 장님으로 만든 뒤 지하 감옥에 넣었다고 했잖아?"

"사실이야. 나는 새로운 눈이 생겼어. 그리고 탈출한 거지."

"자네는 정말로 악마로군."

"워낙 자주 듣는 말이라 이제는 그냥 인정하고 살기로 했네."

"날 데려가 주겠어?"

"정말로 원한다면. 하지만 자네가 아는 아발론과는 다를 거야."

"난 앰버를 말하는 거야."

"진짜로 미쳤군!"

"아니, 옛날부터 그 전설의 도시를 꼭 한 번 보고 싶었어. 일단 아발론을 다시 한 번 본 다음에는 뭔가 새로운 일을 하고 싶어질 거야. 내가 우수한 장군이지 않았나?"

"그랬지."

"그러면 그 '총'이라는 물건에 대해 가르쳐 줘. 그러면 위대한 전투에서 자네를 돕겠어. 아직은 내가 한창 때지만 이렇게 좋은 날도 얼마 남지 않았어. 난 알아. 날 데려가 줘."

"자네 뼈가 콜버 산 기슭에 버려진 채 내 뼈와 함께 하얗게 변해 갈지도 몰라."

"전쟁에서 확실한 게 뭐가 있겠어? 그런 위험은 기꺼이 감수하겠어."

"정 원한다면 같이 가지."

"고맙군."

그날 밤 우리는 그곳에서 야영을 했고, 날이 밝은 뒤 성으로 돌아갔다. 나는 로레인을 찾았다. 하지만 로레인이 옛날 애인 가운데 하나인 멜킨이라는 장교와 도망쳤다는 사실을 알게 되었다. 설령 로레인이 내 정체를 알고 당황했다 해도, 단지 소문으로만 들어 알던 일에 대해 내가 해명할 기회조차 주지 않았다는 사실에 나는 분개했다. 나는 둘을 쫓기로 맘먹었다.

나는 스타에 올라탄 뒤 둘이 갔으리라고 짐작되는 쪽을 향해 뻣뻣한 목을 돌린 다음 말을 몰아 뒤를 쫓았다. 어떻게 보면, 나는 로레인을 비난할수 없었다. 성으로 돌아간 뒤에도 나는 뿔 난 괴물을 죽인 영웅으로 환영받지 못했다. 만약 내가 아닌 다른 사람이었다면 대대적인 환영을 받았으리라. 그러나 코윈에 대한 옛 이야기는 사람들 사이에 너무나도 뿌리 깊게 박혀 있었고, 그 모든 이야기에는 악마의 딱지가 붙어 있었다. 나와 함께 훈련하고 나란히 싸우던 병사들이 이제는 공포 이상의 의미가 담긴 눈초리로 나를 힐긋거렸다. 하지만 단지 힐긋거릴 뿐이었고, 곧 눈을 깔거나 다른 곳으로 시선을 돌렸다. 아마 내가 이곳에 머물며 계속 다스릴까 두려워하는 듯했다. 내가 로레인 뒤를 쫓아 나섰을 때 가넬론을 제외하고는 모두가 안심하는 듯이 보였다. 가넬론은 내가 약속을 어기고 돌아오지 않을지도 모른다고 두려워하는 것 같았다. 그래서 나와 함께 로레인의 뒤를 쫓겠다고 제안했다. 하지만 이건 나 혼자 해결해야 할 문제였다.

로레인은 내게 상당히 의미 있는 존재가 되어 있었다. 나는 그 사실에 놀랐고, 또한 로레인의 행동으로 퍽 맘이 상했다. 이런 식으로 떠나 버리기 전에 내게 해명할 기회는 줘야 한다고 느낀 것이다. 내 해명을 들은 다음에도 멜킨을 선택한다면 나는 기꺼이 축복을 내려 줄 맘이 있었다. 하지만 로레인이 마음을 바꾼다면 나는 로레인을 내 곁에 두고 싶었다. 우리 관계를 끝낼지 아니면 계속할지를 결정하기 전에는 아름다운 아발론으로 가는 일도 미뤄둘 작정이었다.

나는 둘이 남긴 자취를 따라 말을 타고 갔다. 나무에서 새들이 지저귀었다. 청명한 하늘, 저주가 사라진 땅, 푸르른 초목 사이에 평온함이 깃들어 있었다. 내가 일으킨 부패를 조금이나마 없앴다는 사실 덕분에 마음속에서 작은 기쁨 비슷한 감정이 생겨났다. 사악함? 젠장, 물론 내가 대다수의 인간들보다 사악한 짓을 해 온 건 사실이지만 그 과정 어디에선가 양심을 얻은 것 역시 사실이다. 나는 드물게 주어지는 이런 만족의 순간을 내 양심이 즐길 수 있도록 내버려 두었다. 일단 내가 앰버를 장악한다면 양심에게도 조금 더 자유롭게 활동한 여지를 만들어 줄 수 있으리라. 하!

나는 북쪽을 향해 가고 있었다. 지형이 낯설었다. 나는 땅에 뚜렷이 난 자국을 따라 둘을 추적했다. 땅에는 말을 탄 두 명이 최근에 지나간 자국이 남아 있었다. 나는 가끔 말에서 내려 길을 확인하며 땅거미가 지고 저녁이 될 때까지 뒤를 쫓았다. 눈에 헛것이 너무 많이 보이기 시작하자 나는 조그만 골짜기를 찾아(발자취가 난 길로부터 왼쪽으로 몇백 미터 정도 떨어진 곳이었다) 야영을 했다. 그날 밤 뿔이 난 자와 다시 한 번 싸우는 꿈을 꾼 것은 아마도

목이 아직도 아팠기 때문일 것이다. "이제 우리를 도와주시오. 그러면 당신의 것을 당신에게 돌려주겠소." 놈이 말했다. 그 순간 나는 욕을 내뱉으며 갑자기 잠에서 깼다.

새벽이 밝아 오자 나는 다시 말을 타고 계속 둘을 쫓았다. 전날 밤은 추웠고, 날이 밝은 뒤에도 북쪽에서 온 냉기가 내 몸을 휘감았다. 풀잎은 얇게 낀 서리로 반짝였고, 전날 침낭 대신 썼던 망토는 축축했다.

정오가 되자 세상은 조금씩 온기를 되찾았고, 둘의 흔적은 점차 뚜렷해졌다. 나는 둘을 따라잡고 있었다.

로레인을 찾아냈을 때, 나는 말에서 뛰어내려 로레인이 누워 있는 곳으로 달려갔다. 꽃이 피지 않은 장미 덤불 아래였고, 로레인의 뺨과 어깨는 가시에 긁혀 상처가 나 있었다. 죽은 지 그리 오래되지는 않았다. 칼에 찔린 가슴의 상처에 고인 피가 아직도 축축했으며 몸이 아직 따뜻했기 때문이다.

돌무덤을 쌓아 주고 싶었지만 주변에 그럴 만한 돌들이 없었다. 그래서 그레이스 원더로 뗏장을 뜬 뒤 로레인을 그곳에 뉘였다. 놈은 로레인의 팔찌, 반지, 보석이 박힌 빗 따위를 모두 가져갔다. 로레인의 재산은 그게 전부였다. 로레인의 몸을 내 망토로 덮기 전에 눈을 감겨 줘야 했다. 손이 떨렸고 눈앞이 흐릿해졌다. 마음을 가라앉힐 때까지는 오랜 시간이 걸렸다.

나는 계속 말을 타고 갔고, 오래지 않아 그자를 따라잡았다. 그자는 마치 악마에게 쫓기기라도 하는 듯 (사실, 쫓기고 있었다) 정신없이 말을 몰고 있었다. 나는 한마디 말도 없이 사내를 말에서 끌어내렸다. 나는 처음부터 끝까지 아무 말도 하지 않았고, 상대가 검을 뽑았을 때도 나는 내 검을 뽑지 않았다. 나는 그자의 부러진 몸을 높은 떡갈나무에 내던졌다. 나중에 돌아보니 시체 주위로 새카맣게 새들이 몰려 있었다.

무덤을 봉하기 전, 나는 로레인의 반지, 팔찌, 빗 등을 원래 자리에 돌려놓았다. 이것이 로레인이었다. 로레인이 살아왔던 모든 과거가, 원했던 미래가 결국은 이런 식으로 끝나게 되었다. 로레인이라 불리는 땅에서 우리가, 로레인과 내가 어떻게 만났고 어떻게 헤어졌는지에 대한 이야기는 이것이 전부다. 그리고 내게 걸맞은 운명이었다. 앰버의 왕자는 세계에 존재하는 모든 타락의 근원이자 일부이기 때문이다. 바로 그런 이유 때문에 내가 양심이라는 단어를 입에 담을 때마다 내 안에서 무엇인가가 '파하!' 하며 비웃곤 하는 것이다. 수많은 심판의 거울에 비치는 내 손은 피로 얼룩져 있다. 나는 세계와 그림자에 존재하는 악의 일부다. 이따금 나는 내가 다른 악에 대항하기 위해 존재하는 악이라고 상상해 보기도 한다. 멜킨 같은 자들과 만나면 나는 그들을 파멸시킨다. 그리고 예언자들이 예언은 하지만 진심으로 믿지는 않는 그 위대한 날이 오면, 세계에서 모든 악이 완전히 사라지는 그날이 오면, 나 또한 저주를 삼키고 암흑 속으로 가라앉으리라. 아니, 지금 판단해 보면 그날은 더 빨리 올지도 모르겠다. 하지만 어쨌든 간에…… 그때가 올 때까지 나는 결코 내 손을 씻지 않을 것이며 헛되이 놀리고 있을 생각도 없다.

나는 말을 돌려 가넬론의 성으로 돌아갔다. 알기는 하지만 결코 이해하지는 못할 가넬론이 있는 곳으로.

4

아발론으로 통하는 거칠고 기괴한 길을, 우리는, 가넬론과 나는 말을 타고 달리고 또 달렸다. 꿈과 악몽의 오솔길을 지나 태양의 황동 껍질 아래를, 그리고 밤의 열기에 휩싸인 하얀 섬들이 금과 다이아몬드의 박편으로 변하고 달이 백조처럼 밤하늘을 헤엄칠 때까지 우리는 나아갔다. 낮에는 봄의 신록이 활짝 피어올랐고, 거친 강과 산맥을 넘는 우리들을 밤의 서리가 하얗게 뒤덮었다. 나는 한밤중을 향해 내 욕망의 화살을 날려 보냈다. 화살은 머리 위에서 유성처럼 타오르며 북쪽으로 날아갔다. 우리가 만난 유일한 드래곤은 다리를 절었는데, 가쁜 숨을 몰아쉬며 씨근대다가 데이지 꽃만 그슬리며 잽싸게 숨었다. 화려한 철새들이 우리 목적지로 화살처럼 날아갔으며, 호수 옆을 지나자 우리가 말하는 소리는 수정처럼 맑게 메아리쳐 돌아왔다. 나는 말을 타고 달리며 노래를 했고, 잠시 뒤 가넬론도 나를 따라 노래를 했다. 우리는 일주일 넘게 여행을 했다. 땅과 하늘과 산들바람이 아발론에 가까워졌음을 알렸다.

태양이 바위 뒤로 미끄러지고, 낮이 밤에게 자리를 비킬 무렵, 우리는 호수 근처의 숲에서 야영을 했다. 가넬론이 짐을 푸는 사이 나는 호수로 가 목욕을 했다. 물은 시원하고 상쾌했다. 나는 한참을 철벅거리며 목욕을 했다.

목욕을 하는 사이 몇 번 비명을 들은 것 같았지만 확실하지는 않았다. 원래가 묘한 숲이었기에 크게 마음 쓰지 않았다. 하지만, 나는 재빨리 옷을 입고 서둘러 야영지로 돌아왔다.

걷고 있을 때 또 다시 그 소리가 들렸다. 애처롭고 간청하는 듯한 소리였다. 가까이 다가감에 따라 그 소리가 대화의 일부란 사실을 깨달았다.

이윽고, 우리가 야영하는 작은 공터에 들어섰다. 우리의 짐이 널브러져 있었고, 모닥불을 피우기 위한 땔감이 쌓여 있었다.

가넬론은 떡갈나무 밑에 웅크리고 앉아 있었다. 사내 한 명이 나무에 매달려 있었다.

사내는 젊고 금발이었으며, 피부가 하얬다. 힐긋 본 탓에 그 이상은 알 수 없었다. 한 번만 보고 낯선 인간의 얼굴과 덩치에 대해서 확실한 첫인상을 얻기는 힘들다는 사실을 새삼 깨달았다. 상대방이 지상 1미터 정도의 높이에 거꾸로 매달려 있을 경우에는 특히나 더.

사내는 두 손이 뒤로 묶였고 오른쪽 발목에 감긴 밧줄이 낮은 가지에 걸려 있었다.

가넬론의 질문에 짧고 빠르게 대답하는 사내의 얼굴은 침과 땀으로 흠뻑 젖어 있었다. 사내의 몸은 그냥 축 늘어져 있는 게 아니라 앞뒤로 흔들리고 있었다. 뺨에는 긁힌 상처가 있었고, 셔츠 앞쪽에는 피가 점점이 묻어 있었다.

나는 걸음을 멈춘 채, 잠시 상황을 지켜보았다. 가넬론이 아무 이유 없이 이럴 리가 없다는 사실을 알기 때문에 나는 사내에게 전혀 동정심이 들지 않았다. 가넬론이 왜 이런 방식으로 신문을 하는지는 모르겠지만, 이 방식으로 얻게 될 정보에 대해서는 나도 궁금했다. 그리고 이 과정에서 이제는 일종의 동맹자가 된 가넬론에 대해 무엇을 알게 될지도 궁금했다. 저렇게 몇 분 더 거꾸로 매달려 있다고 해서 그리 큰 해가 되는 것은 아니기도 하고……

몸의 흔들림이 느려지자 가넬론은 사내의 흉골을 칼끝으로 밀어 몸을 다시 격렬하게 흔들었다. 이 때문에 피부가 조금 찢어지며 붉은 반점이 하나 더 생겼다. 그리고 소년은 비명을 질렀다. 얼굴을 보고 나는 나무에 매달린 자가 아직 어리다는 사실을 깨달았다. 가넬론은 검을 들어 올렸고, 소년의 몸이 흔들리며 다시 이쪽으로 돌아오려고 하면 소년의 목이 오게 될 위치에서 몇 센티미터 떨어진 곳에 칼끝을 갖다 댔다. 마지막 순간 가넬론은 칼을 뒤로 잡아 뺐고, 소년이 몸부림치며 "살려 줘요!"라고 외치자 껄껄 웃어 댔다.

가넬론이 말했다.

"나머지도 전부 털어 놔."

"그게 전부예요. 더는 몰라요!"

"왜 모르는데?"

"그땐 이미 절 놔두고 모두 가 버렸어요! 알 수가 없다고요!"

"넌 왜 안 따라갔지?"

"다른 사람들은 말을 타고 갔어요. 저는 걸어야 했고요."

"그럼 왜 걸어서라도 따라가지 않은 거지?"

"정신이 없었거든요."

"정신이 없었다고? 넌 겁이 났던 거야! 도망친 거야!"

"아니에요!"

가넬론이 칼로 찌르는 척하다가 마지막 순간에 다시 잡아 뺐다.

소년이 외쳤다.

"아니에요!"

가넬론이 다시 칼을 움직였다.

소년이 비명을 질렀다.

"맞아요. 무서웠어요!"

"그래서 도망쳤단 말이지?"

"네! 그냥 도망쳤어요! 계속 도망치고 있었어요…….."

"그리고 그다음은 어떻게 됐는지 아무것도 모른다고?"

"몰라요."

"거짓말 마!"

가넬론이 다시 칼을 움직였다.

"진짜예요! 제발……."

그때 내가 앞으로 나서며 말했다.

"가넬론."

가넬론은 나를 흘깃 보더니 씩 웃으며 칼을 내렸다. 소년은 나와 눈을 마주치려 했다.

"어떻게 된 거야?"

내가 물었다.

"하!"

가넬론은 가볍게 코웃음을 치더니 소년의 허벅지 안쪽을 때렸다. 소년이 비명을 질렀다.

"도둑놈에 탈영병이지. 재미있는 이야기를 해 주더군."

"그럼 밧줄을 잘라서 아래로 내려 줘. 나도 같이 듣자고."

가넬론은 몸을 돌려 한칼에 밧줄을 잘라 냈다. 소년은 땅에 떨어져 훌쩍이기 시작했다.

"이 녀석이 우리 짐을 훔치려는 걸 붙잡았어. 그래서 이 근처 사정에 대해 물어보려고 했지. 이놈은 아발론에서 왔어. 황급히 말이야."

"그게 무슨 뜻이지?"

"이틀 전 그곳에서 벌어진 전투에서 이 녀석은 보병으로 싸우고 있었어. 싸우다가 겁을 먹고 탈영한 거지."

소년은 이 말을 부정하려 했지만 가넬론이 소년을 걷어찼다.

가넬론이 말했다.

"입 닥쳐! 지금 이야기 중이잖아. 네놈이 아까 말한 그대로 말이야!"

소년은 마치 게처럼 옆으로 기어가더니 눈을 커다랗게 뜨고 간청하는 눈으로 나를 보았다.

"전투? 누가 싸웠는데?"

내 질문에 가넬론이 음침한 웃음을 머금었다.

가넬론이 말했다.

"꽤 친숙한 이야기지. 아발론의 군대는 아주 괴상한 존재들과 오랫동안 싸운 끝에 사상 최대의, 그리고 아마도 최후의 전투를 벌였다는군."

"뭐?"

나는 소년을 자세히 살펴보았다. 소년이 눈을 내리깔았지만 나는 순간적으로 소년의 눈에 서린 두려움을 보았다.

가넬론이 말했다.

"…… 여자들이야. 지옥에서 기어 나온 듯한 창백한 복수의 여신들. 아름답고, 차갑고, 무장을 하고 갑옷을 입었다는군. 밝은 빛깔의 긴 머리카락. 얼음 같은 눈. 불을 뿜고 사람 고기를 먹는 백마를 타고 몇 년 전 지진으로 산에 생긴 미궁 같은 동굴에서 밤만 되면 나온다는군. 습격을 해서 젊은 사내들을 포로로 잡아가고 나머지는 모두 죽였대. 포로 가운데 많은 자들이 나중에 영혼이 없는 보병이 되어 놈들의 선봉에 선다는군. 우리가 알고 있는 '원'의 병사들과 아주 닮았어."

내가 말했다.

"하지만 '원'의 병사들은 저주가 풀리자 많은 수가 살아남았잖아. 그리고 영혼이 없는 것 같아 보이진 않았어. 단지 내가 옛날에 그랬던 것처럼, 기억상실증에 걸린 듯했지. 그런데 이곳에서는 낮에 동굴을 막으려고 하지 않았다는 점이 이상한걸. 습격자들은 밤에만 동굴에서 나온다고 했잖아……."

가넬론이 말했다.

"이 탈영병 말로는, 그것도 시도해 봤대. 하지만 그러면 얼마 뒤 예전보다 더 세력이 강해져서 튀어나왔다는군."

소년의 얼굴은 창백했지만 그 말대로냐는 내 눈빛에 고개를 끄덕였다.

"이 녀석 쪽 장군을 이 녀석은 '수호자'라고 부르더군. 어쨌든 '수호자'는 놈들을 몇 번이나 물리쳤대. 심지어 적의 수령인 '린트라'라는 이름의 창백한 여자와 짧은 밤을 함께 보내기도 했다는군. 놀아난 건지, 아니면 교섭을 한 건지는 모르겠지만 말이야. 하지만 그건 아무런 효과도 없었다는군. 습격은 계속됐고, 여자 쪽 군세는 날로 강해졌지. '수호자'는 마침내 적을 전멸시킬 목적으로 총공격을 결정했어. 이 녀석이 도망친 건 바로 그 전투가 벌어졌을 때고."

가넬론은 검으로 소년을 가리켰다.

"그래서 우린 이 이야기의 결말을 알 수 없게 되었지."

내가 소년에게 물었다.

"지금 들은 그대로인가?"

소년은 칼끝을 피해 시선을 돌렸고, 한순간 내 눈을 본 다음 천천히 고개를 끄덕였다.

내가 가넬론에게 말했다.

"재미있군. 정말로 아무래도 이 문제는 우리가 얼마 전에 해결한 문제와 연관이 있는 듯한 느낌이 들어. 싸움의 결말이 어떻게 났는지 알면 좋겠는데."

가넬론은 고개를 끄덕이고 검을 고쳐 잡았다.

가넬론이 말했다.

"자, 이제 이 녀석하고는 더 이상 볼일이 없으니까……."

"잠깐. 이 녀석은 먹을 걸 훔치려고 한 거지?"

"그래."

"손을 풀어 줘. 먹을 걸 주자고."

"하지만 놈은 우리 걸 훔치려고 했어."

"자네도 예전에 구두 한 켤레를 위해 사람을 죽였다고 했잖아."

"하지만 이것과는 달라."

"어떻게?"

"난 잡히지 않았거든."

나는 웃었다. 갑자기 웃음이 터져 나왔고, 도저히 참을 수 없었다. 가넬론은 살짝 기분이 상한 표정을 짓더니 곧 어리둥절한 표정을 했다. 잠시 뒤 가넬론도 따라 웃기 시작했다.

소년은 미친놈을 보는 듯한 눈으로 우리 둘을 바라보았다.

마침내 가넬론이 말했다.

"알았어. 알았다고."

가넬론은 허리를 굽히고 소년의 몸을 밀어 등을 돌리게 한 뒤 손목을 묶고 있던 밧줄을 잘랐다.

가넬론이 말했다.

"따라와. 먹을 걸 주지."

그리고 가넬론은 짐이 있는 곳으로 가서 식량 꾸러미 몇 개를 열었다.

소년은 일어나 절뚝거리며 가넬론의 뒤를 천천히 따라갔다. 소년은 받은 음식을 움켜잡고 소리를 내며 서둘러 먹기 시작했다. 그러면서도 소년은 가넬론에게서 눈길을 떼지 않았다. 만약 지금 들은 정보가 사실이라면 내겐 몇 가지 복잡한 문제가 생겼다는 뜻이 된다. 그 가운데 가장 곤란한 것은 전쟁을 겪은 이 나라에서 내가 원하는 것을 손에 넣기가 더욱 어려워질 수도 있다는 점이다. 또한 나는 이 사실을 통해 그 혼란의 유형과 성질, 범위에 대해 내가 두려워하던 것이 옳았음을 한층 더 확신하게 되었다.

나는 가넬론을 도와 작은 모닥불을 피웠다.

"이 일이 우리 계획에 어떤 영향을 주는 거지?"

가넬론이 물었다.

사실, 선택의 여지는 없었다. 내가 원했던 장소에 가까운 그림자들 역시 모두가 비슷한 일을 겪었을 것이다. 그런 일에 휘말리지 않은 곳으로 이어지는 길을 택할 수도 있지만, 그곳에 가 보면 원하던 장소가 아닐 것이다. 그곳에서는 내가 원하는 것을 구할 수 없을 것이다. 만약 그림자를 지나는 내 욕망의 여정 중에 혼돈의 침략이 끊임없이 일어난다면, 그 침략은 내 욕망의 성질 자체와 연관되어 있다는 뜻이다. 따라서 난 어떤 식으로든, 늦든 빠르든 그 침략을 해결해야만 했다. 피할 수는 없다. 이것이 이 게임의 성질이고, 나는 불평할 수가 없었다. 게임의 규칙을 정한 이는 바로 나이기 때문이다.

내가 말했다.

"계속 가야지. 그곳이 내가 원하는 장소니까."

소년이 짧은 비명을 질렀고, 경고를 했다(아마 가넬론이 자기 몸에 구멍을 뚫지 못하게 막아 준 것에 보답을 하고 싶었던 모양이다).

"아발론으로 가면 안 돼요! 그곳에는 당신이 원하는 것 따위는 없어요! 가면 죽어요!"

나는 싱긋 웃으며 걱정해 줘 고맙다고 말했다.

가넬론이 킥킥거리며 말했다.

"이 자식도 데리고 가서 탈영병 군사재판에 회부하는 건 어때?"

이 말을 들은 소년이 벌떡 일어나 도망치기 시작했다.

가넬론은 여전히 킥킥거리며 단검을 뽑아 들더니 던지려고 팔을 들었다. 나는 재빨리 가넬론의 팔을 쳤고, 단검은 목표에서 한참을 벗어났다. 소년은 숲 속으로 사라졌고, 가넬론은 계속 웃어 댔다.

가넬론은 단검이 떨어진 곳으로 가서 그것을 주운 다음 말했다.

"그냥 죽이게 내버려 뒀어야 했어."

"그럴 필요는 없다고 판단한 거야."

가넬론이 어깨를 으쓱해 보였다.

"만약 놈이 오늘 밤에 돌아와 우리 목을 따면 생각이 조금은 바뀔 거야."

"그렇겠지. 하지만 저 친구가 그럴 리 없다는 걸 자네도 잘 알잖아."

가넬론은 다시 어깨를 으쓱해 보였고, 육포 한 점을 단검에 꿰어 불에 구웠다.

가넬론이 내 말에 맞장구를 쳤다.

"하긴 전쟁터에서 놈이 배운 거라곤 줄행랑치는 법뿐이니까. 우리는 아마 내일 아침에 무사히 눈을 뜨지도 모르지."

가넬론은 육포를 한 입 뜯어 물고 씹기 시작했다. 그 모습에 식욕을 느낀 나도 육포를 가져와 불에 구웠다.

한참 뒤, 나는 뒤숭숭한 꿈을 꾸다가 잠에서 깼고, 나뭇잎 사이로 별들을 올려다보았다. 내 마음에서 전조를 담당하는 부분이 그 소년을 붙잡았고, 전조 담당부가 우리 둘을 지독히 괴롭혔다. 다시 잠에 빠져들기까지는 한참이 걸렸다.

****

동이 트자 우리는 타다 남은 모닥불에 흙을 덮어씌웠고, 말을 몰아 다시 길을 갔다. 그날 오후에는 산악 지역에 도착했고, 이튿날 그곳을 통과했다. 우리는 산길에서 최근 누군가 지나간 흔적을 가끔 보기는 했지만 실제로 누군가를 만나지는 않았다.

이튿날, 우리는 농가와 시골집 몇 채를 보았지만 들르지 않고 그냥 통과했다. 나는 예전에 가넬론을 추방했을 때 지났던 그 거칠고 악령이 맴도는 길을 일부러 피했다. 그 길로 지나면 시간이 훨씬 절약되지만 그럴 경우 가넬론이 무척 당황하리라는 것을 잘 알았기 때문이다. 더구나 생각할 시간이 좀 필요하기도 했기 때문에 구태여 그 길을 지나갈 이유도 없었다. 어쨌든, 길었던 여정도 거의 막바지에 다다르고 있었다. 그날 오후, 나는 앰버의 하늘을 만드는데 성공했고, 그 하늘을 보며 속으로 감탄했다. 우리가 말을 타고 지난 숲은 거의 아든의 숲이라고 해도 될 정도였다. 그러나 내가 전에 마지막으로 아든의 숲을 지났을 때 들렸던 뿔피리 소리는 들리지 않았고, 줄리앙도, 모르겐슈테른도, 스톰하운드들도 우리를 쫓지 않았다. 단지 거목에 앉아 노래하는 새들의 지저귐, 끽끽거리는 다람쥐 소리, 컹하고 짖는 여우 소리, 철퍽거리는 폭포 소리가 들려왔고, 흰색, 파란색, 분홍색 꽃들이 그늘진 곳에 피어 있는 모습만 보였다.

오후의 산들바람은 부드럽고 시원했다. 그래서 나는 마음이 누그러들며 긴장이 풀어졌고, 길모퉁이를 돌자마자 마음의 준비가 되어 있지 않은 상태에서 갓 생긴 무덤들이 길을 따라 즐비하게 늘어선 모습을 마주하게 되었다. 부근에는 산산이 부서지고 짓밟힌 골짜기가 있었다. 우리는 그곳에 잠시 머물렀지만, 눈에 보이는 것 이상의 사실은 알아낼 수 없었다.

한참을 가다 보니 또 그런 장소가 나왔고, 불에 타 새까맣게 변한 숲들도 몇 군데 있었다. 오솔길은 많이 쓰인 흔적이 뚜렷했고, 길가의 덤불은 많은 사람과 짐승 들이 지난 탓에 짓밟히고 꺾여 있었다. 이따금 나무 타는 냄새가 공중을 맴돌았고, 길가에는 여기저기 뜯어 먹히고 심하게 썩어 가는 말의 시체가 있었기 때문에 우리는 서둘러 그곳을 지났다.

그 뒤 한참 동안은 아무런 장애물도 만나지 않았지만, 이제는 앰버의 하늘을 보아도 기운이 나지 않았다.

땅거미가 내리기 시작하고 숲의 나무들이 드문드문해졌을 때, 가넬론은 남동쪽에서 연기가 피어오르는 것을 발견했다. 그래서 우리는 비록 아발론 자체의 방향에서는 벗어나지만 대충 그쪽으로 통하리라고 추측되는 첫 번째 샛길로 들어섰다. 거리를 추정하는 것이 쉽지 않았지만, 해 지기 전 그곳에 도착하지 못하리라는 사실은 알 수 있었다.

"그 군대가…… 아직도 야영하고 있는 걸까?"

"정복자 쪽 군대일 수도 있어."

가넬론은 고개를 젓고 칼집에서 칼을 약간 빼 놓았다.

황혼이 깃들 무렵, 물이 흐르는 소리가 들렸고, 나는 길을 벗어나 그 소리를 따라갔다. 맑고 깨끗한 시냇물이 산에서 흘러 내려오고 있었고, 아직도 산의 냉기가 살짝 서려 있었다. 나는 시냇물에서 목욕을 했고, 자라난 수염도 손질했으며, 여행에서 묻은 먼지를 옷에서 털어냈다. 여행의 끝이 다가오고 있었기 때문에 비록 찬란한 모습은 아닐지라도 약간이나마 깔끔한 모습으로 목적지에 들어서고 싶었다. 가넬론도 내 생각에 찬성했고, 세수를 하고 시끄럽게 코까지 풀어 댔다.

시냇가에 서서, 밤하늘을 향해 방금 씻은 눈을 깜박이자 달이 또렷하고 선명하게 보였고, 그 가장자리의 흐릿함이 사라졌다. 이런 일이 일어난 것은 이번이 처음이었다. 나는 숨을 멈추고 계속 달을 바라보았다. 그런 다음 반짝이기 시작한 별들을 찾아 하늘을 둘러보았고, 구름 가장자리, 먼 산, 가장 멀리 있는 나무들의 윤곽을 확인했다. 다시 달을 올려다보니 역시 맑고 뚜렷하게 보였다. 시력이 정상으로 돌아온 것이다.

내가 껄껄거리는 소리를 들은 가넬론은 움찔하며 뒤로 물러섰지만 내게 이유를 묻지는 않았다.

나는 절로 노래가 나오려는 마음을 억누르고 말에 올라탄 뒤 다시 오솔길로 돌아갔다. 점차 그림자가 짙어졌고, 머리 위 나뭇가지들 사이로 별들이 무리 지어 반짝였다. 나는 밤의 한 조각을 크게 들이마셨고 잠시 숨을 멈추었다가 내쉬었다. 다시 원래의 나로 돌아오니 기분이 좋았다.

가넬론이 내 옆으로 말을 몰고 와 낮은 목소리로 말했다.

"분명 보초가 있을 거야."

내가 말했다.

"그렇겠지."

"그렇다면 이 길에서 벗어나는 게 낫지 않을까?"

"아니, 수상하다는 인상을 주고 싶지 않아. 보초에게 끌려간다 해도 난 상관없어. 남들이 보기에 우리는 그냥 여행자에 불과하잖아."

"여행하는 목적을 물어올 수도 있어."

"그럼 용병이라고 하지. 이 지역에서 분쟁이 있다는 말을 듣고 일자리를 찾아왔다고 하자고."

"그렇군. 그럴 만하게 보일 차림을 하고 있으니까. 적어도 상대방이 그런 사실을 알아차리기 전에 다짜고짜 공격해 오지 않기를 빌자고."

"그렇게까지 우리가 잘 안 보인다면 표적으로서 그리 뚜렷하지 않다는 뜻인 거지."

"말은 맞지만, 그것만으로는 마음이 놓이지 않는걸."

나는 오솔길 위에 울려 퍼지는 말발굽 소리에 귀를 기울였다. 길은 직선이 아니었다. 종잡을 수 없을 정도로 구불구불했으며 얼마 뒤 곧 오르막길이 되었다. 고개를 오르자 나무들은 한층 더 듬성듬성해졌다.

곧 우리는 언덕 정상에 도착했고, 상당히 넓은 공터에 들어섰다. 계속 앞으로 나아가자 갑자기 몇 킬로미터 앞까지 시야가 훤히 트인 곳이 나왔다. 돌연 길이 아래로 뚝 떨어졌기 때문에 우리는 고삐를 잡아당겨 말을 멈췄다. 절벽은 10~15미터쯤 가파르게 밑으로 내려가다가 완만한 내리막길이 되어 1킬로미터가량 떨어진 넓은 평야까지 계속 내려갔고, 그 뒤 기복이 심하고 숲들이 산재한 지역까지 이어졌다. 평야 여기저기에 모닥불이 보였고, 중심부에는 천막이 몇 개 모여 있었다. 부근에서는 많은 말들이 풀을 뜯었다. 나는 모닥불 가에 앉아 있거나 야영지를 돌아다니는 병사가 수백 명은 될 것이라고 판단했다.

가넬론이 한숨을 쉬었다.

"적어도 정상적인 인간처럼 보이는군."

가넬론이 말했다.

"그렇군."

"······그리고 만약 정상적인 군인이라면 아마 지금 이 순간에도 우리를 지켜보고 있을 거야. 이렇게 전망이 탁 트인 곳에 보초를 세워 두지 않았을 리가 없으니까."

"그렇지."

그때 등 뒤에서 무슨 소리가 들렸다. 우리가 뒤를 돌아보려고 하자 바로 옆에서 누군가 말했다.

"꼼짝 마!"

나는 그대로 고개를 돌렸고, 네 명의 사내가 보였다. 둘은 우리에게 석궁을 겨누고 있었고, 다른 둘은 검을 쥐고 있었다. 검사 한 명이 우리 쪽으로 두 걸음 다가왔다.

사내가 말했다.

"말에서 내려! 이쪽으로! 천천히!"

우리는 말에서 내려 그 사내를 마주 보았다. 무기에서는 멀찌감치 손을 떼고 있었다.

"누구야? 어디에서 온 거야?"

내가 대답했다.

"우리는 용병이야. 로레인에서 왔어. 여기서 싸움이 벌어졌다는 소식을 듣고 일자리를 찾아 온 거야. 저 아래 야영지로 갈 생각이었어. 너희들 야영지겠지?"

"……만약 아니라고 한다면? 우리가 저 야영지를 습격하려고 미리 정찰 나온 자들이라면?"

나는 어깨를 으쓱해 보였다.

"그렇다면 자네들 쪽에서 용병 둘을 고용할 생각은 없는지 물어봐야지."

사내는 침을 뱉었다.

"'수호자'에게 너희 따위는 필요 없어. 그런데 너희는 어느 방향에서 왔지?"

내가 말했다.

"동쪽."

"그러면 최근 뭔가 곤경을 겪지는 않았나?"

"아니, 그래야 하는 건가?"

사내가 말했다.

"딱 부러지게 판단하기가 어렵군. 무기를 끌러 놓도록. 너희를 야영지로 내려보내겠어. 그쪽에서는 너희들이 동쪽에서 무엇을 보았는지, 뭔가 특이한 것을 보았는지 알고 싶어 할 테니까."

내가 말했다.

"특이한 것은 전혀 보지 못했어."

"어쨌든, 먹을 것은 좀 얻을 수 있을 거야. 하지만 일자리는 얻을 수 있을 것 같지 않군. 전투에 참가하기에는 좀 늦게 왔으니 말이야. 자, 무기를 끌러."

우리가 검대를 끄르는 동안 사내는 숲 속에서 병사 둘을 더 불러냈다. 사내는 걸어서 우리를 아래까지 호위해 가라고 둘에게 지시했다. 우리더러는 말을 끌고 가라고 했다. 병사들이 우리 무기를 받아 들었다. 우리가 몸을 돌려 야영지로 향하는 순간, 우리를 신문했던 자가 외쳤다.

"기다려!"

나는 몸을 돌려 사내를 바라보았다.

"너, 이름이 뭐지?"

사내가 물었다.

"코리."

내가 대답했다.

"움직이지 마."

사내는 내 쪽으로 다가오더니 바싹 얼굴을 갖다 댔다. 사내는 10초 정도 뚫어져라 나를 살펴보았다.

"왜 그러지?"

내가 물었다.

대답 대신, 사내는 혁대에 달린 작은 가죽 주머니를 뒤졌다. 사내는 주화를 한 움큼 꺼내 눈에 가까이 대고 살펴보았다.

"젠장! 어두워서 보이지 않는군. 게다가 여기서는 불을 켤 수도 없고."

"뭐 때문에?"

내가 물었다.

사내가 내게 말했다.

"아, 별로 중요한 건 아니야. 단지 너를 어디선가 본 것 같았을 뿐이야. 왜 그런지 그 이유를 생각하려 했던 거야. 우리의 예전 주화 일부에 너랑 비슷한 얼굴이 새겨진 게 있거든. 아직도 약간은 통용되고 있어."

그리고 사내는 곁에 있는 석궁 사수에게 물었다.

"닮지 않았어?"

사수는 석궁을 내리고 앞으로 다가왔다. 그리고 몇 걸음 떨어진 곳에서 눈을 가늘게 뜨고 나를 바라보았다.

곧 사수가 말했다.

"그렇군. 닮았군."

"누구였지? 지금 우리가 생각하는 그 사람 말이야."

"옛날 사람 가운데 하나야. 내가 태어나기도 전이지. 생각이 안 나는군."

"나도 그래. 흠……."

사내가 어깨를 으쓱했다.

"어쨌든 별로 중요한 일은 아니니까. 가도 좋아. 코리, 질문에 솔직하게만 대답하면 별일 없을 거야."

나는 몸을 돌렸고, 달빛 아래서 정수리를 긁적이며 내 쪽을 바라보는 사내를 남겨두고 그 곳을 떠났다.

우리를 호송하는 병사들은 말이 많은 편이 아니었다. 나도 그쪽이 나았다.

언덕을 내려가는 줄곧, 나는 일전에 소년이 해 준 이야기, 그리고 그 아이가 묘사했던 분쟁의 향방에 대해 생각했다. 이제 나는 내가 원하던 세상의 유사물을 만들어 냈고, 그곳을 지배하는 상황의 제약 속에서 활동해야 했기 때문이다.

야영지에는 사람과 짐승, 장작 타는 냄새, 고기 굽는 냄새, 가죽과 기름 따위의 좋은 냄새가 모두 섞여 모닥불 주위를 맴돌았다. 그곳에서 병사들은 잡담을 나누고, 무기를 날카롭게 하고, 장비를 고치고, 먹고, 게임을 하고, 자고, 술을 마셨으며, 말을 끌고 야영지 거의 중앙에 있는 세 개의 너덜너덜한 천막으로 호송되어 가는 우리를 지켜보았다. 우리가 지나는 길을 따라 침묵의 원이 퍼져 나갔다.

우리는 두 번째로 커다란 천막 앞에서 멈췄고, 호송병 하나가 근처를 왔다 갔다 하던 사내에게 말을 걸었다. 그 사내는 몇 번이나 고개를 젓더니 가장 큰 천막을 가리켰다. 대화는 몇 분 정도 계속되었다. 이윽고 호송병이 돌아와 우리 왼편에서 기다리던 다른 호송병과 이야기를 나눴다. 마침내 그 호송병은 고개를 끄덕이더니 내게 다가왔다. 다른 호송병은 근처 모닥불 가에 있던 사내 하나를 불렀다.

호송병이 말했다.

"장교들은 지금 모두 '수호자'의 천막에서 회의를 하는 중이라는군. 지금부터 말의 다리를 묶고 풀을 먹이겠어. 짐은 모두 풀어 여기에 놓아두도록 해. 대장님을 만나려면 여기서 기다려야 해."

나는 고개를 끄덕였고, 짐을 모두 내려놓은 다음 말들을 문질러 줬다. 나는 스타의 목을 가볍게 쳐 주었고, 작은 체구에 다리를 저는 사내가 와서 스타와 가넬론의 말인 파이어 드레이크를 끌고 다른 말들이 있는 곳으로 데려가는 모습을 지켜보았다. 호송병 하나가 뜨거운 차를 가져다주었고, 답례로 내가 권한 파이프를 받아 담배를 피웠다. 이윽고 호송병들은 우리 뒤쪽 어딘가로 자리를 옮겼다.

나는 커다란 천막을 바라보며 차를 홀짝였고 앰버, 그리고 정말로 오랫동안 머물렀던 그림자 지구의 브뤼셀에 있는 샤레팽 가의 작은 나이트클럽을 생각했다. 이곳에서 내가 원하는 보석 세공용 연마제를 구한 뒤에는 총기 시장의 무기상들과 거래를 하기 위해 다시 한 번 브뤼셀로 갈 생각이었다. 내 주문이 복잡하고 비싸게 먹힐 것이라는 사실은 알고 있었다. 탄약 제조업자들을 설득해 특수한 생산 라인을 설치해야 하기 때문이다. 다행히도, 나는 그림자 지구 여기저기에서 군대 생활을 한 덕분에 인터암코 이외의 다른 무기상도 알고 있었다. 아마 그곳에서 모든 장비를 갖출 때까지 몇 개월이면 충분할 터였다. 나는 세부 계획에 대해 생각하기 시작했다. 시간은 빠르고 기분 좋게 흘러갔다.

한 시간 반 정도 흘렀을까, 큰 천막 안에서 그림자들이 움직였다. 잠시 뒤, 출입용 장막이 걷히며 사람들이 나오기 시작했다. 사람들은 천천히 이야기를 나누거나 흘낏 천막 안을 들여다보거나 했다. 마지막으로 나온 둘은 출입구에서 걸음을 멈추더니 안에 있는 누군가와 계속 이야기를 나눴다. 나머지 사람들은 모두 다른 천막들로 들어갔다.

출입구 근처에 선 둘은 여전히 안쪽을 바라보며 뒷걸음질로 천막에서 나왔다. 목소리가 들렸지만 무슨 말을 하는지는 확실하지 않았다. 둘이 조금 더 밖으로 나오자, 그 둘과 이야기를 나누던 사내도 따라 나왔고, 그 모습이 흘낏 보였다. 역광이었고 장교 둘이 가리고 있는 탓에 거의 보이지 않았지만, 그 사내가 마르고 아주 키가 크다는 사실은 알 수 있었다.

우리를 호송해 온 병사들은 아직 움직이지 않고 있었다. 그것으로 병사들이 언급했던 대장이란 이 장교 둘 가운데 하나라는 사실을 알 수 있었다. 나는 시선을 고정한 채, 이들의 상관이 더 잘 보이도록 어서 저 둘이 자리를 비켜 주기를 바랐다.

잠시 후, 두 명이 자리를 비켰고, 몇 초 뒤 사내는 앞으로 걸어 나왔다.

처음에는 단지 빛과 그림자의 장난이 아닌가 생각했다……. 하지만 아니었다! 사내는 다시 움직였고, 한순간 또렷하게 사내의 모습이 보였다. 사내의 오른팔은 팔꿈치 바로 아래로부터 잘려 나가고 없었다. 무척이나 두껍게 붕대를 감고 있는 걸로 미루어 짐작건대, 팔을 잃은 건 극히 최근의 일인 듯했다.

이윽고 사내의 커다란 왼손이 아래를 쓿어내리듯 움직였고, 몸으로부터 한참 떨어진 공간에서 멈췄다. 잘려 나간 팔의 그루터기도 같은 순간에 움찔하고 움직였고, 내 마음 뒤쪽에서도 무엇인가가 움찔했다. 사내의 머리털은 길고 곧았으며, 갈색이었다. 그리고 돌출한 턱이 보였다…….

사내가 밖으로 나왔다. 걸친 망토가 바람에 날려 오른쪽으로 펄럭였다. 사내의 셔츠는 노란색, 바지는 갈색이었다. 망토는 불타는 듯한 오렌지색이었다. 사내는 믿기 힘들 정도로 빠르게 왼손을 움직여 망토 자락을 잡아당기더니 그것으로 오른팔의 그루터기를 감췄다.

나는 재빨리 일어났다. 사내의 머리가 내 쪽을 향해 홱하니 움직였다.

우리의 시선이 마주쳤고, 심장이 몇 번 고동치는 동안 우리 둘은 꼼짝도 하지 않았다.

장교 둘이 몸을 돌려 이쪽을 응시했다. 이윽고 사내는 둘을 밀고 나를 향해 성큼성큼 다가왔다. 가넬론이 툴툴거리며 재빨리 일어나는 소리가 들렸다. 우리를 호송해 온 병사들도 놀란 듯했다.

사내는 몇 걸음 떨어진 곳에서 멈췄고, 담갈색 눈으로 나를 찬찬히 훑어보았다. 이자는 웃는 법이 거의 없었지만, 이번에는 어떻게든 희미한 웃음을 머금었다.

"따라와."

사내는 이렇게 말하고 몸을 돌려 자기 천막을 향해 걸어갔다.

우리는 짐을 남겨둔 채 사내를 따라갔다.

사내는 한 번 흘낏 보는 것만으로 장교 둘을 떠나보냈고, 천막 출입구 옆에 서서 우리에게 들어가라는 몸짓을 했다. 사내는 우리 뒤를 따라 천막에 들어왔고, 장막은 밑으로 흘러내려오게 그냥 두었다. 침구, 작은 탁자, 긴

의자 몇 개, 무기, 군용 상자 따위가 보였다. 탁자에는 기름등, 책, 지도, 병, 잔 몇 개가 있었다. 상자 위에는 또 다른 등불이 가물거렸다.

사내는 내 손을 쥐며 다시 살짝 웃음 지었다.

사내가 말했다.

"코윈, 아직 살아 있군."

나도 살짝 웃으며 말했다.

"베네딕트, 아직도 숨이 붙어 있구나. 정말 지독히 오랜만이네."

"정말이군. 네 친구는 누구지?"

"가넬론이라고 해."

"가넬론."

베네딕트는 이렇게 말하며 가볍게 목례했지만 손을 내밀어 악수를 하지는 않았다.

베네딕트는 탁자로 가서 와인을 세 잔 따랐다. 하나는 내게, 하나는 가넬론에게 건넸으며, 나머지 하나는 자기가 쥐고 들어올렸다.

베네딕트가 말했다.

"너의 건강을 위해."

"너의 건강을 위해."

우리는 와인을 마셨다.

베네딕트는 자리에 앉으라고 권하며 가장 가까운 의자를 가리켰고, 자신은 탁자 앞에 앉았다.

"아발론에 온 것을 환영해."

"고맙습니다, '수호자' 나리."

베네딕트가 얼굴을 찡그렸다.

"그 별명은 거저 얻은 게 아냐."

그리고 계속 내 얼굴을 바라보며 단호히 말했다.

"최초의 수호자 나리께서도 그렇게 말하실 수 있을까 모르겠군."

"엄밀하게 말하자면 그자가 있던 곳은 여기가 아니었어. 그리고 그자도 그렇게 주장할 수 있다고 생각해."

베네딕트는 어깨를 움츠려 보였다.

"어련하겠어. 그 이야기는 됐고! 넌 어디 있었어? 무슨 일을 하고 있었지? 여기에는 왜 온 거야? 네 일에 대해 말해 줘. 너무 오랜만이잖아."

나는 고개를 끄덕였다. 유감이지만, 힘의 균형은 물론이거니와 가족 간의 예절에 따르면 나는 베네딕트에게 질문을 하기 전에 베네딕트의 질문에 먼저 대답해야 했다. 베네딕트는 나보다 나이가 많았고, 비록 몰랐다고는 하지만, 나는 베네딕트의 영역에 침입한 것이다. 그렇다고 해서 내가 베네딕트에게 예의를 지키기 싫었다는 뜻은 아니다. 베네딕트는 수많은 형제자매 가운데 내가 존경하고, 심지어 좋아하기까지 하는 극소수의 몇 명 가운데 하나였다. 단지 내가 질문하고 싶은 게 너무나 많아 좀이 쑤셨을 뿐이다. 베네딕트의 말마따나, 우리는 너무 오랜만에 만난 것이다.

그런데 베네딕트에게 어디까지 털어놓아야 하는 걸까? 베네딕트가 어느 편인지에 대해 나는 전혀 감이 없었다. 자칫하다 쓸데없는 말을 해서 왜 베네딕트가 자진해 앰버를 떠나 유랑을 하고 있는지를 알고 싶은 마음은 전혀 없었다. 처음에는 평범하고 중립적인 일들부터 이야기를 하고, 이야기가 전개됨에 따라 정보를 얻는 수밖에 없었다.

이윽고 베네딕트가 말했다.

"뭐든지 시작이 있는 법이야. 네가 그걸 어떻게 포장하든 난 상관 안 해."

"시작이라면 여러 가지가 있지. 쉽지 않군⋯⋯. 아마도 가장 처음으로 돌아가서 시작하는 편이 나을 것 같아."

나는 와인을 한 모금 더 마셨다.

마침내 나는 어떻게 시작해야 할지 마음을 정했다.

"그래, 그쪽이 제일 간단할 것 같아. 실제로 무슨 일이 일어났는지를 기억해 낸 것은 비교적 최근의 일이지만 말이야. 에릭과 내가 결정적으로 틀어진 건 게네시에서 나온 문라이더를 물리치고 네가 그곳을 떠난 지 몇 년 뒤였어. 맞아, 그건 왕위 계승에 대한 다툼이었어. 아버지는 또 퇴위 운운하며 소란을 일으켰고, 그러면서도 누구를 후계자로 할지에 대해서는 아무 말도 하지 않았어. 자연히 누가 더 합법한 후계자인가 하는 과거의 논쟁이 재현됐지. 물론, 너와 에릭은 모두 나보다 나이가 많지만, 클림니아 왕비가 죽은 뒤 에릭과 내 어머니인 파이엘라가 왕비로 책봉된 데 반해서 다른……."

"그만!"

베네딕트가 고함을 치며 탁자를 내리쳤다. 얼마나 힘껏 내리쳤던지 탁자에 금이 다 가 있었다.

등이 흔들리며 치지직거렸지만 기적같이 넘어지지는 않았다. 그 즉시 천막 입구가 걷히며 위병 하나가 걱정스러운 얼굴로 안을 들여다보았다. 베네딕트가 흘깃 그쪽을 보자 위병은 즉시 장막을 내렸다.

베네딕트가 조용히 말했다.

"우리 가족의 서출 순위 따위를 들으려고 여기 앉아 있는 게 아니야. 그 난잡한 과거는 내가 행복한 생활을 버리고 떠난 이유 가운데 하나야. 각주는 빼고 말해 줘."

가볍게 헛기침을 하며 내가 말했다.

"에, 그래. 말했듯이, 우리는 그 일로 꽤 격론을 벌였어. 그리고 어느 날 저녁, 그건 말다툼 수준을 넘어서게 되었어. 우리는 싸웠지."

"결투였어?"

"그 정도로 격식을 차린 것은 아니었어. 서로를 살해하려고 동시에 마음 먹었다는 쪽이 더 어울리는 표현이겠지. 어쨌든, 우리는 오랫동안 싸웠고, 마침내 에릭은 우위에 서서 나를 작살내는 과정에 들어갔어. 너무 앞서 이야기하는 것 같기는 하지만, 나는 5년 전에야 이런 사실들을 기억해 냈어."

베네딕트는 마치 알고 있다는 듯 고개를 끄덕였다.

"내가 정신을 잃은 뒤에 무슨 일이 있었는지는 추측할 수밖에 없어. 에릭은 나를 직접 죽이려고는 하지 않았어. 다시 깨어났을 때, 나는 그림자 지구의 런던이라는 장소에 있었지. 페스트가 창궐하던 때였고, 나도 그 병에 걸렸지. 회복됐을 때는 런던 이전의 기억을 완전히 잊었어. 나는 그림자 지구에서 몇 세기 동안 살며 내 정체에 대한 단서를 찾아다녔어. 나는 전 세계를 돌아다녔어. 대개는 군사작전의 일부였지. 나는 그 세계의 여러 대학을 다녔고, 최고의 현인들과 대화를 나눴고, 유명한 의사들의 진찰도 받았어. 그렇지만 그 어디에서도 내 과거에 대한 단서는 찾을 수 없었어. 내가 다른 인간들과 뚜렷하게 다르다는 사실은 충분히 자각했고, 그 사실을 감추려고 엄청나게 고생을 했어. 내가 원하는 모든 것을 손에 넣을 수 있지만 정작 가장 원하는 것은 손에 넣을 수 없다는 점에 분통이 터졌지. 내가 원했던 건 내 정체성, 내 기억이었어.

세월이 흘렀지만 그 분노와 갈망은 사라지지 않았어. 그러다가 사고로 두개골 골절상을 입으며 변화가 생겼어. 그 사고 덕분에 기억이 돌아오기 시작했거든. 이게 대략 5년 전 일이고, 웃긴다고 할까, 그 사고의 배후 조종자는 아무래도 에릭인 듯해. 플로라가 그림자 지구에 계속 머물며 나를 감시했거든.

다시 좀 전의 추측으로 돌아가자면, 에릭은 내 죽음을 원했지만 자기가 그랬다는 증거를 남기고 싶지 않아서 마지막 순간에 망설였던 거야. 그래서 그림자를 통해 내가 당장, 그리고 거의 확실하게 죽을 만한 장소로 나를 보냈어. 돌아가서는 이런 식으로 말할 생각이었겠지. 우리가 말다툼을 벌였고, 나는 화를 버럭 내며 다시 어디론가 떠나겠다고 중얼거리며 말을 타고 사라졌다고 말이야. 그날 우리는 아든의 숲에서 사냥을 했거든. 우리 둘이서만."

베네딕트가 끼어들었다.

"묘하군. 너희 같은 앙숙이 그런 상황에서 함께 사냥을 할 생각을 하다니 말이야."

나는 와인을 한 모금 마시고 싱긋 웃었다.

"아마 내가 이야기한 것보다 좀 더 복잡한 사정이 있었는지도 몰라. 어쩌면 우리는 함께 사냥 갈 기회를 반겼을 수도 있고. 우리 둘만 말이야."

베네딕트가 말했다.

"그럴 수도 있겠군. 그렇다면 너와 에릭의 처지가 뒤집어졌을 가능성도 있다는 거야?"

"에, 그건 뭐라고 말하기 어려워. 나라면 그렇게까지 하지는 않았을 거야. 물론 현재의 내 기준으로 본다면 말이야. 사람은 변하는 거니까. 그렇다면 당시 기준으로는? 음, 나도 똑같이 했을지도 모르지. 확실하게 말할수는 없지만, 적어도 가능성은 있어."

베네딕트가 다시 고개를 끄덕였다. 마음 한구석에서 한순간 분노의 감정이 번득였지만 이내 즐거운 기분으로 바뀌었다.

내가 말을 이었다.

"다행인 점이 있다면, 난 지금 내 동기를 정당화할 필요가 없어. 좀 전에 하던 추측으로 돌아가서, 난 그 뒤에도 에릭이 계속 나를 감시했을 거라고 믿어. 내가 살아남았기 때문에 실망했겠지만, 내가 더 이상 위협이 안 된다는 사실에 만족했겠지. 그래서 에릭은 플로라를 통해 나를 감시하도록 했고, 그 이후로 한참 동안은 평온한 시기가 이어졌지. 그리고 아버지는 아마도 왕위에서 물러나 사라진 것 같고, 후계자 문제는 해결되지 않은 채 그대로……."

그 순간 베네딕트가 외쳤다.

"물러났을 리가 없어! 퇴위식이 없었어. 그냥 사라졌을 뿐이야. 어느 날아침, 방에 가 보니 아무도 없었어. 침대에는 잠잔 흔적조차 없었어. 아무런 메시지도 없었고. 전날 저녁 방으로 들어가는 모습을 본 사람은 있지만나오는 모습을 본 사람은 아무도 없었어. 그리고 오랫동안, 그걸 이상하다고 생각하지조차 않았어. 처음에는 모두들 아버지가 새로운 신부라도 찾으러 다시 한 번 그림자로 갔을 거라고 간단하게 생각했거든. 혹시 무슨 음모에 희생된 건 아닐까 의심하거나 새로운 퇴위 방식이 아니겠느냐고 해석하는 자들이 나온 건 그보다 훨씬 더 뒤의 일이었어."

내가 말했다.

"난 그건 몰랐어. 네 정보원이 내 정보원보다 더 사건의 핵심에 가까이 있었던 것 같군."

이 말에 베네딕트는 단지 고개를 끄덕이기만 했다. 나는 베네딕트가 앰버에 있는 누구와 접촉했을까 생각하니 불안했다. 베네딕트가 친 에릭파로 돌아섰을 가능성도 무시할 수 없었다.

나는 용기를 내어 질문을 했다.

"네가 그곳에 마지막으로 간 건 언제야?"

"20년쯤 됐어. 하지만 접촉은 계속 해 왔어."

내가 만난 형제자매 가운데 그런 이야기를 해 준 이는 아무도 없었다! 베네딕트도 그 사실을 알면서 대답해 준 게 분명하다. 그렇다면 베네딕트는 내게 경고, 또는 협박을 할 생각일까? 내 머리는 빠르게 회전하기 시작했다. 물론 베네딕트는 메이저 트럼프를 가지고 있다. 나는 마음속으로 그 카드들을 부채꼴로 펼쳐 놓고 하나하나에 대해 미친 듯이 생각해 보았다. 랜덤은 베네딕트가 어디 있는지 모른다고 했다. 브랜드는 행방불명된 지 오래였다. 나는 브랜드가 살아 있다는 조짐을 발견하기는 했지만, 어딘가 안 좋은 곳에 갇혀 있으며, 따라서 앰버에서 일어나는 일을 보고할 수 있는 처지가 아니라는 것을 알고 있다. 플로라가 베네딕트의 접촉 상대일 리는 없었다. 플로라 자신이 최근까지만 해도 그림자에서 사실상 거의 유배나 다름없는 삶을 살았기 때문이다. 르웰라는 레브마에 있었다. 디어드리도 레브마에 있었고, 마지막으로 보았을 때, 디어드리는 앰버와 사이가 좋지 않았다. 피오나? 줄리앙은 피오나가 '남쪽 어딘가'에 있다고 했다. 정확히 어던지는 줄리앙도 몰랐다. 그러면 남는 자는?

에릭, 줄리앙, 제라드, 케인. 아마 이 정도쯤일 것이다. 에릭은 빼자. 퇴위식 없이 사라진 아버지에 대한 상세한 정보를 베네딕트가 해석한 식으로 전달했을 리가 없기 때문이다. 줄리앙은 에릭을 지지하기는 하지만 또한 자기가 최고 자리에 오르려는 야망도 있다. 따라서 자기에게 이익이 된다면 정보를 넘겼을 가능성이 있다. 케인도 마찬가지다. 그와 대조적으로, 제라드는 왕좌에 누가 앉든 상관하지 않았고 앰버의 안녕 자체에만 관심 있다는 인상을 풍겼다. 그러나 제라드는 에릭을 별로 좋아하지 않았고, 과거에는 나나 블레이즈를 지지하기조차 했다. 제라드라면 아마도 왕국을 위한 일종의 보험이라는 생각에서 베네딕트에게 사건의 경위를 알렸을 가능성이 있다. 그랬다. 이 셋 가운데 하나인 게 거의 확실했다. 줄리앙은 나를 싫어했다. 케인은 나를 특별히 좋아하거나 싫어하지 않았다. 제라드와 나는 어린 시절까지 거슬러 올라가는 즐거운 기억이 있다. 접촉자가 누구인지 어서 알아내야 했다. 그리고 내 현재 동기에 대해 베네딕트는 전혀 아는 바가 없기 때문에 아직 그자가 누구인지 가르쳐 줄 마음이 없는 듯했다. 베네딕트의 의향과 앰버에 있는 베네딕트의 접촉자에 따라 앰버와의 관계는 내게 유리하게도, 불리하게도 작용할 수 있었다. 따라서 베네딕트의 처지에서 보자면, 이것은 검이자 방패였으며, 베네딕트가 이런 무기들을 이렇게 빨리 내보였다는 사실에 나는 살짝 기분이 상했다. 하지만 나는 베네딕트가 이렇게 비정상적으로 조심스러워진 건 최근 입은 부상 때문이라고 생각하기로 했다. 오랫동안 소식이 끊겼던 형을 만났는데 이런 생각부터 해야 하다니 슬픈 일이었다.

나는 잔을 흔들어 안에 담긴 와인을 빙빙 돌리며 말했다.

"재미있군. 그 사실에 비춰 보면, 우리 모두 너무 서둘러 행동한 듯싶군."

"모두가 그랬던 건 아냐."

베네딕트가 말했다.

나는 얼굴이 화끈해지는 걸 느꼈다.

"미안."

내가 말했다.

베네딕트는 무뚝뚝하게 고개를 끄덕였다.

"계속 이야기해 줘."

"그게, 추측의 고리를 계속 이어가자면, 왕좌가 충분히 오랫동안 비어 있었고, 이제 행동에 나설 때가 왔다고 판단한 에릭은 내가 기억상실증에 걸린 것만으로는 충분하지 않고 왕위 계승권에 대한 내 주장 자체를 완전히 없애 버리는 게 낫다는 판단을 내린 거지. 그래서 그 당시 그림자 지구에서 내가 사고를 당하도록 손을 썼어. 계획대로라면 치명적이어야 했지만 결국 성공하지 못했지."

"너는 어떻게 이런 일을 알지? 어디까지가 추측인 거야?"

"나중에 내가 물어보았을 때, 플로라가 자신이 연루되어 있다는 사실까지 포함해 내가 지금 한 말들을 인정했어."

"아주 재미있군. 계속해 봐."

"하지만 머리를 세게 부딪친 덕분에 나는 옛날의 지그문트 프로이트조차도 되찾아 주지 못한 것을 얻을 수 있었어. 처음에는 자그마한 기억이 돌아왔고, 시간이 지나며 옛 기억이 점점 강해지더군. 특히 플로라를 만나서 옛 기억을 자극하는 온갖 사물을 접한 뒤로는 더욱 그랬어. 나는 기억이 완전히 돌아왔다고 플로라를 속여 넘겼지. 그리고 플로라는 내게 아무것도 숨기지 않고 전부 털어놓았어. 이윽고 랜덤이 나타났어. 뭔가로부터 도망치고 있었어……."

"도망치고 있었다고? 무엇으로부터? 왜?"

"그림자에서 나온 기묘한 생물들이었어. 왜인지는 알아내지 못했고."

"흥미롭군."

베네딕트가 말했다. 이 말에는 나도 동의할 수밖에 없었다. 감옥에 갇혀

지낼 무렵, 나는 그 일에 대해 자주 생각해 보곤 했다. 애당초, 랜덤은 왜 복수의 여신들에게 쫓겨 무대 왼쪽에서 등장했던 것일까. 우리가 만나는 순간부터 헤어지는 순간까지, 우리는 계속 위험에 직면해 있었다. 나는 내 문제로 여념이 없었고, 랜덤은 자기가 그렇게 불쑥 나타난 이유에 대해 자진해 설명해 주지 않았다. 물론, 랜덤이 도착했을 당시 그런 의문이 내 머리를 스치고 가긴 했지만, 그것이 내가 알고 있으리라 남들이 짐작할 만한 지식인지 아닌지 확신이 들지 않았기 때문에 그냥 넘어갔다. 그리고 온갖 사건들이 일어나며 그 의문은 내 의식 아래로 가라앉았고, 다시 그 생각을 하게 된 것은 내가 감옥에 있었을 때, 그리고 지금이었다. 흥미롭다고? 사실이다. 그리고 마음에 걸린다.

내가 계속 말을 이었다.

"나는 내 상태에 대해 랜덤을 속여 넘길 수 있었어. 랜덤은 내가 왕위를 원한다고 믿었어. 사실 그때 내가 원한 건 오로지 내 기억뿐이었지만 말이야. 랜덤은 내가 앰버로 가는 것을 도와주겠다고 말했고, 나를 그곳에 데려다 주는데 성공했어. 아니, 거의 성공했다고 해야겠지. 결국 우리는 레브마까지 갔어. 그때 나는 이미 랜덤에게 내 진짜 상태를 알려 주었고, 랜덤은 기억을 완전히 되찾기 위해 패턴을 걸으라고 제안했어. 그럴 기회가 있었기에 나는 그 기회를 잡았어. 효과가 있었고, 나는 패턴의 힘을 써서 나 자신을 앰버로 전송했어."

베네딕트가 싱긋 웃었다.

"그 시점에서 랜덤은 참으로 불행한 인물이 되었겠군."

내가 말했다.

"신이 나 노래를 부르지는 않았을 거야. 랜덤은 모이어의 선고를 받아들여 모이어가 고른 바이얼이라는 눈 먼 여자와 결혼하고 적어도 1년 동안은 레브마에 머물기로 했어. 나는 랜덤을 그곳에 남겨 두고 왔고, 나중에 랜덤이 그 약속을 지켰다는 이야기를 들었지. 디어드리도 그곳에 있었어. 랜덤과 나는 앰버에서 도망치던 디어드리를 만났고, 셋이 함께 레브마로 갔거든. 디어드리 역시 레브마에 남았어."

내가 잔을 비우자 베네딕트는 병을 향해 고개를 끄덕였다. 하지만 병은 거의 비어 있었기에 베네딕트는 상자에서 새 병을 꺼내 왔다. 우리는 각자 잔에 와인을 따랐다. 나는 길게 한 모금 마셨다. 처음 마셨던 것보다 더 좋은 와인이었다. 개인용을 꺼내온 게 분명했다.

내가 계속 말했다.

"궁전에서 나는 서재로 갔고, 거기에서 타로 카드 한 벌을 얻었어. 위험을 무릅쓰고 그곳에 간 것도 사실 카드 때문이었어. 하지만 뭔가 다른 일을 하기도 전에 에릭이 들이닥쳤고, 그대로 서재에서 싸웠어. 나는 에릭에게 상처를 입혔고, 에릭의 부하들이 들이닥치지만 않았어도 그 자리에서 에릭을 없앨 수 있었을 거야. 나는 도망쳐 블레이즈와 접촉했고, 그림자에 있던 블레이즈가 나를 구해 줬어. 나머지는 네 정보원에게 들어서 알 거야. 블레이즈와 내가 어떻게 손을 잡았고, 앰버를 공략했고, 실패했는지 말이야. 블레이즈는 콜버 산 중턱에서 추락했어. 난 내 타로 카드를 던졌고, 블레이즈는 그걸 받았어. 블레이즈의 시체는 발견되지 않았다고 들었어. 하지만 아주 높은 곳에서 추락했으니까 살아 있을 가능성은 적어. 그러나 그 당시는 밀물이 상당히 차올라 있었다고 생각해. 블레이즈가 살았는지 죽었는지 난 몰라."

베네딕트가 말했다.

"나도 몰라."

"그래서 나는 감옥에 갇혔고, 에릭은 왕이 되었지. 약간 저항을 해 보았지만, 결국 난 에릭의 대관식에서 꼭두각시가 되었어. 그 서출 자식. 뭐 족보상 맞는 표현이잖아. 여하튼 그 자식이 내게서 왕관을 빼앗아 직접 자기 머리에 쓰기 전에 난 왕관을 내 머리에 얹는데 성공했어. 놈은 대관식이 끝난 뒤 내 눈을 멀게 하고 지하 감옥에 날 처넣었어."

베네딕트는 상체를 앞으로 내밀고 내 얼굴을 자세히 살폈다.

"그래, 그 이야기는 들었어. 어떻게 눈을 멀게 한 거야?"

"뜨거운 인두였어."

나는 나도 모르게 움찔했고, 손으로 눈을 가리고 싶은 충동을 억눌렀다.

"도중에 정신을 잃었지."

"눈에 직접 갖다 댄 거야?"

"그랬다고 생각해."

"재생되는 데까지 얼마나 걸렸지?"

"다시 볼 수 있을 때까지는 거의 4년이 걸렸어. 그리고 이제 시력이 막 정상으로 돌아온 참이고. 그러니까 합치면 거의 5년이 걸린 셈이군."

베네딕트는 등받이에 등을 기대고 한숨을 뒤더니 희미하게 웃었다.

베네딕트가 말했다.

"좋아. 네 말을 들으니 약간 희망이 생기는군. 물론 우리 가운데 몸의 일부를 잃은 경험을 한 사람들이 몇 있지만 나는 그다지 중요한 부분을 잃은 적이 없거든. 얼마 전까지는 말이야."

"그렇지. 내 경우가 가장 인상적이지. 나도 그런 기록들을 오랫동안 주기적으로 살펴보았어. 단편적인 내용뿐이고 나나 그런 사고를 당한 장본인들을 제외하고는 거의 기억하는 이도 없겠지만 말이야. 손가락 끝, 발가락, 귓불 정도였으니까. 하지만 난 네 팔도 희망이 있다고 생각해. 물론 당장은 아니겠지만 말이야."

그리고 내가 다시 덧붙였다.

"네가 양손잡이여서 다행이야."

베네딕트는 희미하게 웃음 짓더니 와인을 마셨다. 그랬다. 베네딕트는 자기에게 무슨 일이 있었는지 아직 내게 말할 준비가 되어 있지 않았다.

나도 잔을 들어 한 모금 마셨다. 드워킨에 대해선 털어놓고 싶지 않았다. 드워킨은 비장의 카드로 남겨 두고 싶었다. 그의 능력을 제대로 아는 이는 우리 가운데 아무도 없었다. 드워킨은 미쳐 있었다. 그러나 조종할 수는 있었다. 시간이 지나면서 아버지조차 드워킨을 두려워하게 되었고, 그를 가둬 두었다. 내 감방에서 드워킨이 뭐라고 했던가? 앰버 전체를 파괴할 방법을 알아냈다고 하자 아버지가 자신을 가뒀다고 했다. 만약 그 말이 정신병자의 헛소리가 아니고 정말 그 때문에 드워킨이 갇혀 있는 거라면, 아버지는 나보다 훨씬 더 관대하다는 이야기가 된다. 그자는 살려 두기에는 너무 위험했다. 그러나 또 한편, 아버지는 드워킨을 치료하려 했다. 드워킨은 의사들에 대해 이야기했다. 자기 능력을 발휘해 의사들을 놀래 도망치게 했거나 파멸시켰다고 했다.

내가 기억하는 예전의 드워킨은 현명하고 친절한 노인이었으며, 아버지와 우리 가족에게 무척이나 헌신적인 인물이었다. 만약 조금이라도 회복될 가능성이 있다면, 그런 인물을 그렇게 간단히 없앨 수는 없었을 터였다. 드워킨은 절대 빠져나갈 수 없는 곳에 갇혀 있어야 했다. 하지만 드워킨은 단지 지루하다는 이유 하나만으로 그곳을 아무렇지도 않게 빠져나왔다. 앰버에서는 그 누구도 '그림자'를 걸을 수 없다. '그림자'가 존재하지 않기 때문이다. 따라서 드워킨은 무엇인가 내가 알지 못하는 일을 해서, 트럼프의 이면에 숨겨진 무엇인가를 이용해 자신의 거처를 떠난 것이다. 드워킨이 다시 돌아가기 전에, 나는 독방에서 도망칠 수 있게 내게도 탈출구를 만들어 달라고 드워킨을 설득했고, 그 탈출구를 통해 카브라의 등대로 탈출했다. 그리고 어느 정도 체력을 회복한 뒤 다시 길을 떠나 로레인에 도착한 것이다. 드워킨의 존재는 여태 알려지지 않았을 가능성이 컸다.

내가 아는 한, 우리 가족은 언제나 특수한 힘을 가지고 있었지만, 그것을 분석하고 패턴과 타로 카드의 형태로 만든 이는 바로 드워킨이다. 종종 드워킨은 그 일에 대해 우리와 논의하고 싶어 했지만, 우리 대부분은 그게 너무나도 추상적이고 따분한 주제라고 생각했다. 우리는 지나치게 실용적인 가족인 것이다! 젠장! 그 분야에 약간의 관심이라도 보인 이는 브랜드뿐이었다. 그리고 피오나도. 거의 잊고 있었다. 피오나는 가끔 드워킨의 말에 귀를 기울이곤 했다. 그리고 아버지도.

아버지는 엄청나게 많은 일들을 알았지만 절대로 그 일들을 우리와 논의하지 않았다. 아버지는 우리들에게 절대 많은 시간을 내주지 않았고, 아버지에 대해 우리가 모르는 일은 너무나 많았다. 그러나 우리 가족의 특수한 힘이 어디서 비롯되었든 간에, 아마 아버지는 드워킨만큼이나 그것을 잘 알고 있었을 것이다. 둘의 가장 큰 차이는 적용 방법이다. 드워킨은 예술가다. 아버지가 어떤 사람인지는 모르겠다. 아버지는 우리와 친해지려는 마음이 없었다. 물론 상냥하지 않았다는 뜻은 아니다. 우리가 보이면 아낌없이 선물을 주고 오락거리를 제공해 주었다. 그러나 양육은 궁정 사람들에게 완전히 떠맡겼다. 이제와 생각해 보면, 아버지는 우리를 자기의 정열이 가끔씩 불러오는 피할 수 없는 결과물로 여기고 너그럽게 참아낸 듯하다. 사실, 우리 가족이 지금보다 훨씬 더 많지 않다는 점이 놀라울 정도다. 우리 열셋에 지금은 죽은 남자 형제 둘과 누이 하나를 합친 숫자가 아버지로서 1500년에 걸쳐 이룬 생산 활동의 결과다. 그 외에 우리가 태어나기 훨씬 전에 몇 명이 더 있다고 들었지만 결국 살아남지 못했다고 한다. 정력이 남아도는 군주로서 좋은 타율이라고 할 수는 없지만, 우리들도 그렇게 다산이라고 할 수는 없었다. 우리가 자신의 몸을 지키고 그림자를 걸을 수 있게 되면 아버지는 우리에게 그렇게 할 것을 권했고, 우리가 행복하게 살 장소를 찾아 그곳에 머물기를 원했다. 지금은 사라진 아발론과 내 관계는 그 덕분에 시작되었다.

내가 아는 한, 아버지의 근원에 대해 아는 이는 아버지밖에 없다. 나는 오베론이 존재하지 않는 시대를 기억하는 사람을 만난 적이 없다. 이상한가? 호기심을 충족시킬 시간이 몇 세기나 있었는데도 자기 아버지가 어디에서 왔는지 모르는 게? 그렇다. 이상하다. 그러나 아버지는 비밀주의자였고, 강했으며, 빈틈이 없었다. 이런 점은 어느 정도까지 우리 가족 모두가 공유하는 특징이다. 아버지는 우리가 좋은 상황에서 만족하며 살기를 원했다고 나는 생각한다. 하지만 자기 통치에 위협이 되는 건 용납하지 않았다. 추측 건대, 아마 아버지의 마음속에는 일종의 불안감이 있었고, 우리가 아버지 자신과 아버지의 먼 과거 일에 대해 너무 많이 알게 되는 것에 대해 부당하다고만은 할 수 없는 경계심이 있었던 듯하다. 자신이 앰버를 지배하지 않는 날이 오리라고 진정으로 생각하지는 않았다고 본다. 아버지는 이따금 농담하듯 또는 불평하듯 퇴위에 대해 말하곤 했다. 그러나 나는 언제나 그 것이 계산된 술수며 우리가 어떻게 반응을 할지 떠보는 것이라고 생각했다. 아버지는 자신이 사라지면 어떻게 사태가 벌어질지 알았지만 그런 상황이 실제 일어나리라고는 믿지 않았다. 그리고 아버지의 모든 의무와 책임, 비밀스러운 방침에 대해 제대로 아는 이는 우리 가운데 아무도 없었다.

별로 인정하고 싶지는 않지만, 솔직히 우리 가운데 왕좌에 어울리는 사람은 아무도 없다는 생각이 들기 시작했다. 모든 일이 아버지의 비밀주의 때문이라는 식의 부적절한 이유를 들어 아버지를 비난할 수도 있겠지만, 불행히도 나는 프로이트를 너무 오래 동안 알고 지냈기에 그런 일에 대해 자의식을 갖지 않을 수가 없다. 나는 왕위에 대한 우리의 주장이 정당한가에 대한 의문을 품기 시작했다. 만약 퇴위가 없었다면, 그리고 아버지가 정말로 아직 살아 있다면, 우리에게 가능한 최고의 가능성은 섭정 정도다. 아버지가 돌아와 상황이 기대와 다르게 돌아가고 있음을 알아차리는 순간 그 자리에 있고 싶지 않다. 특히나 왕좌는 더욱 사절이다. 솔직히 인정하자. 나는 아버지가 두렵고, 그럴 이유가 있다. 자신이 이해할 수 없는 진정한 권력을 두려워하지 않는 자는 바보뿐이다. 그러나 그 호칭이 왕이든 섭정이든 간에, 그것을 정당하게 요구할 권리는 에릭보다 내게 더 많았고, 그것을 손에 넣겠다는 내 생각에는 변함이 없었다. 만약 아버지의 어두운 과거에서 비롯된 힘, 우리 가운데 그 누구도 이해할 수 없는 힘을 써서 그 자리를 쟁취할 수 있고, 드워킨이 그런 힘을 대표하는 것이 사실이라면, 내가 이용할 수 있을 때까지 드워킨의 존재를 숨겨야 했다.

나는 자신에게 물어보았다. 설사 드워킨이 대표하는 힘이 앰버 자체를 파괴할 수 있으며 그 과정에서 그림자 세계 전체를 산산조각 내고 내가 아는 모든 존재를 뒤집어엎는다 할지라도 말인가?

나는 자신에게 대답했다. 그렇다면 더욱더 그 사실은 나만이 알고 있어야 한다. 다른 사람을 어떻게 믿고 그런 힘을 맡긴단 말인가?

우리 가족은 정말로 실용을 중시한다.

나는 와인을 더 마셨고, 파이프를 청소한 뒤 다시 담배를 다져 넣었다.

"지금까지 있었던 일은 대충 이게 다야."

나는 손질을 마친 파이프를 바라보며 이렇게 말했고, 자리에서 일어나 등불을 파이프에 옮겨 붙였다.

"시력을 되찾은 다음 나는 탈출에 성공했고, 앰버에서 도망친 다음에는 로레인이라는 곳에 잠시 머물렀어. 그곳에서 가넬론을 만났고, 이곳에 온 거지."

"왜?"

나는 자리에 앉아 다시 베네딕트를 바라보았다.

"이곳은 내가 과거에 알던 아발론하고 가깝거든."

나는 가넬론을 옛날부터 알고 지냈다는 말을 일부러 하지 않았고, 가넬론이 내 마음을 읽고 적당히 응해 주기를 바랐다. 이곳은 우리가 찾는 아발론과 무척 가까웠기 때문에, 가넬론은 이곳의 지리와 대부분의 풍습을 잘 알고 있을 터였다. 이 정보가 무슨 가치가 있는지 당장은 알 수 없었지만, 여하튼 베네딕트에게는 숨겨 두는 편이 현명하다고 판단했다.

내 예상대로, 베네딕트는 그 점을 그냥 지나쳤고, 좀 더 관심이 있는 쪽에 관한 질문을 했다.

베네딕트가 물었다.

"네가 탈출한 건? 어떻게 도망칠 수 있었지?"

"물론 도움을 받았어. 독방을 나올 때는 말이야. 그리고 일단 독방을 나온 뒤에는 에릭이 아직 모르는 비밀 통로가 좀 있거든."

"그랬군."

베네딕트가 고개를 끄덕였다. 당연히 내 편에 서서 나를 도와준 사람이 누구인지 내가 말해 주기를 기대하는 눈치였지만, 또한 대놓고 물어보지 않을 정도의 분별력은 있었다.

나는 파이프를 뻐끔거렸고, 싱긋 웃으며 의자에 등을 기댔다.

"친구가 있는 건 좋은 거야."

베네딕트가 말했다. 마치 내가 입 밖에 내지 않고 속으로만 즐기는 어떤 일에 찬성한다는 투였다.

"아마 우리 모두 앰버에 친구 몇 명 정도는 있을 거야."

"나도 그렇게 생각하고 싶군. 네가 탈출한 뒤 자물쇠가 잠긴 독방 문에 조금 깎아 낸 흔적이 있었고, 침구를 불태우고 벽에다 그림을 그려 놓은 것을 발견했다는 이야기를 들었어."

"맞아. 감금 생활이 길어지면 정신에도 영향을 주는 거 같더라고. 적어도 나는 그랬어. 오랫동안 이성을 잃고 지낸 시기가 있었지."

"별로 겪어 보고 싶지는 않은 경험이로군. 그게 어떤 느낌인지 전혀 알고 싶지 않아. 자, 이제부터는 어떻게 할 생각이지?"

"별로 뚜렷한 계획은 없어."

"여기 머물고 싶은 생각이 들 거 같아?"

"모르겠어. 이곳 정세는 어때?"

"내가 장악했어."

베네딕트가 말했다. 자랑이 아니라 있는 그대로의 사실을 단순하게 말한 것이었다.

"바로 얼마 전 이 지역의 유일한 위협을 제거했다고 생각해. 내 생각이 옳다면, 얼마 지나지 않아 아주 평화로운 시기가 올 거야. 그러기 위해 비싼 대가를 치렀지만 말이야."

이렇게 말하고 베네딕트는 잘려 나간 팔 그루터기를 힐긋 보았다.

"하지만 그럴 가치가 있는 일이었어. 곧 알게 되겠지. 모든 상황이 정상으로 돌아오고 나면 말이야."

그런 뒤 베네딕트는 그 소년이 말했던 것과 기본적으로 같은 이야기를 했고, 어떻게 그 전투에서 이겼는지 설명했다. 헬메이드들의 우두머리를 죽이자 그 밑에 있던 부하 기사들은 달아났다. 달아난 부하들도 대부분 결국 죽었으며, 동굴은 다시 봉인되었다고 했다. 베네딕트는 잔당을 없애기 위해 전투지에 약간의 병력을 남겨 두기로 결정했고, 정찰대로 당분간 이 지역을 샅샅이 훑으며 잔당을 소탕할 작정이었다.

베네딕트는 자신과 적의 두목인 린트라의 만남에 대해서는 아무 말도 하지 않았다.

"놈들의 두목을 죽인 게 누구야?"

내 질문에 베네딕트는 그루터기만 남은 팔을 갑자기 움직이며 대답했다.

"내가 죽였어. 처음 일격을 날리기 전에 너무 오래 망설이기는 했지만 말이야."

나는 시선을 돌렸고, 가넬론도 그렇게 했다. 내가 다시 시선을 돌려 베네딕트를 보았을 때, 베네딕트의 얼굴은 정상으로 돌아와 있었고, 팔도 내려가 있었다.

"우린 너를 찾아다녔어. 알고 있었어, 코윈? 브랜드는 너를 찾아 여러 그림자들을 돌아다녔어. 제라드도 마찬가지였고. 그날 네가 사라진 뒤, 에릭은 네가 추측하는 그대로의 말을 했어. 하지만 우리는 에릭의 말을 믿을 수 없었어. 우리는 계속 네 트럼프를 써 보았지만 대답이 없었어. 뇌 손상 때문에 접촉이 안 된 게 분명해. 흥미롭군. 트럼프에 반응하지 않았기 때문에 우리는 네가 죽었다고 생각했어. 이윽고 줄리앙, 케인, 랜덤도 수색에 합류했어."

"셋 모두가? 정말? 감동적이네."

베네딕트가 싱긋 웃었다.

"아하."

나는 이렇게 말하고 싱긋 웃었다.

그 시점에서 셋이 나를 찾는데 합류한 것은 내 안전에 관심이 있어서가 아니라, 에릭이 동생을 죽였다는 증거를 찾으면 에릭을 실각시키거나 협박할 수도 있었기 때문이었으리라.

베네딕트가 계속 말했다.

"나는 아발론 근처에서 너를 찾아다녔어. 그러다가 이 장소를 찾아냈고, 그냥 머무르게 되었지. 당시 이곳은 처참한 상황이었고, 이 땅에서 과거의 영광을 되살리기 위해 나는 몇 세대에 걸쳐 노력했어. 처음에는 너를 기념하기 위해 시작한 일이었지만, 점차 이 땅과 주민들을 좋아하게 되었어. 이곳 사람들은 나를 수호자로 여기기 시작했고, 실제로 나도 그렇게 생각하게 되었지."

베네딕트의 말에 나는 가슴이 뭉클하면서도 또한 당혹스러워졌다. 베네딕트는 내가 사태를 완전히 엉망으로 만들었기 때문에 자신이 이곳에 머물러 질서를 바로잡아야 했다고 넌지시 비추는 걸까? 마지막으로 동생의 뒤치다꺼리를 해 주기 위해? 혹은 내가 이 장소, 또는 이곳과 아주 비슷한 장소를 사랑했다는 사실을 알기 때문에 괜찮은 상태로 되돌려놓기 위해 노력했다는 뜻일까? 내가 그러길 원했을 거라는 생각에서? 내가 너무 민감해져 있는 것인지도 몰랐다.

내가 말했다.

"모두 나를 찾아다녔다니 기분 좋은걸. 그리고 네가 이 땅의 수호자라는 사실을 아니 더 기분이 좋고. 여기를 좀 둘러보고 싶어. 내가 알던 아발론이 떠오르거든. 내가 이곳에 잠시 머물다 가도 괜찮겠어?"

"네가 원하는 건 그게 다야? 잠시 머무는 거?"

"처음부터 다른 생각은 없었는걸."

"그렇다면 옛날 이곳을 지배하던 너 자신의 그림자에 대해 이곳 사람들이 좋게 기억하고 있지 않다는 사실을 명심해 둬. 이곳에서는 아기에게 코윈이라는 이름을 붙이지 않고, 나도 코윈이라는 자의 형이 아니야."

"알았어. 내 이름은 코리야. 옛 친구라고 하면 어때?"

베네딕트가 고개를 끄덕였다.

"옛 친구가 이곳에 머무르는 거야 늘 환영이지."

나는 싱긋 웃으며 고개를 끄덕였다. 이런 그림자의 그림자를 내가 탈취할 음모를 꾸미고 있다고 상상을 하다니, 모욕도 이런 모욕이 없었다. 앰버의 왕관의 차가운 불을 (비록 한순간이기는 했지만) 이마에 느낀 적이 있는 나를 그런 식으로 생각하다니.

근원을 따져 볼 경우 이 사태의 책임이 내게 있음을 베네딕트가 알 경우 어떻게 나올지 궁금해졌다. 그런 식으로 말하자면, 베네딕트가 팔을 잃은 것도 내 책임이다. 그러나 나는 여기서 한 단계 더 나아가, 모든 책임을 에릭에게 돌리는 쪽이 더 맘에 들었다. 결국, 내가 저주를 내리게 된 원인은 에릭이 한 행동 때문이었으니 말이다.

그렇지만, 나는 베네딕트가 결코 그 사실을 알지 못하길 바랐다.

베네딕트가 에릭을 어찌 생각하는지가 정말로 궁금했다. 내가 움직이면 베네딕트는 에릭을 지지하며 나를 압박해 올까? 아니면 그냥 중립을 지키며 가만히 있을까? 또한 베네딕트 역시 내 야심이 완전히 사라졌는지, 아니면 여태껏 연기를 모락모락 피우며 불꽃으로 살아 있는지, 그리고 만약 후자가 사실이라면 그 불길을 다시 일으키기 위한 내 계획이 무엇인지 알고 싶어 한다고 나는 자신했다. 그러므로…….

누가 먼저 이 이야기를 꺼낼까?

나는 파이프를 몇 번 뻐끔거린 뒤, 와인을 마저 마셨고, 와인을 좀 더 따른 뒤, 다시 파이프를 뻐끔거렸다. 나는 야영지에서 들려오는 소리에 귀를 기울였다. 바람 소리, 내 배에서 나는 소리…….

베네딕트는 와인을 한 모금 마셨다.

이윽고 베네딕트는 거의 아무렇지 않은 듯한 목소리로 물었다.

"너의 장기 계획은 뭐야?"

나는 이렇게 대답할 수도 있었다. 아직 어떻게 할지 정하지 않았고, 단지 자유의 몸이 되어 살아 있고 눈이 회복되어 볼 수 있는 것만으로도 충분히 행복하다고…….. 그래서 지금은 더 바랄 것이 없으며 특별한 계획은 없다고…….

……그리고 그런다면 베네딕트는 그게 새빨간 거짓말이라는 사실을 알아차릴 것이다. 베네딕트는 나를 알아도 너무 잘 알기 때문이다.

그래서 나는 이렇게 말했다.

"다 알면서 뭐하러 물어."

베네딕트가 말했다.

"내 지지를 원한다면, 사양이야. 앰버는 또 다시 권력 투쟁에 말려들지 않아도 이미 충분히 엉망이야."

"에릭은 왕위를 찬탈했어."

"나는 에릭을 단지 섭정으로만 여길 생각이야. 이런 시기에 왕위를 요구하는 건 찬탈하겠다는 것과 다를 바 없어."

"그럼 아버지가 아직 살아 있다고 생각하는 거야?"

"그래. 살아 있고, 곤경에 처해 있어. 아버지 쪽에서 몇 번 접촉을 시도해 왔어."

나는 얼굴에 아무런 감정도 드러내지 않는데 성공했다. 그러면 아버지가 접촉을 시도한 사람은 나 혼자가 아니라는 말이 된다. 이 시점에서 내 경험을 밝힌다면 내가 위선적이고 기회주의적이라는 인상을 주거나 아니면 헛소리를 늘어놓는 것으로밖에 들리지 않을 것이다. 왜냐하면 5년 전 있었던 아주 짧은 접촉에서, 아버지는 나더러 왕위에 오르라고 했던 것이다. 물론 그것은 섭정을 의미했을 수도⋯⋯.

내가 말했다.

"에릭이 왕좌에 올랐을 때 넌 에릭을 지지하지 않았어. 지금 왕위에 있는
건 에릭이고, 만약 누군가 그 자식을 끌어내리려 한다면, 이제는 너도 에릭
을 지지할 생각이야?"

베네딕트가 내게 말했다.

"지금 말한 대로야. 나는 에릭을 섭정으로 여기고 있어. 그걸 찬성하는
건 아니지만, 더 이상 앰버에서 분쟁이 일어나는 걸 원하지 않아."

"그러면 에릭을 지지하겠다는 거야?"

"그 점에 대해선 더 이상 할 말이 없어. 네가 내 아발론에 머무르는 건 환
영하지만, 이곳을 앰버 공략을 위한 준비 지역으로 삼는 건 허락할 수 없
어. 이렇게 말하면 네 속내와 관련해 내 의견이 어떤지 확실히 알 수 있겠
지?"

"확실히 알겠어."

"그래도 여전히 여기에 머물고 싶어?"

내가 말했다.

"잘 모르겠어. 앰버에서 분쟁이 일어나는 것을 피하고 싶다는 네 희망은
어떤 경우에도 적용되는 거야?"

"무슨 말이지?"

"그러니까, 만약 내가 내 의지에 반해 앰버로 억지로 끌려갈 경우, 나는
예전에 당했던 그런 일이 반복되는 것을 막기 위해 가능한 한 커다란 분란
을 일으킬 생각이란 거지."

베네딕트는 찡그리고 있던 얼굴을 풀었다. 그리고 천천히 시선을 낮췄다.

"널 배신하겠다는 뜻은 아니었어. 내가 그렇게 아무 감정도 없는 인간이
라고 생각하는 거야? 난 네가 다시 감옥에 갇히는 걸 그냥 두고 보지는 않
을 거야. 눈을 멀게 하거나 그보다 더한 일을 당하는 걸 말이야. 네가 이곳

에 머무는 것은 언제나 환영이야. 네 야심과 함께 네 두려움도 국경 너머에 남겨 두고 와."

"그럼 여기에 머물고 싶어. 나는 군대를 가지고 있지 않고, 여기에 병사를 모집하러 온 것도 아니거든."

"그럼 대환영이야."

"고마워, 베네딕트. 여기서 널 만나게 될 줄은 상상도 못 했지만, 그래도 만나서 기뻐."

베네딕트가 약간 얼굴을 붉히며 고개를 끄덕였다.

베네딕트가 말했다.

"나도 기쁘군. 가족 가운데 만난 사람은 내가 처음이야? 네가 탈출한 뒤로 말이야."

나는 고개를 끄덕였다.

"응, 그래서 다들 어떻게 지내는지 궁금해. 뭔가 특별한 일이라도 있어?"

"새로 죽은 사람은 없어."

베네딕트가 말했다.

우리 둘은 킬킬거리며 웃었다. 결국 가족들의 뒷이야기를 알아내려면 나 혼자 알아보는 수밖에 없었다. 하지만 그래도 지금처럼 한번 시도해 볼 만한 가치는 있었다.

"나는 당분간 전쟁터에 남아 있을 거야. 그리고 침략자들의 잔당이 모두 소탕되었다는 사실을 확인할 때까지 계속 순찰을 할 거야. 철수할 때까지 한 주는 더 있어야 할 듯해."

"어라? 완전히 이긴 거 아니었어?"

"그렇다고 생각은 하지만, 난 절대 방심하지 않으니까. 좀 더 기다리며 확실히 하는 게 낫다고 봐."

"신중하군."

내가 말하며 고개를 끄덕였다.

"……그러니까, 꼭 이 야영지에 머물러야겠다는 게 아니라면, 그냥 도시로 가서 왕국의 중심지를 보는 게 어때? 아발론에 내 저택이 몇 개 있어. 내가 좋아하는 장원의 작은 저택에 가서 지내 봐. 도시에서도 멀지 않은 곳이야."

"그게 낫겠군."

"그럼 아침에 지도하고 내 집사에게 보내는 편지를 주지."

"고마워, 베네딕트."

"여기 일이 끝나는 대로 나도 네게 가겠어. 그리고 그때까지는 날마다 전령을 보내도록 하지. 그렇게 너와 연락을 하겠어."

"알았어."

"그럼 맘에 드는 곳을 찾아 야영을 하도록 해. 아침 식사 종을 못 듣는 일은 없을 거야. 믿어도 좋아."

"식사 종을 못 듣는 일은 없지. 아까 짐을 두고 온 곳에서 자도 괜찮을까?"

"당연하지."

베네딕트가 말했고, 우리는 와인을 마저 마셨다.

베네딕트의 천막에서 나오며 나는 출입용 장막을 잡았고, 그것을 옆으로 몇 센티미터인가 밀어내 위로 걷어 올렸다. 베네딕트는 우리에게 잘 자라는 인사를 하고는 몸을 돌렸고, 장막 한쪽에 내가 만들어 놓은 몇 센티미터 너비의 틈새를 눈치채지 못한 채 장막이 그냥 떨어지게 놔두었다.

나는 짐을 놓아 둔 곳에서 오른쪽으로 한참 떨어진 곳에 잠자리를 잡았다. 베네딕트의 천막을 정면으로 향한 곳이었다. 그리고 짐을 뒤적이는 척하며 모두 그쪽으로 옮겼다. 가넬론이 왜 그러느냐는 눈빛으로 나를 보았지만, 나는 단지 고개를 끄덕이고는 천막을 향해 눈짓을 했다. 가넬론도 천막을 힐긋 보더니 고개를 끄덕였고, 나보다 훨씬 더 오른쪽에 자기 담요를 펼쳤다.

나는 눈으로 거리를 재 본 다음, 가넬론에게 가서 말했다.

"어이, 난 여기서 자고 싶어졌어. 자리를 바꾸지 않겠어?"

나는 강조하는 뜻으로 윙크를 덧붙였다.

"맘대로. 난 아무래도 괜찮아."

어깨를 으쓱이며 가넬론이 말했다.

야영지의 모닥불들이 꺼지거나 꺼져 갔고, 병사들은 대부분 이미 잠이 들어 있었다. 보초는 우리에게 두어 번 주의를 기울였을 뿐이었다. 야영지는 아주 조용했고, 찬란한 별빛을 가리는 구름도 없었다. 피곤했다. 연기와 축축한 땅 냄새가 기분 좋게 코를 간질였고, 이것과 닮은 다른 시간, 다른 장소에서 하루를 끝마치고 휴식을 취했던 기억이 났다.

하지만 나는 눈을 감는 대신 짐 꾸러미를 하나 가져와 기대앉았다. 그리고 다시 파이프에 담배를 다져 넣은 뒤 불을 붙였다.

천막 안을 왔다 갔다 하는 베네딕트의 움직임에 따라 나는 두 번 고쳐 앉았다. 베네딕트는 한 번 내 시야에서 완전히 사라졌고, 몇 초 동안 모습을 감췄다. 그러나 멀리서 불빛이 움직였고, 베네딕트가 상자를 열었다는 사실을 알 수 있었다. 곧 베네딕트가 내 시야에 다시 들어왔고, 탁자 위를 치운 뒤 잠깐 뒤로 갔다가 처음 위치로 와서 앉았다. 나는 베네딕트의 왼손을 볼 수 있도록 위치를 바꿔 앉았다.

베네딕트는 책장을 넘기거나 아니면 뭔가 그 비슷한 크기의 것을 골라내는 듯했다.

카드일까?

당연했다.

베네딕트가 마침내 골라 자기 눈앞에 들어 올린 트럼프가 어떤 것인지 힐긋이라도 볼 수 있다면 얼마나 좋을까? 누군가 내가 훔쳐보고 있는 출입구가 아닌 다른 통로를 통해 천막 안에 갑자기 나타날 경우에 대비해 그레이스 원더를 손 닿는 곳에 둘 수 있다면 얼마나 좋을까? 도주와 전투의 예감이 들며 손바닥과 발바닥이 아려왔다.

그러나 베네딕트는 여전히 혼자였다.

베네딕트는 15분 정도 꼼짝 않고 있다가 마침내 움직였지만 카드를 상자 어딘가에 넣고 등불을 끈 게 전부였다.

보초는 혼자서 단조롭게 순찰을 돌았고, 가넬론은 코를 골기 시작했다.

나는 파이프를 비운 뒤 몸을 돌려 옆으로 누워 생각했다.

내일, 만약 내일 이곳에서 눈을 뜰 수 있다면, 모든 게 잘 풀릴 거야…….

5

　나는 물방아 반대쪽 기슭에 두 손으로 턱을 괴고 엎드려 풀잎을 씹으며 물방아가 도는 모습을 지켜보았다. 냇물이 물방아를 타고 떨어지며 물보라를 일으켰고, 그 위로 자그마한 무지개를 만들었는데, 가끔씩 내게까지 물방울이 튀곤 했다. 끊임없이 들려오는 물소리와 물방아 도는 소리는 숲 속의 다른 모든 소리를 삼켰다. 오늘 방앗간에는 아무도 없었다. 이런 광경을 본 지 너무나도 오래되었기 때문에, 나는 물방아를 찬찬히 바라보며 생각에 잠겼다. 물방아를 바라보며 물소리에 귀를 기울이는 일에는 단순히 긴장을 풀고 쉬는 이상의 효과가 있었다. 최면에 빠지는 느낌이라고나 할까.

　베네딕트의 집으로 온 지 사흘째였고, 가넬론은 재밋거리를 찾아 마을로 가고 없었다. 나는 어제 가넬론과 같이 마을로 갔고, 알고 싶던 일을 그때 전부 알아 버렸다. 더 이상 관광을 하고 다닐 시간이 없었다. 서둘러 계획을 세우고 그 계획을 행동에 옮겨야 할 때였다. 야영지에서는 아무 문제도 없었다. 베네딕트는 우리에게 식사를 하게 한 뒤 약속했던 지도와 편지를 주었다. 우리는 동틀 녘에 출발했고, 정오 무렵에 장원에 도착했다. 우리는 환대를 받았고, 숙소를 안내받고 짐을 푼 뒤 마을로 가서 그날 남은 시간을 보냈다.

베네딕트는 전쟁터에서 며칠 더 머물 예정이었다. 베네딕트가 돌아오기 전에 나는 스스로에게 부과한 일을 마쳐야만 했다. 즉, 헬라이드를 할 필요가 있었다. 한가로이 여행을 할 여유가 없었다. 올바른 그림자들을 기억해 곧 출발해야 했다.

나의 아발론과 이토록 닮은 이곳에 계속 머문다면 정말 몸과 마음이 재충전되는 기분을 느낄 수 있을 터였다. 내 좌절된 목표가 강박관념 수준까지 도달해 있지만 않았다면 말이다. 그러나 이 사실을 자각하는 것과 그것을 통제하는 것은 서로 다른 이야기다. 낯익은 광경이나 소리에 마음이 팔리는 때가 있었으나 그것은 한순간에 지나지 않았고, 곧 나는 계획을 짜는 일에 몰두하기 시작했다.

내가 보기에는 잘 짠 계획이었다. 의심을 사는 일 없이 잘만 한다면, 이번 여행을 통해 나는 내가 가진 문제 중 두 가지를 한꺼번에 해결할 수 있었다. 그러기 위해서는 하룻밤 이곳을 떠나 있어야 했지만, 나는 이미 이런 사실을 내다보고 가넬론에게 적당히 둘러대 달라고 부탁해 두었다.

물방아가 돌며 삐걱대는 소리에 맞춰 머리를 끄덕이며, 나는 머릿속에서 다른 모든 생각들을 털어 내고 필요한 것들을 기억해 내기 시작했다. 모래의 질감, 색깔, 온도, 바람, 공기에 섞인 소금 냄새, 구름······.

그런 다음 잠이 들었고, 꿈을 꾸었지만, 꿈속의 어느 곳도 내가 찾던 장소는 아니었다.

거대한 룰렛 바퀴가 보였다. 그리고 우리 모두, 나를 비롯해 모든 형제자매들, 내가 알고 있거나 과거에 알았던 사람들이 모두 그 룰렛에 타고 있었다. 우리는 각자 할당된 구획 안에서 오르락내리락거렸다. 우리 모두 각자가 정상에 올랐다가 내려가려고 하면 바퀴를 멈춰 달라고 울부짖었다. 바퀴 도는 속도가 느려졌고, 나는 위로 올라가고 있었다. 금발의 젊은이가 내 앞에서 거꾸로 매달려 간원을 하고 경고를 외쳐 댔지만, 그 소리는 곧 많은 사람들이 내는 불협화음에 묻혀 버렸다. 젊은이의 얼굴이 검게 물들며 꿈틀거렸고, 보기에 끔찍한 모습으로 바뀌었다. 내가 젊은이의 발목을 묶은 밧줄을 칼로 후려치자 그는 추락해 시야에서 사라졌다. 내가 정상에 다가감에 따라 바퀴가 도는 속도는 더욱 느려졌고, 그때 로레인이 보였다. 로레인은 급히 손짓을 하며 내 이름을 불렀다. 나는 로레인을 향해 몸을 내밀었다. 로레인을 뚜렷하게 보았고, 원했고, 도와주고 싶다고 생각했다. 하지만 바퀴는 계속 움직였고, 로레인은 내 시야에서 사라졌다.

"코윈!"

나는 로레인의 외침을 무시하려 했다. 거의 정상에 도달해 있었기 때문이다. 나를 부르는 외침이 다시 들려왔지만, 나는 그 소리에 아랑곳 않고 뛰어오르기 위해 몸을 긴장시켰다. 만약 내가 정상에 도달했을 때 바퀴가 멈추지 않는다면 속임수를 쓰는 한이 있더라도 이 빌어먹을 게임에서 이길 작정이었다. 설사 그러다가 추락해 완전한 파멸을 맞이한다 할지라도 말이다. 나는 뛰어오를 준비를 했다. 바퀴가 한 눈금만 더 돌면…….

"코윈!"

그 목소리는 멀어졌다 되돌아왔다가 흐릿해졌고, 나는 다시 물방아를 보고 있었다. 귓가에서 내 이름이 메아리쳤고, 시냇물 흐르는 소리와 섞였고, 합쳐졌고, 사라졌다.

나는 눈을 끔벅거리며 손으로 머리털을 빗었다. 그러자 민들레가 우수수 어깨 위로 떨어졌다. 그리고 뒤쪽 어디선가 킥킥거리는 소리가 들렸다.

나는 재빨리 몸을 돌려 뒤를 바라보았다.

여남은 걸음 정도 떨어진 곳에 여자가 서 있었다. 키가 크고 날씬하고 젊은 여자였다. 검은 눈동자, 짧게 자른 갈색 머리털. 펜싱용 재킷 차림에 오른손에는 레이피어,* 왼손에는 마스크를 들고 있었다. 여자는 나를 바라보며 깔깔거리고 있었다. 치아는 새하얗고 가지런했으며 조금 길었다. 자그

---

* 찌르기가 주용도인 결투용 칼.

마한 코와 햇볕에 그을린 뺨 위쪽으로 주근깨가 띠를 이루며 가로질렀다. 단순한 미모에서 느껴지는 매력과는 다른, 발랄한 생기에서 나오는 매력이 있었다. 아마 내가 나이가 훨씬 많았기 때문에 그런 느낌을 더 강하게 받았는지도 모르겠다.

여자가 검을 들고 내게 경례했다.

"준비하세요, 코윈!"

"넌 누구야?"

내가 물었다. 그제야 내 곁의 풀 위에 재킷, 마스크, 레이피어가 놓여 있다는 사실을 깨달았다.

여자가 말했다.

"시합이 끝날 때까지는 질문도 대답도 하지 않기예요."

여자가 마스크를 쓰고 기다렸다.

나는 일어나 재킷을 집어 들었다. 논쟁을 벌이는 것보다 펜싱 시합을 하는 쪽이 더 쉬울 듯했다. 여자가 내 이름을 안다는 사실이 꺼림칙했지만, 그런 생각을 하면 할수록 어딘가 낯익은 느낌이 들었다. 나는 여자에게 보조를 맞추는 편이 낫겠다고 판단하고 어깨를 움츠려 재킷을 입고 버클을 죄었다.

나는 검을 들어 올려 간단히 경례를 했고, 앞으로 나아가며 말했다.

"좋아, 준비됐어."

여자가 앞으로 걸어 나왔고, 우리는 칼을 내밀어 마주쳐 인사를 했다. 나는 여자가 먼저 공격하도록 했다.

여자는 쳐내기―속임동작―속임동작―찌르기로 아주 빠르게 공격해 왔다. 나는 두 배 빠르기로 방어와 되찌르기를 했지만 여자는 내 칼을 받아넘겼고, 나와 같은 속도로 반격했다. 그래서 이번에는 천천히 물러서며 여자를 유인해 보았다. 여자는 깔깔거리더니 맹렬한 기세로 나를 압박해 왔다. 뛰어난 솜씨였고, 자신도 그것을 알고 뽐내고 싶어 했다. 여자는 같은 방법으로 아래쪽에서 두 번이나 내 방어를 돌파할 뻔했다. 전혀 마음에 들지 않는 상황이었다. 그 직후 나는 상대가 방어 준비를 하기 전에 최대한 빠르게 찌르기 공격을 해서 상대를 잡았다. 상대는 나지막이 투덜거리면서도 잡힌 것을 솔직하게 시인했고, 즉시 반격을 해 왔다. 원래 나는 여자들과 펜싱 시합 하는 것을 즐기지 않는다. 아무리 상대가 기량이 뛰어나다 할지라도 말이다. 그러나 이번은 나도 모르게 시합을 즐기고 있었다. 여자가 공격하고 방어하며 보이는 뛰어난 기술과 우아함을 눈으로 보고 대응하며 즐거움을 느낀 것이다. 처음에는 상대를 빨리 지치게 해 시합을 끝낸 뒤 질문을 할 생각이었다. 그러나 지금은 오히려 지금 이 상태를 더 오래 즐기고 싶다는 기분이 들었다.

여자는 쉽사리 지치지 않았다. 그 부분이 살짝 마음에 걸렸다. 나는 시간 가는 줄도 모르고 시냇가를 따라 일진일퇴를 반복했고, 계속 칼을 부딪치며 시합을 했다.

여자가 한쪽 발꿈치를 내디디며 칼을 앞으로 들어 올려 마지막 경례를 했을 때는 시간이 한참 흐른 뒤인 것 같았다. 여자는 마스크를 벗으며 다시 한 번 싱긋 웃었다.

"고맙습니다!"

세차게 숨을 몰아쉬며 여자가 말했다.

나는 답례를 하고 새장 같은 마스크를 벗었다. 나는 몸을 돌려 더듬더듬 재킷의 여미개를 풀었다. 그러자 여자는 어느새 내게 다가와 뺨에 키스를 했다. 여자는 굳이 까치발을 하지 않아도 내 뺨에 키스할 수 있었다. 나는 한순간 당황했지만 곧 싱긋 웃었다. 내가 뭔가 말을 하기도 전에 여자는 내 팔을 잡고 우리가 왔던 방향으로 나를 데려갔다.

"피크닉 바구니를 가져왔어요."

"마침 잘됐군. 배가 고프거든. 그런데 궁금한 게 있는데……."

"뭐든지 물어만 보세요."

여자가 쾌활하게 말했다.

"우선 네 이름을 알려 주면 좋겠어."

"다라. 제 이름은 다라예요. 할머니 이름을 땄어요."

다라는 그렇게 말하며 마치 뭔가 반응을 기대한다는 듯 내 눈치를 슬쩍 살폈다. 나는 그런 다라의 기대를 저버리고 싶지 않았지만, 그냥 고개만 끄덕이며 그 이름을 되풀이해 말했다. 그리고 이어서 내가 물었다.

"왜 나를 코윈이라고 부르지?"

"그게 당신 이름이니까요. 얼굴을 보고 알아봤어요."

"어떻게?"

다라가 내 팔을 놓았다.

"여기예요."

다라는 나무 뒤로 손을 뻗쳐 땅 위로 드러난 나무뿌리 위에 놓여 있던 바구니를 들어 올리며 말했다.

"개미가 들어가지 않았으면 좋겠는데."

다라는 시냇물 가 나무 그늘로 가서 땅 위에 천을 펼쳐 놓았다.

나는 펜싱 도구를 근처 관목에 걸쳐 놓았다.

"혼자서 이것저것 꽤 많이 가지고 다니는군."

"저쪽에 말을 두고 왔어요."

고개로 하류를 가리키며 다라가 말했다.

다라는 다시 주의를 돌려 천 가장자리를 돌멩이로 눌러 놓고 바구니에 든 것들을 꺼내기 시작했다.

"왜 저쪽에 두고 왔는데?"

"들키지 않고 몰래 당신에게 다가가려고 그랬죠. 만약 말이 달가닥거리며 주위를 돌아다녔으면 잠에서 깼을걸요."

"아마 그랬겠지."

다라는 깊은 생각에 빠진 듯 말을 멈추더니 곧 킥킥 웃으며 엄숙한 표정을 지었다.

"하지만 처음부터 그러진 않았어요. 꼼짝도 않고……."

"처음부터?"

다라는 내가 이렇게 묻기를 바라고 있었고, 나는 그 기대에 부응해 질문을 해 줬다.

"네. 하마터면 말을 타고 당신을 넘어갈 뻔했어요. 깊게 잠이 들었더라고요. 당신이 누군지 안 다음, 피크닉 바구니하고 펜싱 도구를 가지러 돌아갔어요."

"그랬군."

"자, 이리 앉으세요. 그리고 병을 따 주실래요?"

다라는 내가 앉을 자리 옆에 와인 병을 놓은 뒤, 크리스털 술잔 두 개를 조심스레 포장에서 풀어 천 한가운데 올려놓았다.

나는 내 자리로 가서 앉았다.

"그건 베네딕트의 가장 좋은 크리스털 잔이군."

병을 따며 내가 말했다.

"맞아요. 와인을 따를 때 잔을 쓰러뜨리지 않도록 조심하세요. 그리고 잔을 맞부딪치는 건 안 하는 편이 낫겠네요."

"그렇군. 마주치지 않는 편이 낫겠어."

나는 이렇게 대꾸하고 와인을 따랐다.

다라가 자기 잔을 들어올렸다.

다라가 말했다.

"재회를 축하하며."

"누가 재회를 했는데?"

"우리요."

"난 널 처음 보는데?"

"재미없어요."

다라는 이렇게 말하며 와인을 한 모금 마셨다.

나는 어깨를 으쓱하며 말했다.

"재회를 축하하며."

이윽고 다라는 음식을 먹기 시작했고, 나도 그렇게 했다. 다라는 자기가 조성한 신비로운 분위기를 진심으로 즐기는 듯했고, 그게 그토록 즐겁다면 나도 협력해도 좋다는 느낌이 들었다.

"그런데 내가 널 어디서 만났지? 어딘가 큰 궁정? 아니면 하렘?"

다라가 말했다.

"아마 앰버였을 거예요. 거기서 당신은……."

"앰버?"

나는 손에 베네딕트의 크리스털 잔을 쥐고 있다는 사실을 상기하고는 감정을 목소리에만 담았다.

"대체 넌 누구지?"

"…… 그곳에서 당신은 잘생기고, 자부심 넘치고, 모든 숙녀들의 동경의 대상이었죠. 그리고 전 그곳에서 생쥐처럼 조그만 아이였고, 멀리서 당신을 동경했어요. 잿빛, 또는 파스텔톤의, 화려함과는 거리가 먼 조그만 다라였죠. 서둘러 덧붙이자면, 전 뒤늦게 피는 스타일이에요. 당신을 짝사랑하며 혼자 마음을 졸였고……."

내가 약간 상스러운 단어를 중얼거리자 다라가 또 소리 내어 웃었다.

"거기가 아니었나요?"

쇠고기 샌드위치를 한 입 베어 물며 내가 대답했다.

"아냐, 그곳이 아니라 내가 등을 삐었던 매음굴에서 만난 거 아닐까 해서. 그날 밤 나는 완전히 떡이 되도록 취해 있었고……."

내 말에 다라가 외쳤다.

"드디어 기억이 났군요! 그건 아르바이트로 하던 일이었어요. 낮에는 말 조련사 일을 했고요."

"포기하겠어."

나는 이렇게 말하고 와인을 더 따랐다.

정말로 마음에 걸리는 건, 다라를 어디선가 실제로 본 듯한 느낌이 든다는 점이었다. 하지만 외모나 행동으로 미루어 짐작건대, 다라는 열일곱 살 정도 되어 보였다. 그렇다면 과거에 우리가 만났을 가능성은 거의 없다.

"펜싱은 베네딕트에게서 배운 건가?"

"네."

"베네딕트와 무슨 관계지?"

"물론, 제 애인이죠. 보석하고 모피로 절 치장시키고, 함께 펜싱을 하는 관계죠."

다라가 다시 소리 내어 웃었다.

나는 다라의 얼굴을 계속 바라보았다.

그랬다. 가능한 일이다…….

"난 마음이 상했어."

마침내 내가 말했다.

"왜요?"

"베네딕트는 내게 시가를 주지 않았거든."

"시가?"

"넌 베네딕트의 딸이지?"

다라는 얼굴을 붉혔지만 고개를 가로저었다.

"아니요, 하지만 꽤 비슷하게 맞혔어요."

"손녀?"

"음…… 그렇다고도 할 수 있죠."

"무슨 말인지 이해가 안 되는걸."

"제가 할아버지라고 부르면 좋아하세요. 하지만 실제로 그분은 제 할머니의 아버지세요."

"그랬군. 너 말고 너 같은 사람들이 또 있어?"

"아니요, 저 혼자뿐이에요."

"그럼 어머니나…… 할머니는?"

"모두 돌아가셨어요."

"어쩌다가?"

"폭력 사건에 휘말려서요. 두 번 모두, 베네딕트 할아버지가 앰버에 가 계셨을 때였어요. 그래서 오랫동안 앰버로 돌아가지 않으셨던 거라고 저는 생각해요. 제가 무방비 상태로 남아 있는 걸 원하지 않으시거든요. 제가 제 몸 하나는 지킬 수 있다는 걸 아시지만 말이에요. 당신도 그렇게 생각하죠?"

나는 고개를 끄덕였다. 다라의 대답은 몇 가지 의문을 풀어 주었다. 그 가운데 하나는 왜 베네딕트가 이곳에서 수호자 역을 하는가였다. 베네딕트는 다라를 어딘가에 두어야 했지만, 앰버로 데려갈 생각은 없었을 터였다. 다라의 존재를 가족에게 알리는 일조차 원하지 않았으리라. 다라는 약점이 될 테니까. 다라의 존재를 내가 이렇게 빨리 알게 되다니, 베네딕트로서는 달갑지 않은 일이리라.

그래서 나는 이렇게 말했다.

"넌 여기에 있으면 안 된다고 생각하는데. 그리고 네가 여기 와 있는 걸 알면 베네딕트가 무척 화를 낼걸."

"당신도 할아버지와 마찬가지군요! 전 어른이라고요!"

"내가 언제 아니라고 한 적이 있나? 그래도 넌 여기 있으면 안 되는 거 아닌가?"

다라는 내 질문에 답하는 대신 한입 가득 음식을 베어 물었다. 그래서 나도 그렇게 했다. 잠시 그런 어색한 분위기 속에서 음식을 씹다가, 나는 새로운 화제를 택하기로 했다.

"어떻게 나를 알아보았지?"

다라는 음식을 삼키고 와인을 한 모금 마신 다음 싱긋 웃어 보였다.

"물론 당신 그림을 보고 알았죠."

"무슨 그림?"

"카드에 그려진 그림 말이에요. 아주 어렸을 때 그 카드를 가지고 놀곤 했어요. 그걸로 친척들의 얼굴을 알게 되었어요. 그리고 당신과 에릭이 뛰어난 검사라는 것을 알고 있어요. 그래서 제가……."

내가 말을 가로챘다.

"트럼프를 가지고 있어?"

다라가 토라진 표정으로 말했다.

"아뇨, 줄 생각을 안 하세요. 몇 벌이나 가지고 있으면서도요."

"정말? 어디에 두는데?"

다라는 눈을 가늘게 뜨고 내 눈을 뚫어져라 바라보았다. 젠장! 이렇게까지 열심히 물어볼 생각은 없었는데.

하지만 다라가 말했다.

"보통은 늘 한 벌을 가지고 다니세요. 다른 것들은 어디에 두셨는지 모르겠어요. 왜요? 당신에게 안 보여 주시던가요?"

"안 물어봤어. 카드가 뭘 뜻하는지 알아?"

"카드에 가까이 있을 때 해서는 안 되는 일들이 있다고 하셨어요. 아마 뭔가 특별한 용도가 있는 것 같지만 그것이 무엇인지는 알려 주지 않으셨어요. 상당히 중요한 거군요?"

"응."

"저도 그렇게 생각했어요. 할아버지께서는 늘 카드를 조심조심 다루세요. 당신도 가지고 있나요?"

"응, 하지만 지금은 대출 중이야."

"알겠어요. 카드로 뭔가 복잡하고 못된 짓을 하려는 거군요."

나는 어깨를 으쓱했다.

"카드를 쓰고 싶기는 하지만, 아주 지루하고 단순한 목적을 위해서야."

"가령?"

나는 고개를 저었다.

"만약 네가 카드의 기능을 모르는 쪽이 낫다고 베네딕트가 판단했다면, 난 네게 그걸 말해 줄 생각이 없어."

다라가 자그맣게 투덜거렸다.

"할아버지를 무서워하는군요."

"나는 베네딕트를 상당히 존경해. 어느 정도 애정을 품고 있다는 건 말할 나위도 없고."

다라가 깔깔거렸다.

"할아버지는 당신보다 더 뛰어난 전사인가요? 더 뛰어난 검사인가요?"

나는 다라에게서 시선을 돌렸다. 다라는 세상에서 거의 격리된 장소에 있다가 돌아온 게 분명했다. 마을에서 만난 사람들은 모두가 베네딕트의 팔에 대해 알고 있었다. 천천히 퍼질 만한 종류의 소식이 아니었다. 나는 그 소식을 처음으로 다라에게 전해 주고 싶은 마음이 전혀 없었다.

"편한 대로 생각해. 지금까지 어디 있었지?"

"마을에요. 산속에 있는 마을이에요. 할아버지는 테시라 불리는 자기 친구들하고 같이 있으라고 절 거기로 데려가셨어요. 테시를 알아요?"

"아니, 몰라."

"전에도 갔던 적이 있어요. 여기서 뭔가 문제가 생기면 할아버지께서는 언제나 저를 그 마을로 데려가서 그 사람들하고 있게 하세요. 그 장소에는 이름이 없어요. 전 그냥 마을이라 불러요. 정말 이상한 곳이에요, 사람들이나 마을이나. 마치 우리를 숭배하는 듯한 느낌이랄까. 그곳 사람들은 절 마치 뭔가 신성한 것이라도 되는 양 대하고, 뭘 물어도 절대 대답해 주지 않아요. 말을 타고 가면 그리 멀지 않지만 산들도 달라 보이고, 하늘도 달라 보여요. 모든 것이 다요! 그리고 일단 거기 가면 돌아오는 길이 없는 것 같아요. 전에 혼자 돌아오려고 한 적이 있는데 길만 잃고 말았어요. 언제나 할 아버지가 저를 데리러 오셔야 하더라고요. 그러면 쉽게 돌아와요. 테시들 은 할아버지가 저에 대해 내린 명령이라면 뭐든지 해요. 마치 그 사람들에 게는 할아버지가 무슨 신이라도 되는 것처럼 말이에요."

"실제로 그래. 그쪽 입장에서는."

"누군지 모른다면서요."

"알 필요 없어. 난 베네딕트를 아니까."

"어떻게 그런 일이 일어날 수 있죠? 알려 주세요."

나는 고개를 저었다.

"너는 어떻게 왔지? 이번엔 어떻게 돌아온 거야?"

다라는 와인을 다 마시고 잔을 내밀었다. 와인을 따라 주며 다라를 올려 다보니, 다라는 머리를 오른쪽 어깨 위로 기울이고 미간을 찌푸린 채 뭔가 먼 곳을 바라보는 듯한 표정을 했다.

잔을 들어 올려 건성으로 와인을 마시며 다라가 말했다.

"잘 모르겠어요. 어떻게 그랬는지 저도 잘 모르겠어요……."

다라는 왼손으로 나이프를 만지작거리다가 곧 들어 올렸다.

"또 다시 그곳으로 가야 했기 때문에 저는 무척 화가 났어요. 전 여기에 남아 함께 싸우고 싶다고 말했죠. 하지만 할아버지는 저와 함께 말을 타고 출발했고, 잠시 뒤 우린 그 마을에 도착했어요. 어떻게 그랬는지는 저도 몰 라요. 그렇게 오랫동안 말을 타고 간 게 아닌데 갑자기 그곳에 도착한 거예 요. 전 이곳을 잘 알고 있어요. 여기서 나고 자랐으니까요. 저는 사방 몇백 리그까지 말을 타고 빠짐없이 돌아다녔어요. 하지만 그 마을을 찾으려고 하면 절대 찾을 수가 없는 거예요. 하지만 할아버지와 그곳으로 갈 때는 시 간도 얼마 걸리지 않고, 갑자기 테시들이 사는 곳이 나와요. 하지만 마지막 으로 그곳에 갔던 건 벌써 몇 년 전 일이고, 이젠 저도 어른이 되었으니까 어지간한 일은 스스로 알아서 결정할 수 있잖아요. 그래서 혼자 돌아오려고 마음먹었어요."

다라는 옆의 맨땅을 나이프로 긁거나 파기 시작했다. 자기가 무엇을 하고 있는지 알아차리지 못하는 듯했다.

다라가 계속 말을 이었다.

"전 밤이 될 때까지 기다렸어요. 그러고는 별을 보며 방향을 알아내려고 했어요. 정말 이상했어요. 별들이 완전히 달랐던 거예요. 별자리를 하나도 알아볼 수가 없었어요. 전 집으로 다시 들어가서 그 점에 대해 생각해 보았어요. 약간 두려웠고, 어떻게 해야 할지 알 수가 없었어요. 이튿날 테시들이나 다른 마을 사람들에게서 좀 더 정보를 얻어 보려 했어요. 하지만 그건 마치 악몽과도 같았어요. 그 사람들이 바보든가 아니면 저를 헛갈리게 하려고 일부러 그러는 것만 같았어요. 그곳에서 이곳으로 오는 길이 없었을 뿐 아니라, 그 사람들은 '이곳'이 어디에 있는지도 몰랐고, 자기들이 있는 '그곳'이 어디인지조차 확실히 몰랐어요. 그날 밤, 저는 전날 본 것을 확인하기 위해 다시 별들을 관찰했고, 그때는 테시들의 말을 받아들일 수 있게 되었어요."

다라는 마치 숫돌에 날을 갈듯이 나이프를 앞뒤로 움직이며 흙을 가지런히 다지고 무늬를 그리기 시작했다.

다라가 말을 이었다.

"그리고 며칠 동안 계속 돌아오는 길을 찾아다녔어요. 우리가 남긴 자취를 찾으면 그걸 따라 돌아올 수 있을 거라고 생각했죠. 하지만 어째선지 우리가 왔던 자취는 모두 사라지고 없었어요. 그래서 저는 제가 생각할 수 있는 유일한 일을 했어요. 날마다 아침이 되면 각각 다른 방향으로 말을 타고 갔고, 정오까지 달린 다음 다시 돌아왔어요. 그래도 낯익은 건 하나도 보이지 않았어요. 도무지 어찌 해야 할지를 모르겠더군요. 밤이 되면 더 화가 난 상태로 잠이 들었고, 그때마다 꼭 제 힘으로 아발론에 돌아오겠다고 다짐했어요. 저를 어린애처럼 가둬 둘 수 없다는 사실을 할아버지께 꼭 보여 주고 싶었어요.

　그리고 한 주 정도 지났을 때, 꿈을 꾸기 시작했어요. 악몽이었죠. 아무리 달리고 달려도 아무 곳에도 도착하지 못하는 꿈을 꿔 본 적이 있나요? 그런 종류의 꿈이었어요. 불타는 거미집이 나오는 꿈이었죠. 하지만 진짜 거미집은 아니었어요. 거미도 없었고, 진짜로 불타고 있는 것도 아니었어요. 하지만 저는 거기에 갇혀서 그 안을 계속 돌아다니는 거예요. 하지만 실제로 움직이는 건 아니었어요. 논리에 맞지 않는다는 건 알지만, 달리 어떻게 표현해야 할지 모르겠네요. 그리고 저는 그곳을 걸어 다니려 계속 애써야 했어요. 아니, 사실은 그러고 싶어 했어요. 잠에서 깨면 완전히 녹초가 되어 있었어요. 마치 밤새 힘든 운동을 한 것처럼요. 이런 일이 며칠 밤이나 계속 됐고, 날이 갈수록 그 꿈은 더 강렬하고 더 길고 더 진짜처럼 느껴졌어요.

　그리고 오늘 아침 잠에서 깨어 보니 그 꿈은 아직도 제 머릿속에서 춤추고 있었고, 제가 말을 타고 집으로 돌아올 수 있다는 사실을 깨달았어요. 출발했을 땐 반쯤 꿈꾸는 듯한 상태였던 듯해요. 전 한 번도 멈추지 않고 이곳까지 곧장 왔어요. 이번에는 주위 사물에 별 주의를 기울이지 않고 대신 줄곧 아발론에 대해서만 생각했어요. 그리고 말을 타고 오는 도중 주위 환경이 점차 낯익어지며 이곳에 도착한 거예요. 그제야 완전히 잠에서 깼다는 느낌을 받았어요. 지금은 그 마을도, 테시들도, 하늘도, 별들도, 숲도 산도 모두 꿈만 같아요. 제가 다시 그곳으로 돌아갈 수 있을지는 모르겠어요. 자신 없어요. 정말 이상하죠? 무슨 일이 일어난 건지 설명해 줄 수 있나요?"

　나는 일어섰고, 먹다 남은 음식 주위를 돌아 다라 옆에 가 앉았다.

　"불타는 거미집을 기억해 낼 수 있어? 정말은 거미집도 아니고 불타고 있지도 않았다는 그거 말이야."

　"네, 아마도요."

"그 나이프를 쥐 봐."

다라가 내게 나이프를 건넸다.

나이프 끝으로 나는 다라가 땅에 한 낙서에 선들을 더하고 몇 개는 지우고 다른 선들을 덧붙였다. 다라는 한마디도 하지 않고 내 손의 움직임을 자세히 관찰했다. 전부 그린 다음, 나는 나이프를 옆에 내려놓고 한참을 아무 말 없이 기다렸다.

마침내 다라가 땅에 그린 도안에서 눈을 떼며 아주 작은 목소리로 말했다.

"맞아요, 이거예요. 어떻게 알았죠? 제가 꿈에서 본 걸 어떻게 알죠?"

"왜냐면, 넌 너 자신의 유전자에 새겨진 걸 꿈꿨기 때문이야. 왜, 어떻게 그랬는지는 나도 몰라. 그리고 그 사실은 네가 정말로 앰버의 딸이라는 걸 증명해. 넌 '그림자' 속을 걸었어. 네가 꿈꾼 건 앰버의 '대 패턴'이고, 왕족의 피가 흐르는 자는 패턴의 힘을 써서 그림자들을 지배할 수 있지. 내가 무슨 말을 하는지 알아듣겠어?"

"잘 모르겠어요. 무슨 말인지 모르겠어요. 전 할아버지가 그림자들을 저주하는 것을 들은 적이 있지만 그 말이 무슨 뜻인지는 전혀 몰랐어요."

"그럼 앰버가 정말로 어디 있는지 모르겠군."

"네, 할아버지께서는 늘 애매하게 대답하셨어요. 앰버와 가족에 대해서는 말씀해 주셨지만요. 하지만 전 앰버가 어느 쪽에 있는지조차 몰라요. 단지 멀리 떨어져 있다는 사실만 알아요."

"앰버는 모든 방향에 존재해. 즉 네가 어디를 선택하든 그 방향에 있는 거야. 넌 그냥……."

다라가 내 말을 가로챘다.

"맞아요! 잊고 있었어요. 아니면 그땐 그냥 수수께끼 같은 말로 저를 놀리고 있다고 생각했거나요. 여하튼 브랜드는 오래전에 지금 당신이 한 그 이야기와 똑같은 말을 해 줬어요. 하지만 그게 무슨 뜻이죠?"

"브랜드! 브랜드가 언제 여기 왔지?"

"몇 년 전이요. 제가 아주 어린애였을 때는 자주 왔어요. 저는 브랜드를 아주 좋아했어요. 귀찮을 정도로 따라다녔죠. 브랜드는 제게 이야기를 해 주거나 게임을 가르쳐 줬고……."

"마지막으로 본 게 언제지?"

"8년이나 9년 정도 되었을 거예요."

"다른 친척들과도 만난 적이 있어?"

"네, 줄리앙과 제라드를 만난 건 그리 오래되지 않았어요. 몇 달 정도 전이에요."

돌연 무척 불안해졌다. 확실히 베네딕트는 많은 일들에 대해 입을 다물고 있었다. 주위 상황에 대해 전혀 모르고 있으니 차라리 거짓 정보에 속는 편이 나았다. 그러면 진상을 알았을 때 화를 내기도 쉬우니까. 그러나 베네딕트의 곤란한 점은 너무 정직하다는 사실이다. 내게 거짓말을 하느니 차라리 입을 다물고 있는 편이 낫다고 생각한 것이다. 그러나 나는 뭔가 꺼림칙한 것이 나를 향해 온다는 느낌을 받았고, 더 이상 빈둥거리지 말고 가능한 한 빨리 움직여야겠다고 결심했다. 그렇다. 보석들을 얻기 위해서는 헬라이드로 강행군을 해야 했다. 그러나 그전에 여기서 알아내야 할 정보가 더 있었다. 시간이…… 젠장!

"그 둘은 그때 처음 만난 거야?"

"네, 그리고 전 그때 정말로 기분이 상했어요."

다라는 말을 멈추고 한숨을 쉬었다.

"할아버지께서는 제가 당신 핏줄인 걸 밝히지 못하게 하셨어요. 대신 당신께서 뒤를 돌보아 주시는 아이라는 식으로 소개하시더라고요. 왜 그런지 이유를 물어도 가르쳐 주지 않으셨고요. 정말 화나요!"

"뭔가 분명 그럴 만한 이유가 있었을 거야."

"그건 저도 그렇다고 생각해요. 하지만 그렇다고 해서 기분이 좋아지지는 않아요. 태어난 이래 늘 친척을 만나길 기다려 왔단 말이에요. 할아버지가 왜 저를 그렇게 대했는지 아세요?"

"요즘 앰버가 시련의 시기라서 그래. 그리고 사태가 개선되기 전에 우선 한층 더 나빠질 게 뻔하거든. 네 존재를 아는 이가 적으면 적을수록 네가 휩쓸려 다칠 위험이 줄어들어. 베네딕트는 널 보호하려고 그런 거야."

다라는 짜증난다는 듯 침이라도 뱉듯 혓 소리를 냈다.

"전 보호가 필요하지 않아요. 제 한 몸은 제가 지킬 수 있다고요."

"넌 뛰어난 검객이야. 하지만 불행히도, 인생은 공평한 결투장보다 훨씬 더 복잡하거든."

"그건 저도 알아요. 전 어린애가 아니니까요. 하지만……."

"'하지만'이 아니니! 나라도 베네딕트처럼 했을 거야. 베네딕트는 너뿐 아니라 자신을 보호하는 거야. 브랜드에게 네 존재를 알렸다는 사실이 뜻밖일 정도라고. 내가 알았다는 사실을 베네딕트가 알게 된다면 불같이 화를 낼 거야."

다라는 움찔하며 고개를 들었고, 놀라 휘둥그레진 눈으로 나를 보았다.

"하지만 당신이 우리에게 나쁜 짓을 할 리 없어요. 우리는, 우리는 친척이고……."

"내가 뭘 하러 여기에 왔는지, 또 지금 무슨 생각을 하는지 네가 어떻게 알지? 넌 방금 너희 둘 목을 단두대에 들이밀었는지도 몰라!"

"농담하시는 거죠?"

다라는 천천히 왼손으로 나를 밀치는 시늉을 했다.

"모르겠어. 난 그럴 필요도 없고, 또 뭔가 나쁜 마음을 품고 있다면 처음부터 이런 이야기를 안 했겠지. 안 그래?"

"예…… 그렇겠죠."

"베네딕트가 오래전에 해 줬어야 할 이야기를 내가 대신 해 주지. 절대로 친척을 믿지 마. 그건 낯선 사람을 믿는 것보다 훨씬 더 위험한 짓이야. 낯선 사람의 경우에는 안전할 가능성이라도 있으니까."

"진심으로 하는 말이군요, 그렇죠?"

"그래."

"당신도 포함해서요?"

내가 싱긋 웃었다.

"물론 난 예외지. 나는 명예, 친절함, 자비, 선량함의 화신이니까. 모든 면에서 나를 믿어도 좋아."

"그럴게요."

다라의 대답에 나는 웃음을 터뜨렸다.

다라가 힘주어 말했다.

"정말이에요. 당신은 우리에게 나쁜 짓을 할 사람이 아니에요. 전 그걸 알아요."

뜻밖의 신뢰에 언제나처럼 당혹해하며 내가 말했다.

"제라드와 줄리앙에 대해 말해 줘. 그 둘이 왜 여기에 왔던 거야?"

다라는 한동안 잠자코 나를 바라보다가 이윽고 입을 열었다.

"전 상당히 많은 일을 당신에게 털어놓았어요. 안 그래요? 당신 말대로 이제는 신중히 행동하는 편이 나을 듯해요. 이젠 당신이 말할 차례라는 생각이 드는데요."

"좋아. 친척을 어떻게 상대해야 하는지 요령을 배워 가고 있군. 뭘 알고 싶어?"

"그 마을은 정말로 어디 있죠? 그리고 앰버는? 그 둘은 어딘가 닮아 있어요, 안 그래요? 아까 앰버는 모든 방향에, 그리고 어느 방향에도 존재한다고 했는데, 그게 무슨 뜻이죠? 그림자들은 또 뭐예요?"

나는 일어나 다라를 내려다보았다. 나는 손을 내밀었다. 다라는 매우 어려 보였고, 또 적잖이 겁먹은 듯했지만, 내 손을 잡았다.

"어디에……."

다라가 일어서며 물었다.

“이쪽.”

나는 이렇게 답하고는 아까 잠들었던 장소로 다라를 데려갔고, 그곳에 함께 서서 물이 떨어지는 광경과 물방아를 바라보았다.

다라는 뭔가 말하려고 입을 열었지만, 나는 말을 막았다.

“봐, 그냥 보기만 해.”

그래서 우리는 그곳에 서서 콸콸 흐르는 시냇물, 물보라, 회전하는 물방아를 바라보았고, 그사이 나는 마음을 가다듬었다.

이윽고 나는 “따라와” 하고 말했고, 다라의 팔꿈치를 당겨 몸을 돌리게한 뒤 함께 숲을 향해 걸어갔다.

나무들 사이를 지나가자 구름이 해를 감추고 그림자가 짙어졌다. 새들이 지저귀는 소리가 더 날카로워졌고 땅에서 습기가 올라왔다. 나무들을 지남에 따라 잎들이 더 길어지고 폭이 넓어졌다. 다시 해가 나타났을 때, 그 빛은 좀 더 노랗게 바뀌어 있었고, 오솔길 모퉁이를 돌자 늘어진 넝쿨들이 우리를 맞이했다. 새들은 좀 더 쉰 듯한 목소리로 노래했고, 수도 더 많아졌다. 오솔길은 오르막이 되었고, 나는 다라를 데리고 바위가 노출된 지면을 지나 더 높은 곳으로 나아갔다. 아득한, 거의 느낄 수 없을 정도로 희미한 우레 소리가 우리 뒤쪽에서 들려왔다. 탁 트인 곳으로 들어서자 하늘은 다른 색조의 푸른빛을 띠었다. 바위에서 햇볕을 쬐던 커다란 갈색 도마뱀이 우리를 보더니 깜짝 놀라 도망쳤다. 우리가 다시 커다란 바위 옆을 돌았을 때, 다라가 말했다.

“여기에 이런 게 있는 줄 몰랐어요. 이 길로는 한 번도 와 본 적이 없어요.”

하지만 나는 아무 대답도 하지 않았다. 그림자의 내용물을 바꾸느라 바빴기 때문이다.

이윽고 우리는 또 다른 숲에 도착했고, 이번 오솔길은 계속 위를 향해 나 있었다. 이제 나무는 열대 거목이 되었고, 군데군데 양치류가 있었으며, 새로운 소음(짖는 소리, 웅웅거리는 소리, 붕붕거리는 소리)이 들려왔다. 오솔길을 따라 올라가자 우르릉거리는 소리가 점차 커졌고, 땅 자체도 흔들리기 시작했다. 다라는 내 팔을 꼭 잡았고, 이제는 아무 말 없이 주위만 열심히 살폈다. 커다랗고 납작하고 파리한 꽃들이 피어 있었고, 나무에서 떨어진 물방울 때문에 땅 여기저기에는 웅덩이가 생겨 있었다. 기온이 꽤 높아졌으며, 우리는 땀을 꽤 많이 흘렸다. 우르릉거리는 소리는 굉음으로 바뀌었고, 우리가 다시 숲에서 나왔을 때는 천둥 같은 소리가 되어 우리를 때려 댔다. 나는 깎아지른 듯한 절벽으로 다라를 데리고 가서 아래쪽을 향해 손짓을 했다.

절벽은 300미터 이상 아래로 뚝 떨어졌고, 거대한 폭포가 잿빛 강을 모루처럼 두드려 댔다. 물살은 급격했고, 부글거리며 일어난 허연 거품들은 하류까지 한참을 흘러간 뒤에야 사라졌다. 우리 맞은편으로 500미터 정도 떨어진 곳에는 무지개와 안개에 반쯤 가려진 거대한 물방아가 반짝이며 천천히 무겁게 돌고 있었다. 마치 거인의 손에 두드려 맞고 있는 섬처럼 보였다. 하늘 높은 곳에서는 거대한 새들이 마치 기류를 타고 떠도는 십자가처럼 날아다녔다.

우리는 꽤 오랫동안 그곳에 서 있었다. 대화가 불가능했지만, 오히려 그쪽이 나았다. 잠시 뒤, 다라는 풍경에서 시선을 돌리더니 실눈을 하고 생각에 잠긴 표정으로 나를 바라보았다. 나는 고개를 끄덕이고 숲 쪽으로 눈짓을 해 보였다. 이윽고 우리는 몸을 돌려 왔던 방향으로 돌아갔다.

돌아가는 과정은 왔던 과정을 뒤집은 것이었고, 훨씬 더 쉽게 할 수 있었다. 다시 대화가 가능해졌지만, 다라는 여전히 침묵을 지켰다. 주변에서 일어나는 변화가 내게서 비롯된다는 사실을 깨달은 듯했다.

우리가 처음 있던 시냇물 기슭으로 돌아와 조그만 물방아가 도는 모습을 바라보았고, 그제야 다라는 입을 열었다.

"아까 거기도 제가 있던 그 마을과 비슷한 곳인가요?"

"응, 그림자야."

"앰버도 그런 건가요?"

"아니, 앰버는 그림자를 만들어. 방법만 안다면 그림자를 어떤 모양으로든 얇게 자를 수 있어. 아까 그곳은 그림자고, 네가 갔던 마을도 그림자야. 그리고 이곳도 그림자야. 네가 상상할 수 있는 그 어떤 장소도 그림자 어딘가에 존재하지."

"…… 그럼 당신하고 할아버지하고 다른 친척들은 그런 그림자들을 돌아다니면서 마음에 드는 곳을 고를 수 있다는 건가요?"

"응."

"그럼 제가 한 일, 마을에서 여기로 돌아온 것도 바로 그런 일인가요?"

"응."

다라가 무슨 생각을 하는지 얼굴에 확연히 드러났다. 거의 검정색에 가까운 눈썹이 1센티미터 정도 내려갔고, 급히 숨을 들이쉬느라 콧구멍이 벌름거렸다.

"저도 할 수 있어요……. 어디에라도 갈 수 있고, 원하는 건 뭐든지 할 수 있는 거로군요!"

"네 안에 그런 능력이 있지."

그러자 다라는 돌연, 충동적으로 내게 입을 맞췄다. 그러고는 내게서 떨어져 마치 사방을 한꺼번에 보려는 듯 몸을 빙빙 돌렸다. 날씬한 목덜미 위로 머리털이 나풀거렸다.

다라가 동작을 멈추며 말했다.

"그렇다면, 뭐든지 할 수 있다는 말이로군요."

"한계가 있어. 위험하기……."

"사는 게 원래 그런 거죠. 어떻게 하면 그걸 통제하는 법을 배울 수 있나요?"

"앰버의 '대 패턴'이 열쇠야. 그 능력을 얻으려면 패턴 위를 걸어야 해.

그건 앰버의 궁전 지하에 있는 방바닥에 새겨져 있어. 상당히 커. 바깥부터 걷기 시작해서 멈추지 않고 그대로 중심까지 가야 해. 그 과정에서 상당한 저항을 이겨 내야 하고, 호된 시련도 겪게 되지. 만약 도중에 멈춘다든가 마지막까지 가기 전에 패턴을 빠져나오려 한다면 죽게 돼. 그러나 일단 끝까지 간다면 그림자를 지배하는 힘을 통제할 수 있게 되는 거야."

다라는 피크닉 장소까지 달려가서 우리가 땅 위에 그린 패턴을 열심히 보았다.

나는 천천히 다라를 따라갔다. 곁에 다가가자 다라가 말했다.

"꼭 앰버로 가서 패턴 위를 걷겠어요!"

"분명 베네딕트도 너를 위해 그렇게 할 계획일 거야. 언젠가는."

"'언젠가는'이라고요? 지금이에요! 지금 걷고 싶어요! 할아버지는 왜 제게 이런 일들에 대해 아무 말씀도 안 한 거죠?"

"왜냐하면 너는 아직 그럴 수 없으니까. 네 존재가 앰버에 알려진다면 지금 상황에선 너희 둘 다 위험에 처할 수도 있어. 당분간 앰버는 네게 출입 금지 구역이야."

"불공평해요!"

몸을 돌려 나를 쏘아보며 다라가 말했다.

"물론 불공평해. 하지만 지금 상황이 그러니 어쩔 수 없어. 내 탓이 아니라고."

말은 그렇게 했지만 그래도 속으로는 찜찜한 기분이 들었다. 상황이 이렇게 된 데는 물론 내 탓도 일부 있었기 때문이다.

"차라리 처음부터 그런 이야기를 안 해 주는 게 나았을 거라는 생각이 들 정도예요. 어차피 할 수 없다면요."

"그렇게까지 나쁘지는 않아. 머지않아 앰버는 다시 안정될 거야."

"안정이 됐는지 어떻게 알 수 있죠?"

"베네딕트가 알아차릴 거야. 그럼 그때 네게 말해 주겠지."

"제게는 거의 아무 말씀도 해 주지 않으셨어요!"

"왜 그랬을까? 단지 네 마음을 아프게 하려고? 베네딕트가 네게 잘 대해 줬고 또 걱정한다는 사실을 잘 알잖아. 때가 되면 너를 위해 움직일 거야."

"만약 안 그러시면요? 그럼 당신이 절 도와주겠어요?"

"힘닿는 데까지 해 주지."

"어떻게 하면 당신을 찾을 수 있죠? 연락을 하려면 어떻게 해야 해요?"

나는 싱긋 웃었다. 예상했던 것보다 노력을 반도 하지 않았는데 벌써 여기까지 온 것이다. 정말로 중요한 부분을 가르쳐 줄 필요는 없었다. 나중에 내게 유리하게 작용할 수 있을 정도면 충분했다…….

"카드. 가족의 트럼프 말이야. 그건 그냥 얼굴 한 번 보자고 감상에 젖어 만든 게 아니야. 통신 수단이지. 내 카드를 들고 응시하고 정신을 집중하며 잡념을 없애도록 노력해. 마치 그게 정말로 나인 듯 여기고 내게 말을 걸어. 그럼 정말로 그렇게 되고, 내가 대답하고 있는 걸 깨달을 거야."

"지금 말한 건 카드를 가지고 놀 때 하면 안 된다고 할아버지가 말씀하던 거예요!"

"당연히 그랬겠지."

"어떻게 그런 일이 가능한 거죠?"

"나중에. 한 번씩 돌아가며 묻기로 했지? 기억해? 난 네게 앰버와 그림자에 대해 말해 줬어. 이젠 제라드와 줄리앙이 이곳에 왔던 일을 네가 말해 줄 차례야."

"알았어요. 하지만 별로 해 줄 말은 없어요. 대여섯 달 전 어느 날 아침, 할아버지는 갑자기 하던 일을 멈췄어요. 뒤뜰 과수원에서 가지치기를 하던 중이셨죠. 할아버지는 직접 하는 걸 좋아해요. 그리고 전 그걸 돕고 있었죠. 할아버지는 사다리에 올라가 가지들을 자르고 있었는데, 갑자기 동작을 멈추고 가위를 아래로 내리시더니 한참 동안 꼼짝하지 않으시는 거예요. 전 할아버지가 잠시 쉬시는 거라고 생각했고, 잘라 낸 가지들을 밑에서 갈퀴로 긁어모았어요. 그러다가 할아버지가 뭐라고 하는 걸 들었어요. 혼 잣말을 하는 게 아니었어요. 마치 누군가와 대화를 하는 듯했어요. 처음에 는 저에게 말씀하시는 건 줄 알았기 때문에 뭐라고 말했는지 다시 물었어 요. 하지만 할아버지는 제게 눈길도 주지 않으셨어요. 이제는 트럼프에 대 해 알고 있으니까, 지금 생각해 보면 그때 그 둘 가운데 한 명과 이야기를 나누고 있으셨던 게 분명해요. 아마 줄리앙이었을 거예요. 여하튼, 할아버 지는 서둘러 사다리에서 내려왔고, 하루 정도 나갔다 오겠다고 말씀하시 고는 장원으로 돌아가기 시작했어요. 하지만 얼마 안 가 다시 돌아오셨어 요. 그러고는, 만약 줄리앙과 제라드가 이곳에 오면 저를 할아버지가 돌봐 주는 아이, 그러니까 충실했던 하인이 죽고 남긴 고아라고 소개할 생각이 라고 말씀하시더군요. 그리고 잠시 뒤, 할아버지는 말을 타고 나가셨어요. 예비로 두 필을 더 몰고 가셨고, 칼도 차고 계셨어요.

할아버지는 한밤중에 두 사람을 데리고 돌아왔어요. 제라드는 거의 의 식불명 상태였어요. 왼쪽 다리가 부러지고 몸 왼쪽 전체에 심한 타박상을 입은 상태였죠. 둘은 한 달 정도 여기서 머물렀고, 부상은 빠르게 회복되었 어요. 그리고 둘은 말을 두 필 빌려 여기를 떠났어요. 그 뒤로는 만나지 못 했고요."

"왜 부상을 입었는지 아무 말도 없었어?"

"그냥 사고를 당했다고만 했어요. 저하고는 그 문제에 대해 말하려 하지 않았어요."

"어디서? 어디서 그런 사고를 당했지?"

"검은 길에서요. 몇 번인가 우연히 그 이야기하는 걸 얼핏 들었어요."

"그 검은 길이라는 건 어디에 있지?"

"몰라요."

"둘은 그 길에 대해 뭐라고 했지?"

"욕을 잔뜩 해 댔어요. 제가 아는 건 이게 다예요."

아래를 보니 병에 와인이 아직 조금 남아 있는 게 보였다. 나는 몸을 숙여 마지막 두 잔을 따랐고 하나를 다라에게 건넸다.

"우리의 재회를 축하하며."

나는 이렇게 말하며 싱긋 웃었다.

"…… 재회를 축하하며."

다라도 이렇게 말했고, 우리는 함께 잔을 비웠다.

다라는 자리를 치우기 시작했고, 나는 다라를 도왔다. 처음에 느꼈던 절박한 기분이 다시 나를 압박해 왔다.

"당신에게 접촉하려면 얼마나 기다려야 하나요?"

"석 달. 석 달만 기다려."

"그때 어디 가 있을 건데요?"

"앰버. 그렇게 되길 바라고 있지."

"여기에는 얼마나 더 오래 있을 예정이죠?"

"별로 오래 있지는 않을 생각이야. 실은 지금부터 가볍게 여행을 다녀오려고 해. 하지만 내일이면 돌아올 거야. 그러고는 아마 며칠 정도만 더 머무를 거야."

"좀 더 오래 있으면 좋을 텐데."

"나도 그러고 싶어. 정말로 그럴 수 있으면 좋겠어. 이렇게 너를 만난 지금은 말이야."

다라는 얼굴을 붉혔고, 바구니에 물건들을 챙겨 넣는데 열중하는 척했다. 나는 펜싱 도구들을 챙겼다.

"이제 장원으로 돌아갈 건가요?"

"마구간으로 갈 거야. 지금 당장 떠날 거니까."

"그럼 같이 가요. 제 말은 이쪽에 있어요."

나는 고개를 끄덕이고 다라 뒤를 따라 오른쪽의 오솔길로 갔다.

"제 생각에는, 이 일에 대해 누구에게도 말하지 않는 게 나을 듯해요. 특히 할아버지께는요."

"그러는 게 좋을 거야."

시냇물이 강으로 흘러 들어가 바다를 향해 나아가며 내는 첨벙첨벙, 콸콸 소리가 점점 스러지고 스러지다 사라졌으며, 땅에 고정된 채 물살을 가르는 물방아가 삐걱대는 소리만이 잠시 후까지도 공중에 남아 떠돌았다.

6

많은 경우, 속도를 내는 것보다 계속해서 움직이는 것이 더 중요하다. 계속 움직이게 할 정신적 자극이 지속되는 한은 옆으로 움직여도 된다. 일단 움직이기 시작하면 속도는 재량껏 조절할 수 있다.

그래서 나는 내 재량에 따라 천천히, 그러나 계속해서 움직였다. 필요 없이 스타를 지치게 하는 건 바보 같은 짓이다. 급격한 전이는 사람들을 괴롭게 한다. 사람에 비해 자신을 속이는데 서툰 동물은 그 고생이 더욱 심하고, 때로는 완전히 광란 상태에 빠지곤 한다.

시냇물에 걸린 작은 나무다리를 건넌 뒤, 잠시 시냇물과 나란히 움직였다. 도시를 우회하면서, 해안이 나올 때까지 물이 흐르는 방향을 대충 따라갈 생각이었다. 오후 중반이었다. 길은 그늘져 있었고, 시원했다. 허리에는 그레이스 원더를 차고 있었다.

나는 서쪽으로 향했고, 마침내 구릉 지역으로 들어섰다. 나의 아발론을 닮은 이 왕국에서 최대 인구 밀집 지역인 그 도시를 내려다볼 수 있는 지점에 도달할 때까지 나는 전이를 시작하지 않았다. 그 도시의 이름 역시 아발론이었고, 몇천 명이 그곳에서 살며 일했다. 은빛 탑 몇 개가 사라져 있었고, 훨씬 남쪽으로 간 지점에서 강은 약간 다른 각도로 도시를 가로질렀다.

그 지점에서 강폭은 여덟 배 정도 넓어지거나 또는 이미 넓어져 있었다. 대장간과 여관 따위에서 연기가 피어올랐고, 남쪽에서 불어오는 산들바람에 가볍게 흩날렸다. 사람들은 말을 타거나 걷거나 짐마차 또는 사륜마차를 타고 좁은 거리를 지나가고 상점이나 여관, 집을 들락날락거렸다. 말들을 묶어 놓은 곳 부근에서 새들이 떼를 지어 선회하거나 밑으로 내려오거나 날아올랐다. 화려한 빛깔의 삼각기와 깃발들이 나른히 나부꼈다. 수면은 반짝거렸고, 공기에는 아지랑이가 끼어 있었다. 너무 멀리 떨어져 있었기 때문에 사람들의 목소리, 금속끼리 부딪히는 소리, 망치질이나 톱질 소리, 덜거덕거리거나 삐걱대는 소리 따위가 모두 뭉뚱그려져 막연히 웅웅거리는 소리가 되어 들렸다. 냄새 하나하나를 분간할 수는 없었지만, 내가 아직도 눈이 멀어 있다면 공기 냄새만으로도 근처에 도시가 있다는 사실을 깨달았을 것이다.

위에서 도시를 내려다보며, 나는 일종의 향수를 느꼈다. 그립고 안타까운 꿈의 흔적. 이곳과 같은 이름을 가진, 머나먼 옛날 스러져 간 그림자의 나라에 대한 어렴풋한 동경. 그곳에서 내 삶은 더 단순했고 더 행복했다.

그러나 나처럼 오랜 세월을 살다 보면 독특한 자의식을 갖게 되는 법이다. 순진한 감정을 벗겨 내고, 감성에 빠지는 것을 혐오하는 그런 자의식을.

그 시절은 지나갔고, 그 일은 이미 끝났으며, 지금 나를 오롯이 사로잡은 것은 앰버다. 나는 성공하리라 다짐하며 몸을 돌려 남쪽을 향했다. 앰버, 잊지 않으리라…….

태양은 머리 위에서 눈부시게 밝은 수포로 바뀌었고, 주위의 바람은 날카로운 비명을 지르기 시작했다. 말을 타고 나아감에 따라 하늘은 점차 노란빛으로 바뀌며 이글거렸고, 마침내 한쪽 지평선에서 다른 쪽 지평선까지 뒤덮는 사막이 머리 위로 펼쳐진 듯한 느낌이 들었다. 낮은 곳으로 내려갈수록 언덕에는 점차 바위가 많아졌고 바람이 조각한 작품들이 기괴한 형태와 음울한 색채를 띠고 사방에 널려 있었다. 언덕 기슭에서 내려올 때는 모래 폭풍이 몰아닥쳐 망토로 얼굴을 가리며 실눈을 뜬 채 나아가야 했다. 스타는 히힝거렸고, 연신 콧김을 뿜으며 터벅터벅 앞으로 나아갔다. 모래, 돌, 바람, 하늘은 오렌지색이 되어 있었고, 태양이 향하는 방향에는 석판 같은 구름 한 떼가……

이윽고, 긴 그림자들, 스러져 가는 바람, 정적…… 들리는 건 바위 위를 내딛는 말발굽 소리와 숨소리뿐…… 질주하는 구름이 모여 태양을 가리며 주위가 어스레해지고…… 낮의 벽이 천둥에 흔들리고…… 저 멀리 떨어진 사물들이 부자연스러울 정도로 또렷이 보이고…… 서늘하며 파랗고 전기를 띤 듯한 공기…… 다시 천둥소리……

이제, 물결이 이는 듯한 투명한 장막이 오른쪽으로 드리운다. 비가 다가온다…… 구름을 가르며 새파란 선들이 나타난다…… 기온이 뚝 떨어졌지만 우리 발걸음은 여전하고, 세상은 단색의 배경으로 변한다……

온몸을 후려치는 듯한 천둥, 허옇게 번득이는 번개, 우리를 향해 너울거리는 장막…… 200미터…… 150…… 더 이상 다가오지 마!

장막의 끝자락이 땅을 갈고, 고랑을 파고, 거품을 뿜고…… 축축한 흙 내음…… 히힝거리는 스타…… 갑작스러운 질주……

가느다란 개울들이 밖으로 흐르고, 땅에 스며들고, 자국을 남기고…… 이제는 진흙 거품을 내고, 이제는 찔끔찔끔 흐르고…… 이제는 끊임없는 흐름이 되고…… 주변이 작은 개울이 되어 철벅거린다……

앞쪽에 고지대가 보이고, 실개천과 개울을 뛰어넘고 미친 듯 쏟아지는 빗속을 헤치고 나가 비탈을 돌파해 감에 따라 스타의 근육이 내 밑에서 솟았다 내려가고 솟았다 내려간다. 우리가 더 높이 오름에 따라 발굽과 돌이 부딪히며 불꽃을 튕기고, 아래쪽에서 콸콸거리며 소용돌이치던 물소리는 낮고 끊임없는 포효로 바뀐다……

더 높은 곳으로 올라가자 건조한 장소가 나오고, 나는 잠시 멈춰 망토 자락을 쥐어짠다…… 아래, 뒤쪽, 그리고 오른쪽에서 잿빛 폭풍우가 몰아치는 바다가 우리가 서 있는 절벽 기슭을 때려 댄다……

이제 내륙으로, 클로버가 가득한 벌판과 저녁을 향해, 으르렁대는 파도 소리를 등 뒤로 하고……

유성을 쫓아, 어둠이 깃드는 동쪽으로, 그리고 마침내 찾아온 정적과 밤……

맑게 갠 하늘과 반짝이는 별들, 그리고 작은 구름 몇 조각……

새빨간 눈을 한 무리가 포효를 하며 구불구불한 우리 길을 따라온다…… 그림자…… 녹색 눈…… 그림자…… 노란색…… 그림자…… 사라진다……

그러나 눈(雪)을 두른 검은 봉우리들이 내 주위로 다투듯 솟아오르고…… 먼지처럼 건조하고 얼어붙은 눈이 고지의 칼바람에 실려 파도처럼 너울댄다…… 밀가루처럼 고운 눈…… 기억난다. 이탈리아령 알프스에서 스키를 탔던 일…… 바위 표면을 가로지르며 표류하는 눈의 파도…… 밤 공기 속 하얀 불길…… 내 발은 장화 속에서 급격히 감각을 잃어 간다…… 스타는 당황하고, 푸르륵거리며 한 발 한 발 내디딜 때마다 땅을 확인하고, 믿기지 않는다는 듯 고개를 젓는다……

그렇게 바위 너머 그림자로, 완만해지는 비탈, 건조한 바람, 줄어드는 눈……

구불거리는 오솔길, 나선 같은 오솔길, 따뜻함으로 통하는 입구…… 아래로, 아래로, 밤을 내려간다. 변화하는 별자리 밑에서……

한 시간 전까지 내리던 눈을 저 뒤로 하고, 이제는 자그마한 관목과 평야로…… 멀리, 밤새들이 비틀거리며 하늘로 날아오르고, 시체의 향연 위에서 선회하고, 우리가 지나가자 쉰 목소리로 항의하며 울부짖는다……

다시 천천히, 아까보다 덜 차가운 산들바람에 풀들이 물결치는 곳으로…… 사냥감을 쫓는 고양이의 기침 소리…… 껑충거리며 달아나는, 사슴을 닮은 짐승의 그림자…… 별들이 자기 자리로 미끄러지듯 들어가고, 발의 감각이 돌아온다……

스타가 뒷발로 일어나 울부짖으며 무엇인가 보이지 않는 것을 피해 앞으로 질주한다…… 스타를 달래기까지는 한참이 걸리고, 몸의 떨림이 멈출 때까지는 그보다 더 오랜 시간이 걸린다……

이제 저 멀리 우듬지 위로 고드름 같은 초승달이 내려온다…… 축축한 땅이 냉광을 뿜는 안개를 내쉬고…… 밤 빛 주위로 나방들이 춤춘다……

순간, 산들이 발이라도 구른 듯 땅이 비틀리고 흔들린다…… 모든 별들이 이중으로 보이고…… 아령처럼 보이는 달 주위로 후광이 나타난다…… 평야, 그 위의 공간은 도망치는 형체들로 가득 찬다……

대지는 태엽 풀린 시계처럼 째깍대다가 조용해지고…… 안정…… 관성…… 별들과 달은 각자의 유령과 재결합하고……

무성해지는 숲 주변을 우회해 서쪽으로…… 잠자는 정글의 인상. 기름 천 아래에서 환각에 빠진 뱀들……

서쪽으로, 서쪽으로…… 어딘가에 바다를 향한 내 여정을 쉽게 해 줄, 넓고 깨끗한 기슭이 있는 강이……

말발굽 소리, 흔들리는 그림자들…… 얼굴에 와 닿는 밤공기…… 높고 검은 담과 밝은 탑에서 얼핏 보이는 빛나는 존재들…… 달콤한 공기…… 흔들리는 시야…… 그림자들……

우리는, 스타와 나는 땀에 흠뻑 젖은 켄타우로스처럼 하나가 된다…… 함께 숨을 들이마시고 폭발하듯 힘겹게 토해 낸다…… 천둥은 목을 감싸고, 콧구멍에서는 가공할 만한 영광이 뿜어 나오고…… 대지를 집어삼키고……

껄껄거린다. 우리를 맞이하는 물 냄새, 왼쪽 아주 가까이 나무들이 서 있고……

그 안으로 들어서고…… 매끄러운 나무껍질, 늘어진 넝쿨, 넓은 잎사

귀, 맺힌 물방울들…… 달빛에 반사된 거미줄, 그 안에서 몸부림치는 형체들…… 푹신한 풀밭…… 쓰러진 나무 위에서 인광을 내뿜는 버섯들……

탁 트인 초원…… 긴 풀들이 바스락거리고……

나무가 무성해지고……

또 다시 강의 냄새가……

잠시 뒤 소리가 들린다…… 소리…… 매끄러운 소리로 웃어 대는 물소리……

가까워지고, 소리가 커지고, 마침내 강변이 나타난다…… 하늘은 무너지며 허리를 꺾고, 나무들은…… 깨끗하고 차갑고 축축하면서 톡 쏘는 냄새…… 그 왼편으로 흐르는 강, 이제 강을 따라 나아간다…… 천천히, 흐르듯, 우리는 강을 따라간다……

물을 마시기 위해…… 얕은 곳으로 철벅이며 들어가, 뒷다리를 쭉 뻗고 고개를 숙인 스타, 펌프처럼 물을 들이켜며 콧구멍으로는 물방울을 뿌려 대고…… 상류로, 강물이 철썩이며 내 장화를 때려 대고…… 물이 머리털에서 뚝뚝 듣고, 팔을 타고 흘러내리고…… 웃음소리에 스타가 뒤돌아본다.

이윽고 다시 하류로, 맑고, 느릿하고, 구불구불한…… 이윽고 곧고, 넓어지고, 느릿해지고……

나무가 무성해지다가 다시 드문드문해지고……

길고, 꾸준히, 천천히……

동쪽에서 보이는 희미한 빛……

이제 내리막 길, 더욱 드문드문해지는 나무…… 바위가 늘고 어둠이 다시 한 번 주위를 감싼다……

최초의, 어렴풋이 느껴지는 바다의 징후, 이윽고 바다 냄새가 사라지고…… 밤이 보낸 서늘함 속에서 터벅터벅…… 다시 한순간 짭짤한 소금 냄새가……

바위. 나무는 사라진다…… 딱딱함, 가파름, 황량함. 아래로…… 깎아지른 듯한 느낌은 점점 커져만 가고……

암벽 사이를 들락날락…… 조그만 낙석들이 이제는 급류로 바뀐 강물 속으로 사라지고, 첨벙거리는 소리는 물살의 굉음에 묻혀 사라진다…… 협곡은 더욱 깊어지고, 넓어지고……

아래로, 아래로……

아직도 한참 더 멀리……

이제 다시 한 번 동쪽이 희미하게 밝아지고, 비탈은 완만해지고…… 다시 풍기는 짭짤한 냄새, 강하게……

혈암과 자갈…… 모퉁이를 돌아, 아래로, 그리고 점점 더 밝아지고……

침착하게, 바닥이 부드럽고 넘어지기 쉬우니까……

산들바람과 빛, 산들바람과 빛…… 바위 덩어리 너머로…… 고삐를 당긴다.

눈 아래로 삭막한 해안이 펼쳐져 있었다. 잇달아 계속되는 기복 심한 모래 언덕들은 남서쪽에서 불어오는 바람에 시달렸고, 물거품처럼 모래를 날려 보내며 황량한 아침 바다의 먼 윤곽을 부분적으로 지워 댔다.

동쪽으로부터 바다를 가로지른 분홍색 박막을 바라보았다. 여기저기, 모래가 날려간 곳에서는 검은 자갈층이 모습을 드러냈다. 넘실대는 파도 위로 우툴두툴한 바위들이 솟아 있었다. 높이가 100미터는 됨 직한 거대한 모래 언덕들과 나 사이, 저 불길한 해안선 훨씬 높은 곳에, 뾰족한 바위와 자갈, 구덩이가 여기저기 널린 분쇄된 평원이 놓여 있었다. 지옥 또는 컴컴한 밤에서 여명의 첫 빛 속으로, 그림자를 거느리고 살아 있는 듯 꿈틀거리며 이제 막 모습을 드러내려 하고 있었다.

그랬다, 이곳이다.

나는 말에서 내렸고, 태양이 풍경 위로 황량하고 이글거리는 하루를 강요하는 모습을 바라보았다. 내가 찾던 단단한 흰빛이었다. 이곳, 인간이 없는 이곳이야말로 내게 필요한 장소였다. 이전에 유배 생활을 하던 그림자 지구에서 몇십 년 전 보았던 그 모습 그대로였다. 불도저도, 체질 하는 사람도, 빗자루를 휘둘러 대는 흑인도 없었다. 경비 삼엄한 도시 오란예문트*도 없었다. 엑스선 기계도, 철조망도, 무장 경비원도 없었다. 이곳에는 그런 것들이 존재하지 않았다. 그랬다. 왜냐하면 이 그림자는 에르네스트 오펜하이머 경**을 알지 못하며, 이곳엔 남서 아프리카 합동 다이아몬드 채굴회사도, 해안 채굴권의 합병을 승인해 줄 정부도 존재했던 적이 없기 때문이다. 이곳, 케이프타운에서 남서쪽으로 650킬로미터 정도 떨어진 곳에 나미브사막***이 있을 뿐이다. 모래 언덕과 바위로 이루어지고, 너비가 1~2킬로미터에서 10킬로미터에 이르는 좁고 긴 이 지역은 리흐터스펠트 산맥****에 접한 버림받은 해안선을 따라 500킬로미터 정도 이어졌다. 그리고 나는 지금 그 산맥의 그림자 속에 서 있었다. 일반적인 다이아몬드 광산과 달리, 이곳에는 다이아몬드가 새똥처럼 모래 위에 널려 있었다. 물론 나는 갈퀴와 체를 가져왔다.

휴대용 식량을 꺼내 아침 식사 준비를 했다. 오늘은 덥고 먼지투성이 날이 되리라.

****

모래 언덕에서 일을 하며 도일을 떠올렸다. 도일은 아발론의 보석 세공인으로, 덩치가 작고 머리털이 성겼으며, 안색이 벽돌처럼 붉고, 뺨 여기저기에 피지낭종이 난 사내다.

---

* 　남서아프리카의 남서쪽에 있는 세계적인 보석 및 다이아몬드 생산지역에 건설된 계획기업도시.
** 　남아프리카 공화국의 다이아몬드 왕.
*** 아프리카 남서부에 펼쳐진 해안사막. 오렌지 강을 중심으로 한 유역에서 다이아몬드가 채취된다
**** 남아프리카공화국 노던케이프에 위치한 사막 산악 지형

보석용 연마제? 보석상들이 단체로 여남은 세대를 써도 남을 만한 보석 연마제를 대체 어디에 쓰려고 그러는 거지? 나는 어깨를 으쓱했다. 돈만 제대로 낸다면 내가 그걸 어디에 쓰려는지는 상관할 바 아니잖아? 흠, 만약 그것에 새로운 용도가 있고, 큰돈을 벌 수 있다면, 바보가 아닌 다음에야……. 다시 말하자면 일주일 안에 그렇게 많은 양을 구해 줄 수는 없다 이건가? 일주일? 말도 안 돼! 터무니없는 요구야! 불가능해……. 알겠어. 그럼 잘 있으라고. 여기서 조금 떨어진 곳에 있는 자네 경쟁자라면 구해 줄 수 있겠지. 그리고 며칠 후 입수할 예정인 다이아몬드 원석들에도 관심을 보일 거야……. 잠깐, 다이아몬드? 다이아몬드라고 했어? 기다려 봐. 다이아몬드라면 나도 언제나 살 용의가 있어……. 그렇겠지, 하지만 안타깝게도 자네 가게는 연마제가 모자라다며? 손을 흔들며 부인한다. 연마제 생산 능력에 대해서 내가 좀 성급하게 대답한 거 같아. 단지 양이 너무 많아서 좀 당황한 것뿐이라고. 하지만 재료도 풍부하고 만드는 법도 간단해. 그래, 안 될 이유가 전혀 없어. 일주일 안에 할 수 있어. 자, 그런데 그 다이아몬드 말이야…….

내가 가게를 나오기 전, 도일은 연마제 문제는 어떻게든 해결하겠노라고 했다.

많은 사람들이 화약은 폭발하는 물질이라고 생각한다. 물론 틀린 생각이다. 화약은 뇌관에 의해 불이 붙은 뒤 급속히 타오를 뿐이고, 그로 인해 늘어난 가스 압력이 탄피에서 탄두를 튀어 나가게 하고, 총신을 지나가게 한다. 공이의 타격으로 실제 폭발하는 것은 뇌관이다. 나는 우리 가족 특유의 선견지명을 발휘하여 오랫동안 여러 가지 가연물들을 실험해 왔다. 앰버에서는 화약이 타지 않으며, 실험해 본 뇌관들 역시 모두 폭발하지 않는다는 사실을 알고 나는 실망했다. 그러나 동시에 약간은 위안이 되기도 했다. 가족 누구도 앰버에 화기를 가져올 수 없다는 뜻이기 때문이다. 그러나 훨씬 뒤 앰버를 방문했을 때, 나는 디어드리에게 주려고 가져온 팔찌를 닦은 다음 연마용 천을 별 생각 없이 난로에 버린 적이 있다. 그리고 아발론에서 가져온 보석 연마제에 멋진 특성이 있다는 사실을 발견했다. 다행히, 묻어 있던 연마제 양이 적었으며 당시 나는 혼자였다.

그 물질은 가공하지 않고도 훌륭히 뇌관 역할을 했다. 적당한 양의 비활성 물질을 섞어 주면 타오르게 할 수도 있었다.

나는 이 사실을 나 혼자서 간직했다. 언젠가는 앰버에서 근본적인 문제들을 해결하는 데 쓸모가 있으리라 생각한 것이다. 불행히도, 에릭과 나는 그날이 오기 전에 충돌했고, 그 정보는 다른 기억들과 마찬가지로 창고에 처박히는 신세가 되었다. 나중에 기억이 돌아온 뒤에도 나는 숨 돌릴 틈도 없이 앰버 공략을 준비하던 블레이즈에게 합류해 운을 시험해야만 했다. 사실, 블레이즈는 내가 필요 없었지만 나를 감시하기 위해 자기 계획에 끌어 들였던 것 같다. 만약 내가 총을 제공했다면 블레이즈는 무적이 되었을 터이고, 나는 아예 필요 없었을 터이다. 더 중요한 것은, 만약 우리가 블레이즈의 계획대로 앰버를 점령했다면, 블레이즈는 점령군의 대부분을 장악했을 뿐 아니라 장교들에게 충성까지 받고 있던 터라 사실상 매우 긴장감이 돌았을 것이다. 그럴 경우 내게는 힘의 균형을 이룰 수 있는 무엇인가가 필요했을 것이다. 이를테면, 폭탄과 자동화기 약간이.

만약 내가 단 한 달만이라도 일찍 기억을 되찾았다면, 상황은 전혀 달라졌을 수도 있다. 불에 그슬리고, 긁히고, 바짝 말라비틀어지고 잠시 뒤 다시 헬라이드를 하고, 그다음에는 해결해야 할 문제들이 잔뜩 쌓여 있는 이런 상황 대신, 편안히 앰버에 앉아 있었을지도 모른다.

나는 껄껄거리다 숨이 막히지 않도록 입에서 모래를 뱉어 냈다. 젠장. 사람은 모두 자기 편한 대로 가정을 하는 법. 이랬다면 어땠을까 따위를 생각하는 것보다 더 중요한 일들이 있었다. 예를 들자면, 에릭이······.

나는 그날을 기억하고 있어, 에릭. 나를 사슬로 묶고 옥좌 앞에서 억지로 무릎 꿇게 했지. 나는 너를 조롱하기 위해 이미 왕관을 써 본 뒤였고, 그 때문에 두들겨 맞았지. 두 번째로 내 손에 왕관이 쥐어졌을 때, 나는 그걸 네게 던졌어. 그러나 넌 그걸 받아들고는 싱긋 웃었지. 왕관으로 네게 상처를 입히진 못했지. 하지만 너를 맞히지 못했다는 아쉬움보다는 왕관에 상처가 나지 않아 다행이라는 생각을 했어. 그토록 아름다운 물건에…… 모두 은으로 되어 있고, 일곱 개의 높은 세움 장식이 달려 있고, 세상 모든 다이아몬드도 빛을 잃을 만큼 수많은 에메랄드가 점점이 박혀 있지. 양쪽 관자놀이에는 커다란 루비가 하나씩……. 그날 넌 오만함과 허영에 둘러싸여 스스로 왕관을 썼어. "폐하 만세!"라는 환성의 울림이 채 사라지기도 전에 네가 내 귀에 대고 속삭인 최초의 말. 난 그걸 전부 기억하고 있어. "네 눈은 영원히 간직할 가장 고귀한 광경을 보았어." 그런 다음 너는 이렇게 명령했지. "위병! 코윈을 대장간으로 데려가 눈을 지져 버리도록! 오늘 이 광경을 코윈이 본 마지막 광경으로 기억되게 하라! 그리고 앰버 가장 깊은 지하 감옥의 어둠 속에 처박고 저자의 이름이 영원히 잊히게 하라!"

나는 큰 소리로 말했다.

"이제 너는 앰버를 다스리고 있어. 그러나 내게는 눈이 있고, 나는 잊지도, 잊히지도 않았어."

그래. 나는 생각했다. 왕의 권위에 싸여 있으라고, 에릭. 앰버의 벽은 높고 두꺼워. 그 뒤에 숨어 있으란 말이야. 쓸모는 없겠지만, 부하들의 강철 칼날로 네 주위를 빙 둘러싸 보라고. 개미처럼, 너는 먼지로 네 집을 방어하고 있다고. 내가 살아 있는 한 결코 네가 안전하지 못하리라는 사실을 이제는 잘 알고 있을 거고, 난 네게 돌아가겠노라고 말했어. 지금 가고 있어, 에릭. 아발론에서 총을 가지고 가서, 네 문을 때려 부수고, 너를 지키는 자들을 부숴 버리겠어. 그런 다음 예전에 내가 네게 했던 일을 다시 한 번 해 주겠어. 예전에 네 부하들이 달려와 너를 구하기 전 짧게나마 그랬던 것처럼 말이야. 그날 나는 단지 몇 방울의 피밖에 얻지 못했지만, 이번에는 남김없이 모두 가져가겠어.

나는 열여섯 개째인가 되는 다이아몬드 원석을 주워 허리에 찬 주머니에 집어넣었다.

＊＊＊＊

지는 해를 바라보며, 나는 베네딕트, 줄리앙, 제라드를 생각했다. 그 세 사람은 무슨 관계가 있는 것일까? 어찌되었든 간에, 줄리앙이 관계된다면 그 어떤 관계도 맘이 편하지 않았다. 제라드는 상관없었다. 야영지에 있었을 때 베네딕트가 연락한 상대가 제라드일 것이라고 생각하자 나는 잠을 잘 수 있었다. 그러나 베네딕트가 줄리앙과 동맹을 맺고 있다면, 내 불안은 점차 커져만 갈 뿐이었다. 만약 에릭보다 더 날 증오하는 자가 있다면 그 자는 바로 줄리앙일 터였다. 만약 내가 어디 있는지 줄리앙이 안다면 나는 커다란 위험에 처하게 될 것이다. 나는 아직 대결할 준비가 되어 있지 않았다..

나는 지금쯤이면 나를 팔아넘길 만한 그럴듯한 이유를 베네딕트가 찾을 수 있으리라 생각했다. 어쨌든, 내가 하는 일이 무엇이든 간에(베네딕트는 내가 무엇인가를 꾸민다는 사실을 알았다), 앰버에 분쟁을 몰고 올 터이기 때문이다. 나는 베네딕트의 마음을 이해할 수 있었고, 심지어 동조하기까지 했다. 베네딕트는 왕국 유지에 헌신적이었다. 줄리앙과 달리, 베네딕트는 원리 원칙을 지키는 인물이다. 그런 베네딕트와 싸워야 한다니, 유감이었다. 나는 내가 일으킬 쿠데타가 마취 상태에서 이를 뽑을 때처럼 신속하고 고통 없기를 원했으며, 곧 우리가 옛날처럼 같은 편이 될 수 있기를 바랐다. 다라를 만난 지금은, 다라를 위해서라도 그렇게 되기를 원했다.

베네딕트는 나를 안심시키기에는 너무나도 적은 정보밖에 주지 않았다. 나는 베네딕트가 정말로 일주일 동안 전쟁터에 머물러 있을 작정인지, 아니면 지금 이 순간에도 앰버의 세력과 협력해 나를 빠뜨릴 함정을 만들고 감옥 담을 쌓고 내 무덤을 파고 있는지 알 수 없었다. 아발론에 더 오래 머물고 싶었지만, 서둘러야 했다.

가넬론이 부러웠다. 어느 술집이나 매음굴에서 술을 퍼마시고, 여자를 사고, 싸우고, 아니면 어느 언덕에서 사냥을 하고 있을 가넬론이 부러웠다. 가넬론은 고향으로 돌아와 있었다. 앰버까지 나를 따라가겠다는 가넬론의 제안을 무시하고, 그냥 여기서 즐겁게 지내게 내버려 두고 가야 할까? 아니었다. 내가 떠나면 가넬론은 신문을 당할 터이고(만약 줄리앙이 관계되어 있다면 가혹한 대우를 받을 터였다), 설사 운이 좋아 석방이 된다 할지라도 자기에게 고향처럼 보이는 장소에서 추방자가 될 터였다. 그러면 가넬론은 다시 무법자가 될 게 뻔했고, 이 세 번째 경험은 가넬론을 아마도 파멸로 이끌 터였다. 그렇다. 나는 약속을 지켜야 한다. 가넬론이 원한다면 데려가겠다. 만약 가넬론이 마음을 바꾼다면, 흠, 아발론에서 무법자 생활을 한다는 전망조차 내게는 부럽게 다가왔다. 나도 이곳에 좀 더 오래 머물며 다라와 언덕에서 말을 타고, 전원을 돌아다니고, 강에 돛단배를 띄우고……

나는 다라에 대해 생각 했다. 다라의 존재를 알게 된 뒤 사정이 약간 바뀌었다. 어떻게 바뀌었는지는 확실치 않다. 서로에게 강한 증오와 사소한 원한이 있었지만, 우리 앰버인들은 가족 의식이 아주 강했으며, 늘 서로의 소식을 듣고 싶어 하고, 변화하는 상황에서 모두 어떤 입장에 서 있는지 알고 싶어 했다. 심지어는 떠도는 소문에 대해 이야기하고 싶다는 욕망 탓에 치명적이 될 뻔한 충돌조차 피한 적이 몇 번이나 있다. 가끔 나는 우리가 요양소와 장애물 코스를 합친 것 같은 곳에 사는 못된 노파 집단 같은 느낌이 들곤 한다.

나는 아직 다라를 어디에 끼워 넣어야 할지 알 수 없었다. 왜냐하면 다라 자신이 스스로를 어디에 끼워야 할지 모르기 때문이다. 아, 물론 언젠가는 알 터이다. 일단 그 존재가 알려지면 다라는 후견인으로부터 최상의 교육을 받을 터였다. 내가 다라에게 자신의 독특함을 깨닫게 한 지금, 그런 일이 일어나 다라가 게임에 참가하는 것은 시간 문제였다. 그 숲에서 다라와 대화를 나눴을 때, 나는 낙원의 뱀이라도 된 듯한 느낌이 들었지만, 젠장, 다라에게는 알 권리가 있었다. 어차피 조만간 다라는 그 사실을 알게 되었을 터이고, 빨리 깨달으면 빨리 깨달을수록 자기 방어를 강화할 수 있다. 모두 다 다라를 위한 일이었다.

물론, 다라의 어머니나 할머니가 자기 능력을 깨닫지 못하고 죽었을 수도 있다. 아니, 그럴 가능성이 더 컸다.

그래서 어떤 결과가 나왔는가? 다라는 둘이 폭력에 희생되었다고 말했다.

나는 생각했다. 그렇다면 앰버의 긴 팔이 그림자를 지나 그 둘에게까지 닿았단 말인가? 그리고 또 다시 그런 공격이 있을 수도 있단 말인가?

베네딕트는 맘만 먹는다면 우리 가족 그 누구 못지않게 흉악하고 못되고 비열해질 수 있었다. 아니, 누구 못지않은 게 아니라 더욱 흉악할 터였다. 베네딕트는 자기 것을 위해서라면 주저 없이 싸울 터였고, 필요하다면 우리 누구라도 주저 없이 죽일 터였다. 다라의 존재를 비밀에 부치고, 다라를 무지한 상태로 두면 그녀를 지킬 수 있으리라고 생각한 게 분명했다. 내가 무슨 일을 했는지 안다면 베네딕트는 화를 낼 게 뻔했다. 내가 이곳에서 빨리 사라져야 할 이유가 하나 더 생긴 것이다. 그러나 처음부터 비뚤어진 성격으로 타고나서인지는 몰라도, 나는 다라에게 내 생각을 말해 주지 않았다. 나는 다라가 살아남기를 바랐고, 베네딕트가 제대로 일 처리를 하고 있지 않다고 생각했다. 내가 돌아갈 즈음이면, 다라는 여러 가지에 대해 충분히 생각했을 터이고, 나는 기회를 잡아 다라에게 충분한 경고를 주고 세세한 일들을 가르쳐 줄 작정이었다.

나는 이를 갈았다.

제대로만 되었다면 이런 일들을 할 필요가 없었다. 내가 앰버를 다스리게 되면 상황은 달라지리라. 틀림없이 그렇게 되리라…….

왜 인간의 기본 성격을 바꾸는 방법을 알아낸 이가 아무도 없는 걸까?

옛 기억이 지워지고 새로운 세계에서 새 생활을 시작했지만 결국 나는 옛날 그대로의 코윈이 되었을 뿐이다. 만약 내가 내 모습에 만족하지 못한다면 그것은 절망이라는 단어에 걸맞은 명제이리라.

강물이 느리게 흐르는 곳으로 가 먼지와 땀을 씻어 내며 내 형제들을 그토록 다치게 한 검은 길에 대해 생각했다. 알아내야 할 일들이 무척 많았다.

목욕을 할 때도 나는 그레이스 원더를 손에서 놓지 않았다. 그림자를 지나온 자취가 아직 따뜻하다면 우리는 상대방 뒤를 쫓을 수 있었다. 그러나 지금은 아무런 방해도 받지 않고 목욕을 할 수 있었다. 그러나 목욕을 마치고 아발론으로 돌아오던 도중에는 형제들보다 좀 덜 세속적인 것들에게 그레이스 원더를 써야 할 일이 세 번 있었다.

그러나 이는 예상했던 일이었다. 나는 무척 빠른 속도로 이동하고 있었기 때문에…….

****

베네딕트의 저택에 딸린 마구간으로 들어섰을 때는 여전히 어두웠지만 점점 새벽이 다가오고 있었다. 나는 약간 거칠어진 스타를 달랬다. 말을 걸고, 몸을 쓰다듬고, 먹이와 물을 충분히 주었다. 반대편 마방에서 가넬론의 파이어 드레이크가 내게 인사를 했다. 나는 마구간 뒤쪽에 있는 펌프로 가 몸을 씻었고, 어디서 잠시 눈을 붙일까 생각했다.

잠시 쉬어야 했다. 서너 시간 정도 자 두면 좋겠지만 베네딕트의 지붕 밑에서 자고 싶은 마음은 없었다. 나는 그렇게 쉽사리 잡히지 않을 터이다. 침대에서 죽고 싶다고 말해 온 건 사실이지만, 그 뜻은 나이 들어 섹스를 하다가 코끼리에게 밟혀 죽고 싶다는 뜻이었다.

그러나 베네딕트의 술을 마시는 건 싫지 않았다. 뭔가 센 걸로 한잔 하고 싶었다. 집 안은 어두웠다. 나는 조용히 들어가 찬장을 찾았다.

잔에 가득 따라 한입에 털어 넣고, 한 잔을 더 따른 뒤 창가로 가지고 갔다. 저 멀리까지 내다보였다. 집은 언덕 비탈에 있었고, 베네딕트는 조경 공사를 훌륭히 해 두었다.

"달빛 아래 흰 길 길게 뻗어 있네. 달은 머리 위에 무심히……."*

나는 무의식중에 시를 외웠고, 내 목소리에 내가 깜짝 놀랐다.

"맞아, 맞아, 내 친구 코윈."

가넬론의 목소리가 들렸다.

"거기 앉아 있는 줄 몰랐어."

나는 창가에서 뒤돌아보지 않으며 나직이 말했다.

"꼼짝 않고 앉아 있었거든."

"그런가. 얼마나 취한 거야?"

"거의 안 취했어. 하지만 자네가 친절하게 한잔 가져다준다면……."

나는 뒤를 돌아보았다.

"왜 직접 안 하고?"

"아파서 움직일 수가 없어."

"알았어."

나는 찬장으로 가 한 잔 따라 가넬론에게 가져다줬다. 가넬론은 천천히 잔을 들어 올리더니 고맙다는 뜻으로 고개를 끄덕이고 한 모금 마셨다.

"아, 좋군!"

가넬론이 한숨을 쉬더니 말을 이었다.

"이걸로 약간은 마취가 되면 좋겠군."

"싸웠군."

내가 단정 지어 말했다.

"응, 몇 번이나."

* A.E. 하우스만의 시 〈달빛 아래 흰 길〉의 첫 부분이다.

"그렇다면 용감한 전사답게 고통을 꾹 참으면서 내가 위로하는 수고를 덜어 줘."

"하지만 난 이겼어!"

"맙소사! 시체는 어디에 뒀지?"

"아, 그렇게 심하게 싸운 건 아니고. 나를 이렇게 만든 건 여자였어."

"그럼 네가 지불한 만큼의 대가를 받은 거겠군."

"아니, 그런 게 전혀 아냐. 아무래도 난 우리를 난처한 상황으로 몰고 간 듯해."

"우리를? 어떻게?"

"그 여자가 이 집의 지체 높은 여성이라는 사실을 몰랐어. 난 거하게 취해 집에 돌아왔고, 그 여자가 하녀라고 생각……."

"다라?"

긴장하며 내가 물었다.

"그래, 그 이름이야. 엉덩이를 한 대 쳐 주고 키스를 한두 번 해 주려 했는데,"

가넬론은 신음을 내며 잠시 말을 멈췄다.

"그러자 다라는 나를 번쩍 들어 올렸어. 머리 위까지 들어 올리더니 자기는 이 집에서 꽤 높은 신분이라고 말하더군. 그런 뒤 나를 떨어뜨렸어……. 110킬로그램이 넘게 나가는 나를 마치 공깃돌 다루듯 하더군. 바닥까지 정말 멀더라고."

가넬론은 술을 한 모금 더 마셨고, 나는 킬킬댔다.

후회하는 듯한 표정으로 가넬론이 말했다.

"그 여자도 웃더군. 그 여자는 나를 일으켰고, 고약하게 굴지도 않았어. 물론 나는 사과를 했지. 자네의 그 형이란 사람은 정말 대단한 인물이 분명해. 난 그렇게 힘센 여자를 처음 봤어. 남자를 그렇게 다룰 수 있다니……."

가넬론의 목소리에는 외경심이 담겨 있었다. 가넬론은 천천히 고개를 젓더니 남은 술을 단숨에 비웠다.

"무시무시하더군. 당황스러웠던 건 말할 필요도 없고."

가넬론이 결론지었다.

"자네 사과를 받아들이던가?"

"응, 그랬어. 처음부터 끝까지 무척 상냥히 대해 줬어. 나더러 모두 잊으라면서 자기도 그러겠다고 하더군."

"그런데 왜 침대로 가서 자지 않고 여기 있는 거야?"

"그쪽이 이상한 시간에 돌아올 경우에 대비해서 기다리고 있었던 거지. 돌아오자마자 만나고 싶었으니까."

"흠, 목적을 이뤘군."

가넬론은 천천히 일어나 잔을 집어 들었다.

가넬론이 말했다.

"밖으로 나가지."

"좋은 생각이야."

가넬론은 나가며 브랜디가 든 디캔터*를 집어 들었다. 나는 그것도 좋은 생각이라고 여겼다. 우리는 집 뒤쪽 정원에 난 오솔길을 따라갔다. 마침내 가넬론은 떡갈나무 아래 오래된 돌 벤치에 털썩 앉았고, 자기 잔과 내 잔에 술을 따른 다음 자기 잔을 들어 올려 한 모금 마셨다.

"아! 자네 형이란 사람은 술에 대해서도 취향이 좋군."

나는 가넬론의 곁에 앉아 파이프에 담배를 재었다.

"그 여자에게 미안하다고 말하고 나를 소개한 뒤, 우리는 잠시 이야기를 나눴어. 그 여자는 내가 자네와 함께 왔다는 사실을 알자마자 앰버, 그림자, 자네의 다른 가족들에 대해 모든 것을 알고 싶어 하더군."

"그래서 뭔가 말해 줬어?"

---

* 마개가 달린 유리병

불을 붙이며 내가 말했다.

"그러고 싶어도 그럴 수가 없었어. 아는 게 있어야지."

"잘했어."

"하지만 그 덕분에 생각을 하게 됐지. 베네딕트는 다라에게 별로 이야기를 해 준 것 같지 않아. 그리고 왜 그랬는지 알 수 있었어. 다라 곁에 있을 때는 조심해야 할 거야, 코윈. 너무 호기심이 강해 보여."

나는 담배를 뻐끔거리며 고개를 끄덕였다.

"그럴 만한 이유가 있어. 꼭 그래야 할 이유가 있어. 하지만 자네가 취했을 때조차 제정신이라는 걸 알게 되어 기쁘군. 이야기해 줘 고마워."

가넬론은 어깨를 으쓱해 보이고 술을 마셨다.

"그렇게 몸을 세게 부딪치면 술이 깨는 법이지. 그리고 자네의 행복은 내 행복이기도 하고."

"맞아. 여기 아발론의 복제는 자네 맘에 들어?"

"복제? 여기는 나의 아발론이야. 완전히 세대가 바뀌었지만 같은 장소야. 오늘 나는 가시덤불 평원에 가 보았어. 자네 밑에 있을 때 잭 헤일리 일당을 물리쳤던 곳 말이야. 전혀 변하지 않았더군."

기억을 되살리며 내가 말했다.

"가시덤불 평원……."

가넬론이 계속 말을 이었다.

"그래, 이곳은 나의 아발론이야. 그리고 만약 앰버에서 살아남는다면 나는 여기로 돌아와 여생을 보낼 거야."

"아직도 나와 같이 가고 싶은가?"

"평생 앰버가 보고 싶었어. 에, 그러니까 그곳 이야기를 들었던 때부터라고 해야겠군. 자네에게서 들었지. 좀 더 행복했던 시절에 말이야."

"내가 뭐라고 했는지 전혀 기억나지 않아. 좋은 인상을 받도록 말한 모양이로군."

"그날 우리는 거나하게 취해 있었고, 자네에게서 그 이야기를 간단하게 들었던 듯해. 가끔 눈물을 찔끔거리며 말했지. 장엄한 콜버 산, 도시의 녹색과 금색 첨탑들, 산책로, 차도, 테라스, 꽃, 분수…… 잠깐인 듯했지만 사실은 밤새도록 이야기를 했더군. 비틀거리며 침대로 갔을 때는 이미 아침이 밝은 뒤였으니까 말이야. 하느님! 난 거의 그곳 지도까지 그릴 수 있을 정도야. 죽기 전에 꼭 가 봐야겠어."

나는 천천히 말했다.

"그날 밤 일은 기억나지 않아. 지독하게 취해 있었나 보군."

가넬론이 킬킬거렸다.

"우린 옛날 이곳에서 좋은 시간을 보냈지. 그리고 사람들도 우리를 기억하더군. 하지만 정말 오래전에 살았던 인물로 기억하더라고. 그리고 많은 부분을 틀리게 기억하고 있어. 뭐 기억하고 싶은 대로 기억하라지! 날마다 자기가 들은 이야기를 제대로 전할 수 있는 자가 얼마나 되겠어?"

나는 아무 말 없이 옛일을 회상하며 담배를 피웠다.

가넬론이 말했다.

"…… 이런 일들을 모두 생각하노라니 한두 가지 의문이 떠오르더군."

"말해 봐."

"자네가 앰버를 공격하면 자네 형인 베네딕트와 사이가 크게 틀어지나?"

"나도 정말로 그 답을 알고 싶어. 아마 처음에는 그럴 거야. 하지만 베네딕트가 구원 요청에 응해 앰버에 도착하기 전에 내 작전은 이미 끝나 있을 거야. 베네딕트가 원군을 데리고 가는 경우에는 말이야. 베네딕트 혼자라면, 반대편에서 도와주는 자가 있다면 눈 깜짝할 새에 도착할 수 있지. 하지만 그런 건 별 소용없어. 아니, 베네딕트는 앰버를 산산조각 내는 것보다는 누구든 그곳을 결집할 수 있는 인물을 지지하리라고 확신해. 일단 내가 에릭을 쫓아내면, 베네딕트는 즉시 분쟁이 끝나길 원할 테니 내가 왕위에 오르도록 그냥 둘 거야. 단지 분쟁을 끝내고 싶다는 이유 하나 때문에 말이야. 물론 왕위 강탈을 처음부터 인정할 생각은 없겠지만 말이야."

"바로 그 질문을 할 생각이었어. 그 결과 자네와 베네딕트 사이에 앙금이 쌓이지 않을까?"

"그렇지는 않을 거야. 이건 순전히 정치적 문제고, 베네딕트와 나는 거의 평생을 잘 알고 지낸 사이니까. 우리 관계는 에릭과의 관계보다 훨씬 더 좋았어."

"그랬군. 자네와 내가 함께하고 있고, 아발론은 지금 베네딕트가 다스리는 것 같으니까 언젠가 내가 여기로 돌아오면 베네딕트가 어떻게 생각할지 궁금했어. 자네를 도왔다고 날 미워할까?"

"그럴 가능성은 거의 없다고 봐. 그런 사람이 아니니까."

"그렇다면 한 걸음 더 나아간 질문을 해 보지. 내가 경험이 풍부한 군인이라는 건 신도 알고 계시지. 또 만약 우리가 앰버를 차지한다면 다시 충분히 증명될 테고. 베네딕트는 오른팔에 그런 부상도 입었으니, 혹시 베네딕트가 나를 자기 민병대의 야전 사령관으로 임명할 가능성이 있을까? 나는 이 지역을 아주 잘 알아. 베네딕트를 가시덤불 평원으로 안내해서 그곳에서 일어났던 전투를 설명할 수도 있어. 제길! 난 베네딕트를 멋지게 섬길 수 있어. 자네에게 그랬던 것처럼 말이야."

그리고 가넬론은 껄껄거렸다.

"미안, 자네 때보다는 더 제대로."

나는 킬킬거리고 술을 마셨다.

"쉽지는 않을 거야. 물론 그 생각이 맘에 들어. 하지만 자네가 그렇게 베네딕트의 신뢰를 얻을 수 있을지는 모르겠어. 내가 꾸민 일이라고 생각하기 쉬워 보이잖아."

"그놈의 정치라는 게 늘 골치라니까! 난 그럴 생각은 없다고! 나는 군대밖에 아는 게 없고, 아발론을 사랑해!"

"난 자네를 믿어. 하지만 베네딕트도 그럴까?"

"한쪽 팔이 없으니까 베네딕트는 훌륭한 부하가 필요할 거야. 그러니까……."

나는 웃음을 터뜨렸지만 서둘러 웃음을 멈췄다. 웃음소리는 꽤 멀리까지 전달되기 때문이다. 게다가 가넬론의 감정도 생각해야 했다.

"미안해. 기분 나빴다면 용서하길. 자넨 모르고 있어. 자네는 그날 밤 텐트에서 우리와 이야기를 나눈 사람이 누구인지 전혀 모르고 있어. 자네 눈에는 그냥 보통 사람으로 보이겠지. 게다가 한쪽 팔마저 없고 말이지. 하지만 그렇지 않아. 나는 베네딕트가 두려워. 베네딕트는 그림자나 현실의 그 누구와도 다른 인물이야. 베네딕트는 앰버의 무술 사범이야. 1000년이라는 세월을 상상할 수 있어? 그 몇 배나 되는 세월을? 그렇게 긴 세월 동안 거의 하루도 빠짐없이 무기나 전술이나 전략을 다루며 살아온 인물을 이해할 수 있겠어? 조그만 왕국에 살고 소규모 민병대를 지휘하고 뒤뜰의 과수원에서 가지치기를 한다고 속으면 안 돼. 베네딕트의 머릿속에는 군사 과학이라 이름 붙인 모든 것이 생생히 살아 울리고 있어. 베네딕트는 그림자에서 그림자로 끊임없이 옮겨 다니며 똑같은 전투가 약간 달라진 상황에서 어떻게 다른 결과를 가져오는지 연구하곤 했어. 자기 전쟁 이론을 시험해 보기 위해서 말이야. 며칠을 지켜보아도 지나가는 대열이 끝나지 않을 만큼의 대군을 지휘한 적도 있어. 한쪽 팔이 없으니 불편하기는 하겠지만, 나는 베네딕트와 겨뤄 보고 싶은 마음이 전혀 없어. 무기를 쓰든 맨손이든 말이야. 베네딕트가 왕위를 원하지 않는 게 다행이야. 맘만 먹었다면 지금 왕좌에 있는 건 베네딕트였을 테니까. 그리고 베네딕트가 그럴 생각이라면 난 당장이라도 내 계획을 버리고 베네딕트에게 복종할 거야. 난 베네딕트가 두려워."

가넬론은 한참 동안 아무 말이 없었고, 나는 다시 술을 한 잔 했다. 목이 탔기 때문이다.

가넬론이 말했다.

"물론 난 전혀 몰랐어. 단지 아발론으로 돌아오게만 해 준다면 난 더 바랄 것이 없어."

"물론 그렇게 해 줄 거야. 장담하지."

"다라가 오늘 베네딕트에게서 연락을 받았다더군. 전쟁터에서 일찍 돌아오기로 했다는군. 아마 내일이면 돌아올 거야."

나는 일어서며 말했다.

"젠장! 그럼 우리도 서둘러야 해. 도일이 물건을 다 준비했으면 좋겠군. 아침 일찍 그 친구에게 가서 서둘러 달라고 해야겠어. 베네딕트가 돌아오기 전에 여길 떠나야 해!"

"그럼 예쁜 돌은 구한 거야?"

"응."

"보여 주겠어?"

나는 허리띠에서 주머니를 떼어 가넬론에게 건네주었다. 가넬론은 주머니를 열고 돌을 몇 개 꺼내 왼손바닥에 올려놓고 손가락으로 천천히 뒤집어 보았다.

"어두워서 그런지 별로 예뻐 보이지는 않는걸. 어라, 잠깐! 지금 반짝였어! 설마……."

"물론, 원석이야. 지금 손바닥에 올려놓은 것만으로도 한몫될 거야."

"놀랍군. 하지만 자네에겐 쉬운 일이었겠군."

가넬론은 원석들을 주머니에 넣고 다시 줄을 조였다.

"그렇게 쉽지는 않았어."

"이렇게 빨리 재산을 모을 수 있다니, 어쩐지 불공평해 보이는걸."

가넬론이 주머니를 내게 건넸다.

"우리 계획이 끝나면 자네도 한몫 잡게 해 주겠어. 베네딕트가 자네에게 일자리를 주지 않아도 그걸로 어느 정도 보상이 될 거야."

"베네딕트가 어떤 인물인지 알고 나니 그 사람 밑에 들어가야겠다는 생각이 더욱더 커졌어."

"어떻게 하면 될지 한번 알아보자고."

"그래, 고마워, 코윈. 여길 떠날 땐 어떻게 할 생각이지?"

"우선 가서 좀 쉬라고. 아침 일찍 깨울 생각이니까. 스타와 파이어 드레이크가 마차를 끄는 걸 좋아할 리 없겠지만, 베네딕트의 짐마차를 하나 빌려 시내로 갈 거야. 그전에 질서정연한 후퇴를 위해 적당한 연막을 쳐 놓을 거고. 그런 뒤 보석상 도일을 재촉해 우리 물건을 받고, 가능한 한 빨리 다른 그림자로 가는 거야. 우리가 빨리 떠나면 떠날수록 베네딕트가 우리를 추격하기 어려워지거든. 만약 베네딕트보다 반나절 일찍 그림자 속으로 들어간다면 사실상 베네딕트는 우리를 추격할 수 없어."

"우리 뒤를 그렇게 열심히 쫓아올 이유가 없잖아?"

"베네딕트는 나를 전혀 믿지 않아. 당연한 일이지만 말이야. 베네딕트는 내가 움직이길 기다리고 있어. 베네딕트는 내가 필요로 하는 뭔가가 여기에 있다는 사실은 알지만, 그것이 무엇인지는 몰라. 그걸 알고 싶은 거지. 그러면 앰버에 대한 새로운 위협을 막을 수 있으니까. 우리가 완전히 떠났다는 걸 알면, 우리가 그걸 손에 넣었다는 사실을 알고 바로 추격하려 들 거야."

가넬론은 하품을 했고, 기지개를 켠 뒤 남은 술을 비웠다.

"그렇군. 지금은 좀 쉬는 게 낫겠군. 나중에 서둘러 도망쳐야 하니까. 자네에게 해 줄 이야기가 하나 더 있었는데 베네딕트에 대한 이야기를 듣고 나니 내 이야기는 별 것 아니라는 생각이 드는군. 뭐, 그렇다고 불안감이 줄어드는 건 아니지만 말이야."

"뭔데……?"

베네딕트는 일어서 조심스레 디캔터를 집어 들더니 오솔길을 가리켰다.

베네딕트가 말했다.

"저 방향으로 계속 걸어가 여기 정자의 경계를 표시한 울타리를 지난 뒤, 숲으로 들어가 그대로 200걸음 정도 가면 왼편에 어린 나무들이 작은 숲을 이룬 곳이 나와. 땅이 갑자기 120센티미터 정도 낮아지는 곳이야. 그곳에 발로 다지고 나뭇잎과 나뭇가지들로 덮어 놓은 새 무덤이 있어. 아침 일찍 맑은 공기를 마시며 산책을 하다가 볼일을 보려고 멈췄을 때 발견했어."

"그게 무덤인지 어떻게 알지?"

가넬론이 킬킬거렸다.

"안에 시체가 들어 있는 구멍을 보통은 그렇게들 불러. 꽤 얕았기 때문에 나뭇가지로 여기저기 찔러 봤어. 시체 네 구가 묻혀 있더군. 남자 셋에 여자 하나."

"언제 죽은 거지?"

"아주 최근이야. 며칠 정도?"

"발견한 그대로 두고 왔어?"

"난 바보가 아냐, 코윈."

"미안. 하지만 꽤 마음에 걸리는걸. 도무지 이해가 안 되는 일이거든."

"분명 그자들은 베네딕트에게 뭔가 폐를 끼쳤고 그 보답을 받은 거겠지."

"그럴지도 모르겠군. 어떤 모습이었어? 어떻게 죽어 있었지?"

"별로 특별한 건 없었어. 모두 중년이었고, 칼에 목이 따였더군. 한 명은 배를 찔렸고."

"묘하군. 역시 빨리 떠나는 게 좋겠어. 그러지 않아도 우리 문제만으로도 벅찬 판인데 이 지방의 분규에까지 말릴 여유가 없다고."

"동감이야. 그러니 이제 가서 자자고."

"먼저 가. 난 아직 잠이 안 와."

몸을 돌려 집을 향해 가며 가넬론이 말했다.

"자네가 내게 한 충고를 자신도 받아들여 좀 쉬라고. 앉아서 고민해 봤자야."

"그래."

"그럼 잘 자라고."

"아침에 보도록 하지."

나는 가넬론이 오솔길로 돌아가는 모습을 지켜보았다. 물론, 가넬론의 말이 맞았지만, 나는 아직 잘 마음이 없었다. 나는 계획을 다시 한 번 점검하며 뭔가 간과한 점이 없는지 살폈고, 술을 마저 마신 뒤 돌 벤치 위에 유리잔을 내려놓았다. 잠시 뒤 나는 일어났고, 담배 연기를 뒤로 흘려보내며 산책을 했다. 어깨 뒤에서 달빛이 조금 비쳤고, 새벽까지는 아직 몇 시간이 남은 듯했다. 나는 남은 밤을 밖에서 보내기로 결심하고 잠을 청하기 좋은 장소를 찾기로 했다.

물론, 오솔길을 어슬렁거리던 나는 어느새 어린 나무들이 자라는 작은 숲에 도착했다. 여기저기 찔러 보니 최근에 파낸 구멍인 게 분명했지만, 달빛 아래에서 시체를 발굴할 기분은 전혀 아니었고, 이곳에 무엇이 묻혀 있는지에 대해 가넬론이 했던 말을 그대로 믿을 준비가 되어 있었다. 왜 이곳에 왔는지조차 확실하지 않았다. 아마 내게 병적인 경향이 있는지도 모르겠다. 그러나 그 부근에서 자고 싶은 마음까지 들지는 않았다.

나는 정원의 북서쪽 모퉁이로 향했고, 저택에서 보이지 않는 곳을 찾아냈다. 높은 울타리가 쳐져 있었고, 풀은 길고 푹신했으며 좋은 향이 났다. 나는 망토를 펼친 뒤 그 위에 앉아 장화를 벗었다. 차가운 풀에 발을 내려놓고 한숨을 쉬었다.

그렇게 오래 걸리지는 않을 터였다. 그림자에서 다이아몬드를 구하고, 그리고 총을 가지고 앰버로. 일은 계획대로 진행 중이었다. 1년 전, 나는 독방에서 썩고 있었고, 온전한 정신과 광기의 영역을 너무나 자주 들락거렸기 때문에 거의 그 경계를 알 수 없을 지경이었다. 지금 나는 자유롭고, 강하고, 눈이 보이며, 계획이 있었다. 다시 한 번 목적 달성을 향해 나아가는 위협이었다. 예전보다 더 치명적인 위협이었다. 이번에 내 운명은 다른 사람의 계획과 연동되어 있지 않았다. 성공하든 실패하든 오롯이 내 책임이었다.

기분 좋았다. 풀도, 이제 온몸에 퍼져 기분 좋게 몸을 덥혀 주는 알코올도 기분이 좋았다. 나는 파이프를 꺼내 청소를 한 다음 집어넣었고, 기지개를 켰고, 하품을 하고 막 누우려 했다.

그때 멀리서 누군가 움직이는 기색이 있었다. 나는 팔꿈치를 괸 자세로 다시 그쪽을 지켜보았다. 오래 기다릴 필요는 없었다. 누군가 가끔씩 멈추면서 조용히, 그리고 천천히 오솔길을 걸어왔다. 그 형체는 가넬론과 내가 있던 나무 밑으로 사라지더니 한동안 모습을 드러내지 않았다. 이윽고 다시 모습을 드러내 여남은 걸음 더 걷더니 걸음을 멈추고 내 쪽을 살폈다. 이윽고 그 형체는 내 쪽으로 걸어왔다.

관목 덤불 근처를 지나 그림자 속에서 나오자 돌연 달빛이 그 여자의 얼굴을 비췄다. 본인도 그 사실을 의식한 모양이었다. 여자는 나를 향해 싱긋 웃었고, 천천히 걸어와 내 앞에 멈췄다.

"집의 방이 마음에 들지 않으신 모양이군요, 코윈 왕자님."

"천만에. 밤이 너무 아름다워서 야외를 즐기는 내 마음이 살짝 자극받았을 뿐이야."

"그러면 어젯밤에도 뭔가 그런 자극을 받은 모양이네요. 비가 왔는데도 말이죠."

다라가 내 곁 망토 위에 앉았다.

"안에서 잤나요, 아니면 밖에서 잤나요?"

"밖에 있었어. 하지만 자지는 않았어. 사실, 마지막으로 널 본 뒤로 계속 깨어 있었어."

"어디 있었나요?"

"해변에서 체로 모래를 쳤지."

"재밌어 보이지는 않네요."

"맞아."

"당신과 그림자를 걸은 뒤 전 많은 생각을 했어요."

"그랬겠지."

"저도 그리 잠을 푹 자진 못했어요. 그래서 당신이 오는 소리를 들었고, 가넬론과 이야기를 나누는 소리를 들었고, 가넬론이 혼자 돌아오는 걸 보고 당신이 근처 어딘가에 있으리라는 걸 안 거예요."

"맞아."

"전 앰버로 가야 해요. 패턴을 걸어야 해요."

"알아. 그렇게 될 거야."

"당장요, 코윈. 당장!"

"넌 어려, 다라. 시간은 얼마든지 있어."

"젠장! 전 평생 기다리기만 했어요. 뭘 기다리는지도 모르면서요. 지금 갈 수 있는 방법은 없나요?"

"없어."

"왜 못 간다는 거죠? 절 데리고 재빨리 그림자를 통과해 앰버로 가서 패턴을 걸게 해 줄 수 있잖아요……"

"도착하자마자 살해당하지 않는다면 가능하지. 운이 좋으면 이웃한 독방에 갇히거나 형틀에 나란히 묶여 한동안 사이좋게 지낼 수도 있겠지. 처형당하기 전까지 말이야."

"무슨 이유로요? 당신은 앰버의 왕자예요. 당신에게는 원하는 대로 할 권리가 있어요."

나는 껄껄거렸다.

"어이, 아가씨. 난 법의 보호 밖에 있는 무법자야. 만약 내가 앰버로 돌아가면 바로 처형당할 거야. 그것도 운이 좋다면 말이야. 운이 나쁠 경우에는 훨씬 더 나쁜 결과가 나를 기다리고 있을 거고. 하지만 지난번에 일이 어떻게 되었는지를 생각해 보면, 아마 서둘러 나를 죽이겠지. 내 동반자도 그런 취급을 받을 건 뻔하고."

"오베론이라면 그런 짓을 하지 않을 거예요."

"화를 낼 충분한 이유가 있다면 오베론도 그렇게 할 거라고 생각해. 하지만 그런 일은 없어. 이제 오베론은 없고, 내 형인 에릭이 왕좌에 앉아 스스로를 왕이라 부르고 있으니까."

"언제 그런 일이 일어났죠?"

"앰버 시간으로 몇 년 전이야."

"왜 에릭은 당신을 죽이려는 거죠?"

"물론 내가 자기를 죽이지 못하게 하려는 거지."

"당신은 에릭을 죽일 건가요?"

"그래, 그럴 거야. 곧 그렇게 할 거야."

다라는 고개를 돌려 나를 바라보았다.

"왜요?"

"내가 왕좌를 차지하기 위해서지. 왕좌의 정당한 주인은 나야. 에릭이 그것을 찬탈한 거야. 난 최근에야 에릭의 고문과 몇 년간의 감금 생활에서 빠져나왔어. 에릭은 내 비참한 모습을 감상하기 위해 나를 살려 둔다는 사치를 저질렀지. 그건 실수였어. 내가 자유의 몸이 되어 다시 자신에게 도전하리라고는 상상도 못 한 거야. 사실 나도 그럴 수 있으리라고는 생각하지 않았어. 하지만 운 좋게 두 번째 기회를 얻었으니, 에릭과 같은 잘못을 저지르지 않도록 주의 깊게 행동할 생각이야."

"하지만 에릭은 당신 형이에요."

"에릭과 나만큼 그 사실을 잘 아는 사람은 없을 거라고 자신 있게 말할 수 있어."

"얼마나 빨리 달성할 생각인가요? 당신 목적 말이에요."

"전에 말했던 대로, 트럼프를 손에 넣는다면 석 달쯤 뒤 내게 접촉해 줘.

만약 네가 그럴 수 없다 해도, 내가 계획했던 대로 일이 풀린다면, 왕위에 오르는 대로 가능한 한 빨리 네게 접촉을 하지. 적어도 1년 안에 패턴을 걸 게 해 주겠어."

"만약 당신 계획이 실패하면요?"

"그러면 좀 더 오래 기다려야 할 거야. 에릭이 자기 통치 기반의 영속성을 다지고 베네딕트가 에릭을 왕으로 인정할 때까지 말이야. 알다시피, 베네딕트는 그럴 마음이 없어. 베네딕트는 오랫동안 앰버에서 멀리 떠나 지냈고, 에릭이 아는 한 베네딕트는 더 이상 살아 있는 사람이 아니니까. 지금 베네딕트가 모습을 드러낸다면 에릭을 지지하든지 아니면 반대하든지 하나를 선택해야만 해. 만약 지지하는 쪽을 선택한다면 에릭의 통치 기반은 확고해지지. 하지만 베네딕트는 그 책임을 떠맡고 싶어 하지 않아. 만약 반대한다면 분란이 일어나지. 베네딕트는 그 책임 또한 떠맡고 싶어 하지 않아. 베네딕트는 자기가 왕이 될 생각이 전혀 없어. 오직 현 상황에서 완전히 떠나 있어야 현재의 평온한 상태를 유지할 수 있어. 만약 모습을 드러내고도 선택을 하지 않는다면, 베네딕트라면 자기 원하는 대로 계속 밀어붙일 수 있겠지만, 그건 에릭의 왕권을 인정하지 않는다는 쪽으로 해석될 거야. 그리고 결국 분쟁으로 이어질 거고. 만약 너와 함께 모습을 드러내면 베네딕트는 자기 뜻대로 행동하지 못할 거야. 에릭이 너를 통해 베네딕트에게 압력을 넣을 테니까."

"그럼 당신이 진다면 전 절대 앰버에 갈 수 없다는 말이잖아요!"

"나는 단지 내가 아는 상황을 설명했을 뿐이야. 내가 모르는 요소가 수도 없이 널려 있어. 난 오랫동안 세상과 격리되어 있었거든."

"당신은 이겨야 해요!"

이윽고 갑자기 다라가 말했다.

"할아버지가 당신을 지지할까요?"

"아니라고 봐. 하지만 이 경우는 이야기가 완전히 달라. 나는 베네딕트의 존재를 알고 있고 너의 존재도 알고 있어. 베네딕트에게 지지해 달라고 부탁하지는 않을 거야. 베네딕트가 방해하지 않는 것만으로 나는 만족해. 그리고 내가 빠르고 효율적이며 성공적으로 일을 처리한다면, 베네딕트는 내게 반대하지 않을 거야. 내가 너에 대해 알았다는 사실을 달가워하지는 않겠지만, 내가 네게 해를 끼칠 맘이 없다는 걸 알면 별 문제 없을 거야."

"왜 당신은 저를 이용하지 않는 거죠? 논리적으로 당연해 보이는데 말이죠."

"맞아. 하지만 난 널 좋아한다는 걸 깨달았거든. 그러니까 그건 논외야."

다라가 소리 내어 웃었다.

"제 매력에 사로잡혔군요!"

내가 킬킬거렸다.

"너만의 섬세한 방법으로, 칼끝으로 나를 위협해서 그렇게 했지. 맞아."

돌연 다라가 진지한 표정을 지었다.

"할아버지는 내일 돌아오신대요. 가넬론이 말해 주던가요?"

"그래."

"그게 당신 계획에 어떤 영향을 주나요?"

"베네딕트가 오기 전에 서둘러 떠날 생각이야."

"그럼 할아버지는 어떻게 하실까요?"

"우선 네가 여기 있다는 사실을 알고 펄펄 뛰겠지. 그리고 네가 어떻게 이곳으로 돌아왔으며 너 자신에 대해 내게 얼마나 이야기했는지 알고 싶어 할 거야."

"전 뭐라고 대답해야 하나요?"

"어떻게 돌아왔는지는 사실대로 말해. 그럼 베네딕트가 그 일에 대해 곰곰이 생각해 보게 될 거야. 나에 대해서는 여자의 직감으로 내가 믿을 수 없는 존재라는 걸 알아차리고 줄리앙과 제라드를 만났을 때처럼 말했다고 하면 될 거야. 내가 어디 갔는지 묻거든 짐마차를 빌려 가넬론과 시내로 가면서 밤늦게 돌아오겠노라고 말했다고 해."

"정말은 어디 가는데요?"

"잠시 시내에 있을 거야. 하지만 돌아오지는 않아. 베네딕트는 그림자를 지나 우리를 쫓아올 수 있기 때문에 가능한 한 거리를 벌려 두고 싶은 것뿐이야."

"최선을 다해 할아버지를 이곳에 붙잡아 둘게요. 떠나기 전에 절 보고 갈 생각은 아니었나요?"

"아침이 되면 지금 한 이야기를 네게 할 작정이었어. 네가 잠이 없어서 예정보다 일찍 들은 것뿐이야."

"그렇다면 제가 잠이 없는 게 다행이네요. 앰버는 어떻게 정복할 생각인가요?"

나는 고개를 저었다.

"그건 안 돼, 다라. 음모를 꾸미는 왕자는 모두 조금은 비밀을 간직해야만 해. 그건 내 비밀 가운데 하나야."

"앰버에서 그토록 불신과 음모가 판을 친다니 놀랄 따름이네요."

"왜? 그런 알력은 어디에서나 온갖 형태로 존재해. 넌 언제나 그것들에 둘러싸여 있어. 모든 장소는 앰버로부터 그 모습을 가져오니까."

"잘 이해가 안 돼요……."

"언젠가 이해할 날이 올 거야. 지금은 그냥 그렇구나 하고 생각해 둬."

"그럼 하나만 더 말해 주세요. 전 패턴을 걷지 않고도 그림자를 어느 정도 조작할 수 있잖아요. 그림자 조작법을 좀 더 자세히 알려 주세요. 좀 더 잘하고 싶어요."

"안 돼! 준비가 되기 전에 그림자를 가지고 장난치는 건 금물이야. 그건 패턴을 걸은 뒤에도 위험한 행동이야. 패턴을 걷기 전에 그러는 건 바보짓이고. 운이 좋았지만 다시는 그러지 마. 더 이상 아무 말도 해 주지 않는 게 널 돕는 거야."

"알았어요! 미안해요. 기다릴 수 있어요."

"그럴 수 있을 거야. 기분 상하지는 않았지?"

"네, 흠……."

다라가 소리 내어 웃었다.

"화를 낸다고 뭔가 해결되는 것도 아니잖아요. 당신이 잘 알고 있을 테니까요. 제 걱정을 해 줘서 기뻐요."

나는 툴툴거렸고, 다라는 손을 뻗어 내 뺨을 만졌다. 그 손길에 내가 고개를 돌리자 다라의 얼굴이 천천히 내 쪽으로 다가왔다. 머금었던 웃음은 사라졌고, 입술이 조금 열려 있었고, 눈은 거의 감겨 있었다. 우리가 키스를 하자 다라의 팔이 내 목과 어깨로 미끄러져 내려왔고, 내 팔도 다라와 비슷한 위치에 갔다. 내 놀라움은 달콤함 속으로 곧 사라졌고, 이어 따뜻함과 흥분이 나를 감쌌다.

만약 베네딕트가 안다면 그냥 화를 내는 정도로 끝내지는 않으리라…….

7

짐마차는 단조롭게 삐걱댔고, 태양은 이미 서쪽 하늘로 기울었음에도 여전히 뜨거운 햇살을 우리에게 내리 꽂아 댔다. 가넬론은 뒤쪽 상자들 사이에서 코를 골았고, 나는 가넬론이 그렇게 시끄럽게 코를 고는 게 부러웠다. 가넬론은 몇 시간째 잠들어 있었고, 나는 오늘로 사흘째 잠을 자지 못했다.

우리는 도시에서 25킬로미터 정도 떨어져 있었고, 북동쪽을 향해 가는 중이었다. 도일은 내가 주문한 물건을 완전히 준비하지 못했지만, 가넬론과 나는 도일을 설득해 가게 문을 닫고 준비를 마치게 했다. 그 때문에 몇 시간 정도 지체되었고, 나도 모르게 절로 욕이 나왔다. 신경이 곤두선 나머지 잠이 오지 않았고, 지금도 잠잘 만한 상황이 아니었다. 그림자 속을 조금씩 나아가고 있었기 때문이다.

나는 피로와 밤을 억지로 밀어냈고, 햇살을 가려 줄 구름 몇 조각을 찾아냈다. 우리는 바퀴 자국이 깊게 나고 바짝 마른 흙길을 따라갔다. 길은 흉한 황색이었고, 우리가 지나가자 갈라지며 바스러졌다. 길 양옆으로 갈색 풀들이 휘주근하게 자라 있었고, 나무들은 작고 비틀렸으며 껍질은 두껍고 거칠었다. 길 곳곳에 이판암이 노출되어 있었다.

나는 도일에게 혼합물의 값을 후히 치렀으며, 예쁜 팔찌도 하나 사서 이튿날 다라에게 전달하게 했다. 다이아몬드 주머니를 허리에 차고, 그레이스 원더는 곁에 두었다. 스타와 파이어 드레이크는 쉬지 않고 힘차게 걸었다. 나는 성공에 이르는 길을 걷고 있었다.

　베네딕트가 집에 돌아왔을지 궁금했다. 내 가짜 행선지에 얼마나 오랫동안 속아 줄지 궁금했다. 베네딕트의 위협에서 완전히 벗어났다고 말할 수 없는 상태였다. 베네딕트는 그림자를 통해 우리가 남긴 흔적을 아주 멀리서부터 따라올 수 있었고, 나는 뚜렷한 흔적을 남기고 온 터였다. 그러나 별다른 선택의 여지가 없었다. 나는 짐마차가 필요했고, 현재의 속력을 유지해야만 했으며, 또 다시 헬라이드를 할 만한 상황이 아니었다. 감각이 둔해지고 피로가 몰려오는 것을 확실히 느끼며 나는 천천히, 주의 깊게 전이를 했다. 변화와 거리를 점차 축적함으로써 베네딕트와 나 사이에 장벽을 쌓았고, 곧 그것이 관통할 수 없는 장벽이 되어 주기를 기대했다.

　다시 3킬로미터를 가기 전에 늦은 오후에서 정오로 거슬러 올라가는 길을 찾아냈지만, 하늘은 계속 구름이 끼게 두었다. 내가 원한 것은 빛이지 열이 아니기 때문이다. 이윽고 작은 산들바람을 찾는데 성공했다. 이로써 비가 올 가능성이 커졌지만, 그럴만한 가치가 있었다. 원한다고 모든 것을 다 가질 수는 없는 법.

　그즈음, 나는 졸음과 싸우고 있었고, 가넬론을 깨워 마차를 몰게 함으로써 거리만이라도 몇 킬로미터 더 벌리고, 그사이 나는 좀 자 두고 싶은 강한 유혹을 느꼈다. 하지만 여행을 시작한 지 얼마 안 되는 이 시점에 그러는 것이 두려웠다. 그러기에는 해야 할 일이 너무나 많았다.

　햇볕이 더 필요했고 더 좋은 길도 필요했다. 이 빌어먹을 황색 흙에 넌더리가 났으며, 저 구름들도 어떻게든 해야 했고, 우리가 어디로 가는지도 계속 유의해야만 했다…….

　눈을 비비고 심호흡을 몇 번 했다. 머릿속이 빙빙 도는 느낌이었고, 터벅

거리는 말발굽 소리와 삐걱대는 짐마차 소리가 점차 최면 효과를 내기 시작했다. 짐마차가 덜커덕거리거나 흔들리는 일에는 이미 무감각한 상태가 되어 있었다. 고삐는 손안에 느슨히 잡혀 있었고, 한번은 졸다가 고삐를 놓치기까지 했다. 다행히 말들은 자기들 할 일을 잘 알고 있는 듯했다.

잠시 뒤, 우리는 길고 완만한 비탈을 올라가며 늦은 아침으로 거슬러 갔다. 그 무렵 하늘은 꽤 어두워졌고, 하늘을 뒤덮은 구름들을 흩뜨리려면 몇 킬로미터를 더 나아가고 구불거리는 모퉁이를 대여섯 번 정도 돌아야 했다. 폭풍우가 오면 우리가 가는 길은 순식간에 진흙 강으로 변할 수도 있었다. 그 생각에 나는 인상을 찡그린 채 하늘은 그냥 두고 다시 길에만 정신을 집중했다.

우리는 말라붙은 개천에 걸려 있는 다 쓰러져 가는 다리에 도착했다. 건너편 길은 더 반드럽고 노란색도 덜했다. 가면 갈수록 길은 더 거무스름하고 평평하고 단단해졌으며, 길가의 풀은 녹색이 되었다. 하지만 그즈음 비가 내리기 시작했다.

나는 녹색 풀과 거무스름하고 편한 길을 놓치지 않기 위해 한동안 비와 씨름했다. 골이 지끈거렸지만, 400미터도 채 가기 전에 소나기가 멈췄고, 다시 태양이 얼굴을 내밀었다. 태양…… 그렇다. 태양.

짐마차는 끊임없이 덜컹거렸고, 마침내 길은 내리막이 되어 밝은 색 나무들 사이를 구불구불 지나기 시작했다. 우리는 시원한 계곡 쪽으로 내려갔고, 또 다른 작은 다리를 건넜다. 아래쪽 바닥 중간에는 실개천이 흘렀다. 계속 꾸벅꾸벅 졸았기 때문에 나는 손목에 고삐를 감고 있었다. 마치 저 멀리 떨어진 곳에 정신을 집중하고, 정리하고 분류하는…….

오른쪽 숲 속에서 주저하듯 새들이 아침 인사를 했다. 나뭇잎과 풀잎에 맺힌 이슬방울들이 반짝였다. 공기는 서늘했으며, 나무들 사이로 아침 햇살이 비스듬히…….

그러나 내 몸은 이 그림자 안의 아침에 속지 않았으며, 가넬론이 몸을 뒤

척이며 중얼거리는 소리를 듣고서야 마음이 놓였다. 가넬론이 깨지 않았다면 얼마 지나지 않아 내가 깨워야 했기 때문이다.

좋았어. 가볍게 고삐를 잡아당기자 말들이 내 뜻을 눈치채고 걸음을 멈췄다. 아직 비탈길이었기 때문에 나는 마차에 제동장치를 걸고 물병을 찾았다.

물을 마실 때 가넬론이 말했다.

"어이! 내게도 한 방울은 남겨 줘!"

나는 가넬론에게 물병을 건넸다.

"이제 교대 시간이야. 난 좀 자야겠어."

가넬론은 30초 정도 물을 마시더니 폭발하듯 숨을 내쉬었다.

"알았어. 하지만 잠시 기다려. 볼일 먼저 보고."

가넬론은 몸을 날려 짐마차 가장자리로 뛰어내렸다.

가넬론은 길가로 갔고, 나는 뒤쪽 짐칸으로 기어가 망토를 접어 베개를 만든 뒤 가넬론이 누웠던 곳에 누웠다.

잠시 뒤, 가넬론이 운전석으로 오르는 소리가 들렸고, 제동장치를 풀면서 마차가 덜컥하고 흔들렸다. 가넬론이 혀로 츳츳 소리를 내며 가볍게 고삐를 움직이는 소리가 들렸다.

가넬론이 뒤를 향해 말했다.

"아침인가?"

"응."

"맙소사! 꼬박 하루를 잔 거잖아!"

나는 킬킬거렸다.

"아냐, 내가 그림자를 약간 바꿨어. 잔 시간은 예닐곱 시간밖에 안 돼."

"무슨 말인지 모르겠군. 하지만 됐어. 자네 말을 믿으니까. 우린 지금 어디 있지?"

"아직 북동쪽을 향하고 있어. 도시에서 30킬로미터 정도 떨어져 있고,

베네딕트의 저택에서는 20킬로미터 정도 떨어져 있을 거야. 그리고 그림자도 통과했고."

"이제부터 난 어떻게 하면 되는 거지?"

"그냥 이 길을 따라가면 돼. 거리를 벌려 둬야 하니까."

"아직도 베네딕트가 우리를 따라잡을 수 있어?"

"응, 그래서 아직은 말들을 쉬게 할 수가 없어."

"알았어. 내가 뭔가 특별히 경계해야 할 건?"

"없어."

"언제 깨워 줄까?"

"절대로 깨우지 마."

이윽고 가넬론은 조용해졌고, 나는 의식이 흐려지는 동안 물론 다라를 떠올렸다. 나는 하루 종일 간헐적으로 다라 생각을 했다.

내 처지에서는 전혀 예상하지 못했던 일이었다. 나는 다라를 여자로 보지조차 않았다. 그러나 어느 순간 다라가 내 팔에 안겨 내 생각을 바꿔 놓았다. 내 척수신경이 온몸을 지배했고, 예전에 프로이트가 내게 말했던 것처럼, 대뇌의 사고 기능을 원초적 수준까지 끌어내렸다. 술 때문이라 핑계를 댈 수도 없었다. 별로 마시지도 않은 데다가 특별히 취하지도 않았기 때문이다. 왜 나는 변명거리를 찾는 걸까? 가책을 느꼈기 때문이다. 다라는 친척이라 하기에는 너무 먼 관계였다. 따라서 그게 이유는 아니었다. 나를 찾아왔을 때 다라는 자신이 무슨 일을 하는지 잘 알았으니 내가 부당하게 유혹했다고 생각하지는 않는다. 그 와중에 내 동기에 의문을 품게 한 것은 정황이었다. 내가 처음에 다라와 이야기를 나누고 그림자로 잠시 데려갔을 때, 나는 단순히 믿음과 약간의 우정 이상을 원했다. 베네딕트를 향한 다라의 충성심, 믿음, 애정의 일부나마 내 쪽으로 돌리고 싶었다. 적의 진영일 수도 있는 장소에서, 다라를 내 편으로 끌어들여 나를 도울 잠재적 동맹자로 만들고 싶었다. 사태가 악화되어 도움이 필요할 경우 다라를 이용할 수 있기를 바랐다. 이 모든 것이 사실이다. 하지만 단지 그런 목적을 위해 다라를 가졌다고 믿고 싶지 않았다. 하지만 이 생각에도 어느 정도 진실이 포함되어 있을 것이며, 그 때문에 거북했고, 비열하다는 느낌이 들었다. 왜 그럴까? 과거에 나는 훨씬 더 나쁘게 간주될 만한 일들을 많이 저질렀지만 그런 행동 때문에 특별히 괴로워하지 않았다. 나는 이 의문과 씨름했다. 이미 답을 알고 있었지만 선뜻 인정하기 싫었기 때문이다. 나는 다라를 좋아했다. 답은 정말 단순했다. 그 감정은 내가 로레인에게서 느꼈던 감정과는 달랐다. 로레인의 경우, 산전수전 다 겪은 닳고 닳은 베테랑들 사이의 상호이해가 바탕에 깔려 있었다. 또한 내가 두 번째로 패턴을 걷기 전 모이어와 나 사이에 뜻밖에 짧게나마 존재했던 관능적인 분위기와도 달랐다. 전혀 달랐다. 다라와 보낸 시간은 너무나도 짧았기에 도무지 이치에 닿지 않았다. 나는 몇 세기를 살아온 사내다. 하지만…… 이런 감정을 나는 여태 잊고 지냈다. 다라와 사랑에 빠지고 싶지 않았다. 지금은. 나중이라면 괜찮을지도 모르겠다. 아니, 아예 그러지 않는 편이 나으리라. 다라는 내게 어울리지 않았다. 다라는 어린애다. 다라가 하고 싶어 하는 모든 것, 다라가 새롭고 매력 있다고 느낄 모든 것을 나는 이미 경험한 뒤였다. 그렇다. 이것은 완전히 잘못된 일이다. 나는 다라와 사랑에 빠질 자격이 없다. 마음을 굳게 먹고…….

가넬론이 뭔가 외설적인 노랫가락을 서투르게 흥얼거렸다. 짐마차는 덜컹대고 삐걱대며 오르막길로 들어섰다. 햇살이 얼굴 위로 떨어졌기에 팔뚝으로 눈을 가렸다. 그 무렵 망각이 나를 움켜쥐고 꼭 껴안았다.

****

깨었을 때는 정오가 지나 있었고, 먼지로 더러워진 기분이 들었다. 한참 물을 마시고 손바닥에 물을 조금 부어 눈을 비볐다. 손가락으로 머리를 빗었다. 주위를 둘러보았다.

주위에는 초록이 우거졌고, 자그마한 숲들과 키 큰 풀이 자라는 초원이 여러 개 있었다. 길은 여전히 흙길이었으며, 딱딱하게 다져지고 상당히 평평했다. 구름 몇 점을 빼면 하늘은 맑았고, 태양은 규칙적으로 구름에 가려졌다가 모습을 드러냈다. 가벼운 산들바람이 불었다.

"살아났군. 좋아!"

앞쪽 칸막이를 넘어 옆 좌석에 앉자 가넬론이 말했다.

"말들이 지쳐 가고 있어, 코윈. 나도 다리를 좀 뻗고 싶고. 게다가 배도 엄청나게 고파. 자넨 안 그래?"

"고파. 저기 왼편 그늘 진 곳에 마차를 세우고 잠시 쉬도록 하지."

"저기보다는 좀 더 멀리 가고 싶은데."

"무슨 특별한 이유라도 있어?"

"응, 자네에게 보여 주고 싶은 게 있어."

"그럼 그렇게 해."

우리는 800미터 정도 더 길을 갔고, 이윽고 길이 굽어지며 좀 더 북쪽으로 향했다. 얼마 가지 않아 언덕이 나타났고, 언덕을 넘자 더 높은 언덕이 모습을 드러냈다.

"얼마나 더 갈 생각이지?"

내가 물었다.

"이 언덕만 넘어가자고. 거기라면 보일 거야."

"알았어."

말들은 두 번째 언덕을 어렵사리 올랐고, 나는 마차에서 내려 뒤에서 밀었다. 마침내 꼭대기에 오르자 온몸이 땀과 먼지로 범벅이 되어 아까보다 더 더러워진 느낌이 들었지만, 덕분에 잠은 완전히 깼다. 가넬론은 고삐를 잡아당겨 말들을 세웠고, 제동장치를 걸었다. 가넬론은 마차 뒤쪽 짐칸으로 가서 상자 위에 올라섰다. 가넬론은 왼쪽을 보고 서서 이마에 손 그늘을 만들었다.

"여기로 와 봐, 코윈."

가넬론이 외쳤다.

나는 짐마차 뒷문을 기어 올라갔고, 가넬론은 쭈그리고 앉아 내게 손을 내밀었다. 내가 손을 잡자 가넬론은 나를 상자 위로 끌어 올렸다. 나는 가넬론 곁에 섰다. 가넬론이 한곳을 가리켰고, 나는 그곳으로 시선을 돌렸다.

1킬로미터 정도 떨어진 곳에, 넓고 검은 띠가 좌우로 시야가 미치는 곳까지 이어져 있었다. 우리는 몇백 미터 정도 더 높은 곳에 있었기에 그중에 500미터 정도는 뚜렷하게 보였다. 띠는 너비가 몇백 미터 정도 되었고, 두 번에 걸쳐 구부러졌지만 폭은 일정했다. 띠 안에는 나무들이 있었고, 완전히 새까맸다. 뭔가 움직이는 듯했지만 그것이 무엇인지는 확실하지 않았다. 아마 가장자리에서 자라는 풀들이 흔들리는 것일 수도 있었다. 하지만 그 안에 뭔가가 흐르는 듯한 느낌이 뚜렷하게 들었다. 평평하고 검은 강 같은 흐름이.

"저게 뭐지?"

내가 말했다.

가넬론이 대답했다.

"난 자네가 알고 있을 거라고 생각했는데. 난 저게 자네의 그림자 마술의 일부라고 생각했어."

나는 천천히 고개를 저었다.

"무척 졸리기는 했지만, 저렇게 이상한 일이 일어나도록 했다면 분명 기억했을 거야. 저기에 저런 게 있는 걸 어떻게 알았지?"

"자네가 자는 동안 몇 번이고 다가갔다가 멀어지는 일을 반복했어. 정말로 느낌이 안 좋아. 아주 익숙한 느낌이기도 하고. 저걸 보면 뭔가 떠오르는 게 없어?"

"아, 그래. 있어. 불행히도."

가넬론이 고개를 끄덕였다.

"로레인의 그 빌어먹을 '원'과 똑같아. 똑같이 생겼어."

"검은 길……."

"뭐라고?"

내가 되풀이해 말했다.

"검은 길이라고. 다라가 말했을 때는 무슨 뜻인지 못 알아들었는데, 이젠 이해가 되는군. 전혀 맘에 안 드는걸."

"또 나쁜 징조인가?"

"아무래도 그런 듯해."

가넬론이 욕설을 내뱉었다.

"당장 우리에게 위협이 될까?"

"그렇지는 않을 거야. 하지만 확실하지는 않아."

가넬론이 상자에서 내려갔고, 나도 그 뒤를 따랐다.

가넬론이 말했다.

"말들에게 먹일 꼴을 좀 찾아보도록 하지. 그리고 우리도 요기를 하는 게 좋겠어."

"그래."

우리는 앞 칸으로 갔고, 가넬론이 고삐를 잡았다. 우리는 언덕 기슭에서 적당한 장소를 찾아냈다.

우리는 거의 한 시간 정도 그곳에서 머물렀고, 주로 아발론에 대해 이야기를 나눴다. 검은 길에 대해서는 다시는 입 밖에 꺼내지 않았지만 머릿속으로는 줄곧 그 생각을 했다. 물론 더 가까이에서 확인해야 봐야 했다.

출발 준비가 끝나자 내가 다시 고삐를 잡았다. 말들도 어느 정도 기운을 차리고 빠른 걸음으로 나아갔다.

가넬론은 내 왼쪽에 앉았고, 여전히 이야기를 더 하고 싶은 듯했다. 나는 이 기묘한 귀향이 가넬론에게 어떤 의미인지 이제야 깨닫기 시작했다. 가넬론은 무법자 시절에 다녔던 여러 장소를 다시 찾아갔고, 높은 지위에 오른 뒤 훌륭한 전과를 세운 전쟁터 네 곳도 들른 것이다. 가넬론의 회고담을 들으며 나는 여러모로 감동을 받았다. 가넬론은 황금과 진흙이 뒤섞인 듯한 희귀한 인물이었다. 가넬론이 앰버인이라면 얼마나 좋을까.

몇 킬로미터를 빠르게 지난 뒤 다시 검은 길에 가까워지고 있을 때, 나는 익숙한 정신적 일격을 느꼈다. 나는 가넬론에게 고삐를 넘겼다.

"잠시 부탁해! 계속 전진해!"

"왜 그래?"

"나중에 설명하지! 그냥 전진해!"

"서둘러야 하나?"

"아니, 그냥 보통 속도로. 잠시 아무 말도 하지 말고."

나는 눈을 감고 두 손으로 머리를 감싼 뒤 마음을 텅 비우고 그 주위에 벽을 쌓았다. 부재중. 점심시간. 세일즈맨 사절. 이곳은 빈집임. 깨우지 마시오. 무단 침입자는 고소함. 개 조심. 낙석 주의. 미끄러우니 조심할 것. 도시 재개발을 위해 철거 예정…….

정신적 접촉 시도는 서서히 줄어드는 듯하다가 다시 강해졌고, 나는 다시 그것을 막았다. 세 번째 시도가 다시 나를 휘감았다. 세 번째 시도도 막아 냈다.

이윽고 그것은 사라졌다.

나는 한숨을 쉬며 눈 주위를 문질렀다.

"이젠 괜찮아."

"무슨 일인데?"

"누군가 아주 특별한 방법으로 내게 접촉하려 했어. 베네딕트가 거의 확실해. 우리를 막을 여러 이유 가운데 뭔가를 지금 막 알아낸 거지. 이제 다시 내가 고삐를 잡지. 곧 우리 뒤를 쫓아올 것 같은 예감이 들거든."

가넬론이 고삐를 넘겼다.

"베네딕트를 따돌릴 가능성은 얼마나 되지?"

"꽤 높아. 거리를 꽤 벌려 두었으니까. 현기증이 사라지는 대로 그림자 몇을 더 지날 거야."

나는 마차를 몰았고, 길은 구불구불 꺾이며 잠시 검은 길과 나란히 나아가다가 곧 더 가까워지기 시작했다. 마침내, 우리는 검은 길에서 몇백 미터 정도밖에 떨어져 있지 않았다.

가넬론은 한동안 잠자코 검은 길을 바라보더니 입을 열었다.

"보면 볼수록 예전의 그 장소를 떠올리게 하는군. 안개가 혀를 날름거리며 사물을 핥아 대는 모습이나 뭔가 시야 바로 가장자리에서 움직이는 것 같은 느낌이나……."

나는 입술을 깨물었다. 나는 심하게 땀을 흘리기 시작했다. 검은 길로부터 멀어지기 위해 전이를 시도했지만, 뭔가가 저항을 했다. 앰버에서 그림자를 지나려 할 때 느끼는, 바위에 가로막혀 꼼짝도 할 수 없는, 그런 느낌과는 달랐다. 완전히 달랐다. 지금 감정은 절대로 탈출할 수 없을 것만 같은 느낌이었다.

하지만 별 문제없이 그림자를 지날 수 있었다. 태양은 점점 더 높이 떠 정오를 향해 역행하고 있었고(검은 길 옆에서 저녁을 맞이하고 싶은 마음은 전혀 없었기 때문이다), 하늘은 그 푸른 빛을 약간 잃었고, 주변의 나무들은 키가 더 커졌으며, 멀리로 산들이 보였다.

저 길은 그림자 자체를 횡단하는 걸까?

분명했다. 그렇지 않다면 줄리앙과 제라드가 일부러 그 길을 찾아내 탐험할 정도로 흥미를 느꼈겠는가?

불행히도, 저 길과 나는 공통점이 많은 듯했다.

젠장!

우리는 한참 동안 그 옆을 지났고, 거리가 점차 가까워졌다. 곧 거리가 30미터로 가까워졌다. 15미터…….

…… 그리고 결국 그러리라 예상했던 대로, 그 길은 우리 진로와 교차했다.

나는 고삐를 당겼다. 파이프에 담배를 재고 불을 붙인 뒤 연기를 빨며 길을 관찰했다. 스타와 파이어 드레이크는 우리 진로를 가로지르는 저 검은 지역을 맘에 들어 하지 않는 게 분명했다. 놈들은 히힝거리며 옆으로 비켜가려고 했다.

지금 길을 계속 따라가려면 우리는 검은 지역을 대각선으로 길게 가로질러야 했다. 또한 낮은 바위 언덕들에 가려 지형의 일부가 제대로 보이지 않았다. 검은 지역 가장자리와 언덕 기슭 여기저기에는 풀이 무성했다. 안개 조각들이 그사이를 흘러 다녔고, 땅이 움푹 꺼진 곳에는 예외 없이 희미한 수증기 구름들이 맴돌았다. 그 지역의 대기를 통해 본 하늘은 몇 배나 더 어두웠고, 검댕으로 칠한 듯 더러워 보였다. 정적과는 다른 종류의 침묵이 그곳을 내리눌렀고, 마치 눈에 보이지 않는 어떤 존재가 숨을 죽이고 숨어 있는 듯한 느낌이었다.

그때 비명이 들렸다. 젊은 여자 목소리였다. 곤경에 빠진 지체 높은 숙녀가 구조를 요청한다는 낡은 속임수일까?

비명은 오른쪽 언덕 너머 어딘가에서 들려왔다. 수상쩍었다. 하지만, 젠장! 진짜일 수도 있었다.

나는 가넬론에게 고삐를 던지고 그레이스 원더를 움켜쥐며 땅으로 뛰어내렸다.

오른쪽으로 가 길가 도랑을 뛰어넘으며 내가 말했다.

"가 보고 오겠어."

"서둘러 돌아오라고."

나는 덤불을 헤치고 바위투성이 비탈을 서둘러 올라갔다. 내리막에서는 오르막일 때보다 더 빽빽이 자란 관목들을 헤치고 갔으며, 좀 전의 언덕보다 더 높은 언덕을 올라갔다. 언덕을 올라가는데 다시 비명이 들렸다. 이번에는 다른 소리도 섞여 있었다.

이윽고 정상에 도달했다. 꽤 멀리까지 볼 수 있었다.

검은 지역은 10미터 정도 아래에 있었고, 내가 찾던 모습은 그 안으로 50미터 정도 들어간 곳에 있었다.

불길을 제외하면 흑백의 경치였다. 흰색 일색의 옷차림에 검은 머리털을 허리까지 늘어뜨린 여자가 검은 나무에 묶여 있었고, 발치에 쌓인 나뭇가지들이 연기를 내고 있었다. 털북숭이 알비노* 여섯 명이 왔다 갔다 했다. 이들은 거의 벌거벗었고, 그나마 걸친 것마저 계속 벗어 던졌으며, 뭐라고 중얼거리고 킬킬거리며 들고 있던 작대기로 여자나 불을 찔러 대고 자신들의 허리를 잡아 대기를 반복했다. 불길은 이제 여자의 옷을 그슬릴 정도로 높아졌고, 옷에서 연기가 피어올랐다. 여자의 긴 드레스는 상당 부분 찢어지고 흐트러졌기에 사랑스럽고 요염한 몸매가 드러나 보였다. 그러나 연기에 가려 얼굴은 보이지 않았다.

나는 앞으로 뛰어나가 검은 길로 들어가 길고 비비 꼬인 풀들을 훌쩍 뛰어넘어 놈들에게 돌진했다. 나는 놈들이 알아차리기도 전에 가장 가까이 있던 자의 목을 잘랐고, 다른 한 명에게 달려들었다. 그제야 나를 알아챈 다른 자들은 몸을 돌리더니 고함을 지르고 작대기를 휘둘러 대며 내게 달려들었다.

그레이스 원더 앞에 놈들은 갈가리 찢겨 쓰러져 침묵에 잠겼다. 놈들의 체액은 검었다.

나는 숨을 고르며 몸을 돌려 모닥불 앞을 발로 찼다. 이윽고 여인에게 다가가 밧줄을 잘랐다. 여인은 흐느끼며 내 품으로 쓰러졌다.

그제야 나는 여인의 얼굴을 보았다. 아니, 얼굴이 아닌 부분을 보았다고 하는 게 더 맞는 표현이리라. 여인은 얼굴을 완전히 가린 상아 가면을 쓰고 있었다. 달걀 모양의 얼굴 윤곽에 맞춰 둥그스름했으며, 눈이 있는 곳에 뚫

---

* 　모발, 눈, 피부의 멜라닌 색소가 결핍되거나 결여된 개체.

린 직사각형 구멍 두 개를 빼면 아무런 장식도 없었다.

나는 연기와 핏물과 시체들로부터 여인을 끌어냈다. 여인은 가쁜 숨을 쉬며 내게 매달렸고 내게 찰싹 달라붙었다. 적당한 시간이 흘렀을 때 나는 여인을 떼어 내려 했다. 하지만 여인은 나를 놓아 주지 않았다. 놀랄 만한 힘이었다.

"이젠 괜찮습니다."

나는 이런 비슷한 식의 진부하지만 상황에 맞는 말을 건넸지만 여인은 아무 대꾸도 하지 않았다.

여인은 내 몸 여기저기를 움켜쥐었고, 여인의 난폭한 애무에 내 몸은 꽤 당황스러운 반응을 했다. 시시각각 여인의 매력이 커졌다. 나는 나도 모르게 여인의 머리털을 쓰다듬고 있었고, 다른 부분 역시 애무하고 있었다.

내가 되풀이해 말했다.

"이젠 괜찮습니다. 당신은 누구죠? 왜 놈들이 당신을 불태우려 했습니까? 놈들은 누구입니까?"

그러나 여인은 대답하지 않았다. 여인은 더 이상 흐느끼지 않았지만 숨은 여전히 거칠었다. 그러나 아까와는 다른 식이었다.

"왜 가면을 쓰고 있는 겁니까?"

손을 뻗어 가면을 만지려 했지만 여인은 고개를 뒤로 젖혀 피했다.

하지만 그 행동은 별로 중요해 보이지 않았다. 내 냉철하고 논리적 부분은 이 정열이 논리에 맞지 않는다는 사실을 알았지만, 나는 쾌락주의자들의 신들만큼이나 무력했다. 나는 여인을 원했고, 당장이라도 가지고 싶었다.

그때 가넬론이 내 이름을 외치는 소리가 들렸고, 나는 그쪽으로 몸을 돌리려 했다.

하지만 여인이 나를 놓아 주지 않았다. 여인의 힘은 놀랄 정도였다.

반쯤 귀에 익은 목소리가 말했다.

"앰버의 아이여. 우리는 그대가 이것을 준 데 고마워하고 있노라. 이제 우리는 그대의 전부를 가지리라.”

불경한 욕설을 끊임없이 내뱉는 가넬론의 목소리가 다시 들려왔다.

나는 온 힘을 다해 여인의 손아귀를 벗어나려 했고, 곧 여인은 힘이 약해졌다. 나는 손을 내밀어 가면을 뜯어냈다.

내가 몸을 빼내자 여인은 분노에 찬 짧은 외침을 뱉었고, 가면이 벗겨지며 마지막 세 단어가 스러지듯 흘러나왔다.

“앰버는 멸망할 것이다!”

가면 뒤에는 얼굴이 없었다. 아무것도 없었다.

여인의 옷이 헐렁해지며 내 팔 위로 축 늘어졌다. 여인, 또는 그것은 사라졌다.

재빨리 몸을 돌리자 가넬론이 검은 부분 가장자리에 큰대 자로 누워 있는 게 보였다. 가넬론의 다리는 부자연스레 비틀려 있었다. 가넬론은 위아래로 천천히 칼을 휘둘렀지만 무엇을 향해 그러는지 알 수 없었다. 나는 가넬론에게 뛰어갔다.

아까 내가 뛰어넘은 검은 풀들이 가넬론의 발목과 다리를 휘감고 있었다. 가넬론이 풀을 베어 내는 동안에도 마치 칼을 든 손을 붙잡으려는 듯 다른 풀들이 손 주위에서 꿈틀거렸다. 가넬론은 오른발을 부분적으로 빼내는데 성공했고, 나는 몸을 구부려 가넬론의 오른발을 마저 빼냈다.

나는 가넬론의 뒤쪽, 풀이 닿지 않은 곳으로 갔고, 그제야 아직까지 가면을 움켜쥐고 있다는 사실을 깨닫고 옆으로 던졌다. 가면은 검은 지역 경계 너머로 떨어졌고, 즉시 연기를 내며 타기 시작했다.

나는 가넬론의 양 겨드랑이에 손을 넣고 힘껏 끌어 올렸다. 풀들이 맹렬히 저항했지만 마침내 나는 가넬론을 끄집어낼 수 있었다. 나는 가넬론을 안고 검은 풀 위를 뛰어 길 건너편의 좀 더 얌전한 풀들로 건너갔다.

가넬론은 일어나긴 했지만 여전히 힘없이 내게 몸을 기댄 상태였고, 허리를 구부리더니 정강이받이를 때려 댔다.

"감각이 없어. 다리가 마비되었어."

나는 가넬론을 부축해 짐마차로 데려갔다. 가넬론은 마차 옆을 잡고 발을 굴렀다.

가넬론이 말했다.

"따끔거리는군. 감각이 돌아오고 있어…… 으!"

마침내 가넬론은 다리를 절며 짐마차 앞으로 갔다. 나는 가넬론을 도와 자리에 앉게 한 뒤 따라 올라갔다. 가넬론이 한숨을 쉬었다.

"좀 나아졌어. 이제 내 발인 거 같네. 저 풀들이 내 발에서 힘을 빨아들였어. 몸에서도. 무슨 일이 일어난 거야?"

"우리 불길한 전조가 현실로 나타난 거야."

"이젠 어쩌지?"

나는 고삐를 들고 제동장치를 풀었다.

내가 말했다.

"가로질러 갈 거야. 저것에 대해 좀 더 알아봐야겠어. 언제라도 칼 쓸 준비를 해 두라고."

가넬론은 알았다고 대답하며 칼을 무릎 위에 올려놓았다. 말들은 전진하고 싶어 하지 않았지만 내가 채찍으로 옆구리를 가볍게 때리자 움직이기 시작했다.

우리는 검은 지역으로 들어갔다. 흡사 제2차 세계대전의 뉴스 영화 속으로 들어가는 듯한 느낌이었다. 가까우면서도 먼 느낌, 황량하고, 음울하고, 소름 끼쳤다. 짐마차의 삐걱거림과 말발굽 소리조차 음색이 둔해졌으며 마치 멀리서 들리는 듯했다. 희미한 이명이 들리기 시작했다. 길가의 풀들에서 충분한 거리를 두었지만 우리가 지나가자 풀들이 꿈틀거렸다. 안개 낀 지역 몇 곳을 통과했다. 냄새는 없었지만, 안개를 지날 때마다 숨쉬기가 어려웠다. 첫 번째 언덕으로 다가갔을 때, 나는 그림자를 지나기 위한 전이를 시작했다.

언덕을 돌았다.

아무 변화도 없었다.

불길한 기운이 서린 검은 풍경에는 변화가 없었다.

점차 화가 났다. 나는 기억에서 패턴을 꺼내 마음의 눈앞에서 불태웠다. 그리고 또 다시 전이를 시도했다.

그 즉시 머리가 지끈거렸다. 통증이 이마에서 뒤통수까지 가로질렀고, 뜨겁게 달아오른 철사처럼 머릿속에 머물렀다. 그러나 그로 인해 내 분노는 더욱 불타올랐고, 검은 길을 무(無)로 돌려놓기 위해 더욱 열심히 애썼다.

눈앞이 가물거렸다. 안개가 짙어지고 길을 가로지르며 넘실거렸다. 사물의 윤곽이 흐릿해졌다. 나는 고삐를 흔들었다. 말들이 더 빨리 달렸다. 머리가 지끈거리기 시작했으며, 금방이라도 쪼개질 것만 같은 느낌이 들었다.

그러나 내 머리 대신, 한순간 다른 모든 것이 산산조각 났다…….

땅이 흔들리고 갈라졌지만, 단지 그뿐만이 아니었다. 삼라만상이 발작하듯 몸을 떠는 듯했으며, 갈라진 틈은 단층보다 더욱 깊고 넓었다.

마치 지그소 퍼즐을 대충 맞춰 올려 둔 탁자의 다리를 누군가 냅다 후려찬 듯한 풍경이었다. 풍경 전체에 갈라진 틈이 보이기 시작했다. 여기에는 녹색 가지, 저기에는 반짝이는 물거품, 흘깃 보이는 푸른 하늘, 완벽한 암흑, 순백의 무(無), 벽돌 건물의 앞면, 창문 뒤의 얼굴들, 불, 별이 가득한 밤하늘 조각…….

말들이 전력질주를 했고, 나는 고통으로 비명이 터져 나오는 것을 참기 위해 안간힘을 썼다.

동물, 인간, 기계 소리가 뒤죽박죽으로 섞여 우리를 휘감았다. 가넬론이 욕을 해 대는 것을 들은 듯하지만 확실하지는 않다.

고통에 겨워 기절할 것만 같았지만, 그렇게 되기 전까지는 계속 이 일을 하리라 다짐했다. 순전히 분노와 고집 탓이었다. 나는 죽어 가는 이가 자기

신의 이름을 울부짖듯 패턴에 정신을 집중했고, 모든 의지력을 검은 길에 퍼부었다.

그러자 압력이 사라졌고, 말들은 난폭하게 마차를 끌고 푸른 들판으로 미친 듯 내달렸다. 가넬론이 고삐를 움켜쥐려고 했지만 내가 먼저 고삐를 잡아당겼고, 고함을 쳐 말들을 멈추게 했다.

검은 길을 가로지른 것이다.

즉시 몸을 돌려 뒤를 보았다. 파문이 이는 물을 통해 보는 듯 풍경이 흔들려 보였다. 그러나 우리가 지나온 길은 다리나 댐처럼 흔들리지 않고 또렷했으며 가장자리의 풀들도 초록색이었다.

가넬론이 말했다.

"이번은 자네가 나를 추방했을 때 지나온 길보다 더 지독하군."

내가 말했다.

"동감이야."

나는 말을 달렸고, 마침내 흙길로 돌아가 다시 전진하도록 했다.

이쪽 세계는 더 밝았으며, 우리가 곧 지나치기 시작한 숲은 커다란 소나무들로 되어 있었다. 그 향기로 공기가 상쾌했다. 다람쥐와 새들이 나무 사이를 돌아다녔다. 흙은 더 검고 더 비옥했다. 검은 길을 가로지르기 전보다 고도가 더 높아진 듯했다. 우리가 실제로 전이를 했으며 내가 원하던 방향으로 왔다는 사실이 기뻤다.

길은 굽어져 잠시 그렇게 가다가 다시 직선으로 바뀌었다. 가끔씩 검은 길이 힐긋 보이곤 했다. 오른쪽으로 그리 멀지 않은 곳이었다. 우리는 여전히 검은 길과 대충 평행하게 나아가고 있었다. 검은 길이 그림자를 관통하는 것이 분명했다. 우리가 보는 한, 검은 길은 원래의 불길한 상태로 다시 돌아간 듯했다.

두통이 사라졌고, 기분도 약간 나아졌다. 높은 지역에 도착하자 언덕과 숲이 자리한 넓은 지역이 눈앞에 펼쳐졌다. 옛날에 내가 드라이브를 즐겼던 펜실베이니아의 한 부분이 떠올랐다.

나는 기지개를 켜고 물었다.

"다리는 좀 어때?"

우리가 지나온 길을 돌아보며 가넬론이 대답했다.

"괜찮아. 여기서는 더 멀리까지 보이는군……."

"그래서?"

"말을 탄 자가 아주 빠르게 다가오고 있어."

나는 일어나 뒤를 돌아보았다. 다시 자리에 앉아 고삐를 흔들었을 때, 나는 아마도 신음을 한 듯하다.

너무 멀어 확실하게 알아볼 수는 없었다. 검은 길의 반대편에 있었다. 하지만 저런 속력으로 우리를 쫓아올 수 있는 사람이 달리 누가 있단 말인가?

절로 욕이 나왔다.

짐마차는 막 언덕 정상에 도착하려 했다. 나는 가넬론에게 고개를 돌리고 말했다.

"다시 헬라이드를 할 테니 마음의 준비를 해 둬."

"베네딕트인가?"

"그럴 거야. 아까 저기서 너무 시간을 썼어. 저렇게 혼자일 때면, 특히 그림자에서 베네딕트는 지독히 빨리 움직일 수 있어."

"아직도 따돌릴 수 있다고 생각해?"

"두고 보자고. 곧 알게 될 거야."

나는 말들의 사기를 북돋우며 다시 고삐를 흔들었다. 언덕 정상에 오르자 얼음장 같은 바람이 우리를 후려쳤다. 길이 평평해졌고, 왼편 바위 그림자가 하늘을 어둡게 했다. 그곳을 지나도 어둠은 그대로 남아 있었고, 자디잔 눈 결정에 얼굴과 손이 따끔거렸다.

곧 우리는 다시 언덕을 내려갔으며, 내리던 눈은 한 치 앞도 안 보이는 눈보라로 바뀌었다. 바람이 귓가에서 비명을 질렀고, 짐마차는 덜거덕거리며 미끄러졌다. 나는 서둘러 평평한 곳으로 마차를 몰고 갔다. 그즈음 주위는 온통 바람에 날린 눈에 덮여 있었고 길은 새하얗게 변해 있었다. 우리가 내뿜는 입김은 하얀 연기가 되어 휘날렸고, 나무와 바위를 덮은 얼음이 반짝였다.

움직임과 감각의 일시적 혼란. 이것은 어쩔 수 없었다……

우리는 질주했고, 바람은 우리를 때리고 깨물고 울부짖었다. 바람에 휘날려 온 눈이 길을 뒤덮기 시작했다.

우리는 모퉁이를 돌아 눈보라 밖으로 빠져나왔다. 아직 세상은 눈과 얼음에 뒤덮여 있었고 이따금 눈발이 날리기는 했지만, 태양이 구름 사이에서 얼굴을 내밀고 대지 위에 햇살을 쏟아부었으며, 우리는 다시 아래로 향했고……

…… 안개를 지나 황량하지만 눈 없는, 바위와 구멍투성이 불모지를 지나고……

…… 오른쪽으로 돌아 다시 햇살을 받으며 평원 위로 구불구불한 길을 따라, 청회색의 밋밋하고 거대한 바위들 사이를 돌아가고……

…… 멀리 오른쪽에서 검은 길이 우리와 함께 나아가고 있었다.

열기의 파도가 몰아닥쳤고, 대지가 김을 내뿜었다. 분화구를 가득 채운 뜨거운 진흙탕에서는 거품이 부글거렸고, 거기서 나오는 증기가 축축한 공기에 더해졌다. 낡은 청동 주화 한 움큼을 뿌려 놓은 듯 여기저기 얕은 웅덩이들이 흩어져 있었다.

길가에 늘어선 간헐천이 분출하자 말들이 반 광란 상태에 빠져 질주했다. 끓는 물이 뿜어 나와 길을 가로질렀고, 우리를 아슬아슬하게 피해 김을 뿜는 미끄러운 막으로 변해 흘러갔다. 하늘은 황동빛이었고, 태양은 축 늘어진 사과 같았고, 바람은 냄새 나는 입김을 뿜으며 헐떡이는 개 같았다.

대지가 뒤흔들리고, 우리 왼쪽 저 멀리 있던 산 정상이 하늘로 솟구치며 화염을 내뿜었다. 고막이 찢길 듯한 굉음에 한순간 귀가 멀었으며, 충격파가 연신 몸을 때려 댔다. 짐마차는 이리저리 흔들리며 갈피를 못 잡았다. 대지는 계속 진동했고, 꼭대기가 검은 언덕들이 늘어선 곳으로 질주해 가자 허리케인에 가까운 바람이 우리를 때려 댔다. 우리가 그곳을 벗어났을 때, 길은 엉뚱한 방향으로 비틀리고 뒤틀리고 부딪치고 덜컥거리며 평원 자체를 가로질렀다. 언덕들은 교란된 공기를 통해 춤을 춰 댔고, 점차 커져만 갔다.

가넬론의 손이 내 팔을 잡는 것이 느껴져 그쪽을 돌아보았다. 가넬론이 뭐라고 외쳤지만 무슨 말인지 알아들을 수 없었다. 그러자 가넬론은 뒤를 가리켰고, 나는 가넬론이 가리키는 곳을 보았다. 예상치 못했던 광경은 없었다. 공기는 난류가 되어 거칠게 흘렀고 먼지, 바위 조각, 재로 가득했다. 나는 어깨를 으쓱하고는 다시 언덕으로 주의를 돌렸다.

가장 가까운 언덕 기슭에 좀 더 커다란 어둠이 생겼다. 나는 그쪽을 향해 짐마차를 몰았다.

짐마차가 다시 내리막길로 들어서자 어둠은 점차 커졌고 거대한 동굴 입구가 되었다. 먼지와 자갈이 끊임없이 떨어지며 그 앞을 장막처럼 막고 있었다.

나는 허공에 채찍을 갈겼고, 우리는 마지막 500~600미터를 전력 질주해 동굴 안으로 뛰어들었다.

동굴에 들어간 즉시 나는 말들의 속력을 늦춰 보통 걸음으로 걷게 했다.

우리는 계속 아래로 내려갔는데, 모퉁이를 돌자 널찍하고 높은 동굴이 나왔다. 높직한 천장에 난 구멍들에서 빛이 들어와 출렁이는 녹색 웅덩이 위로 떨어졌고, 빛을 받은 석순들이 얼룩덜룩해 보였다. 대지는 계속해 흔들렸다. 청각이 좀 회복되었는지, 거대한 석순들이 부서지는 모습을 보았을 때 희미하게 '탱' 하는 소리가 들렸다.

우리는 바닥이 안 보이는 깊은 틈에 가로놓인, 석회암으로 된 듯한 다리를 건넜다. 우리가 지나가자 다리는 산산조각으로 무너져 내렸다.

머리 위에서는 바위 조각이 빗발치듯 쏟아졌고, 가끔은 커다란 바위도 떨어지곤 했다. 모퉁이나 갈라진 틈 여기저기에서 녹색과 빨간색 버섯들이 희미하게 빛을 발했고, 구불구불 뻗은 광맥이 반짝였으며, 거대한 수정과 납작하고 푸르스름한 돌 꽃들이 축축하고 으스스한 아름다움을 더했다. 물방울이 사슬처럼 이어지는 여러 동굴을 지나자 흰 물결이 넘실거리는 급류가 나왔고, 우리는 급류가 검은 구멍 속으로 사라질 때까지 급류를 따라갔다.

코르크 따개처럼 생긴 기다란 복도를 따라 다시 위로 올라갔을 때, 가넬론의 목소리가 희미하게 메아리 치듯 들렸다.

"뭔가 흘깃 움직이는 걸 본 듯해. 아까…… 산꼭대기에서…… 본…… 기수인 것 같아."

우리는 약간 더 밝은 굴로 갔다.

내가 외쳤다.

"만약 베네딕트라면 따라오느라 고생 좀 할 거야."

그때 뒤에서 더 많은 것들이 무너지는 듯 둔탁한 소리가 들려왔다.

우리는 앞으로, 위로 나아갔다. 마침내 천장에 구멍이 생기고 그 사이로 맑고 푸른 하늘이 약간씩 보이기 시작했다. 말발굽 소리와 짐마차 소리는 점차 정상적인 크기로 들려왔고, 그 반향음도 들을 수 있었다. 진동도 사라졌고, 작은 새들이 머리 위로 휙휙 날아다녔으며, 빛이 점차 강해졌다.

다시 모퉁이를 돌자 출구가 나타났다. 낮으로 이어지는 넓고 낮은 구멍이었다. 우리는 깔쭉깔쭉한 천장에 닿지 않도록 고개를 숙이고 밖으로 나가야 했다.

튀어나온 입술같이 생기고 이끼 덮인 바위를 덜컹이며 넘자 언덕 비탈을 낮으로 잘라 낸 듯한 자갈길이 나타났다. 자갈길은 거목들 사이를 지나 그 아래쪽으로 사라졌다. 나는 혀를 차는 소리로 내 말들을 격려했다.

가넬론이 지적했다.

"말들이 무척 지쳐 있어."

"알아. 곧 어떤 식으로든 쉬게 할 거야."

바퀴 밑에서 자갈이 으드득거렸다. 나무 향이 상쾌했다.

"봤어? 오른쪽 아래?"

"무슨……?"

내가 물으며 고개를 돌렸다가 말을 맺었다.

"아, 그렇군."

1킬로미터 정도 떨어진 곳에 지옥의 검은 길이 여전히 우리와 함께하고 있었다.

내가 생각에 잠겨 말했다.

"대체 얼마나 많은 그림자들을 가로지르고 있는 걸까?"

가넬론이 대답했다.

"전부가 아닐까 싶어."

나는 천천히 고개를 저었다.

"아니길 빌어."

우리는 황금빛 태양이 정상적으로 서쪽으로 향하는 푸른 하늘 아래에서 비탈을 내려갔다.

잠시 뒤 가넬론이 말했다.

"저 동굴에서 나오는 게 겁이 났을 정도야. 이쪽에 뭐가 기다리고 있을지 도무지 짐작도 안 가니까."

"말들도 더 견디지 못했을 거야. 멈출 수밖에 없었어. 만약 우리가 본 인물이 베네딕트라면 말 상태가 꽤 좋아야 할 거야. 계속 말을 몰아쳐 댔을 테니까. 그런 와중에 그렇게 됐으니…… 그쯤에서 단념했으면 좋겠군."

가넬론이 말했다.

"어쩌면 그런 일에 익숙한 말일지도 몰라."

짐마차가 삐걱거리며 오른쪽으로 모퉁이를 돌자 동굴 입구가 사라졌다.

"가능성이야 늘 있지."

이렇게 말하며 나는 다시 다라를 떠올렸다. 지금 이 순간 다라는 무엇을 하고 있을까.

우리는 거의 느낄 수 없을 정도로 천천히 전이를 했고, 구불구불한 길을 누비며 계속 아래로 내려갔다. 길은 자꾸 오른쪽으로 굽어지는 경향이 있었고, 우리가 검은 길에 접근하는 걸 깨달은 나는 욕설을 내뱉었다.

화가 증오로 바뀌는 것을 느끼며 내가 말했다.

"젠장! 보험 판매원만큼이나 끈질기군! 때가 되면 꼭 저걸 부숴 버리고야 말겠어!"

가넬론은 아무 대답도 하지 않았다. 가넬론은 한참 동안 물을 마셨다. 이윽고 가넬론은 내게 물병을 건넸고, 나 역시 물을 마셨다.

마침내 우리는 평평한 지대로 나왔고, 길은 별 이유도 없이 계속 구불거리고 꺾였다. 덕분에 말들은 천천히 갈 수 있었다. 뒤에서 쫓아오는 자 역시 속도가 느려질 터였다.

한 시간쯤 지나자 어느 정도 마음이 놓였고, 우리는 마차를 멈추고 요기를 했다. 식사를 거의 끝냈을 무렵, 가넬론이 일어서더니(가넬론은 먹는 중에도 언덕 비탈에서 눈을 떼지 않았다) 눈에 손 그늘을 만들었다.

벌떡 일어서며 내가 말했다.

"설마. 그럴 리가."

기수 한 명이 동굴 입구에서 빠져나왔다. 나는 그자가 잠시 멈췄다가 길을 따라 내려오는 모습을 지켜보았다.

가넬론이 물었다.

"이제 어쩌지?"

"짐을 꾸려 다시 출발해야지. 적어도 피할 수 없는 결말을 조금은 늦출 수 있을 테니까. 생각할 시간이 좀 더 필요해."

우리는 다시 이동했다. 보통 속력이었지만 내 마음은 전속력으로 달리고 있었다. 베네딕트를 막을 방법이 있을 터였다. 가능하다면 죽이지 않고도.

하지만 아무 방법도 떠오르지 않았다.

다시 우리 쪽으로 가까워지는 검은 길만 뺀다면, 우리는 아름다운 장소의 기분 좋은 오후에 와 있었다. 이런 곳을 피로 적신다면 부끄러운 일이었다. 특히나 그 피가 내 피라면 더욱 그랬다. 비록 왼손뿐이라 할지라도, 나는 베네딕트와 싸우기가 두려웠다. 가넬론은 아무 소용없었다. 베네딕트는 가넬론에게 눈길조차 주지 않을 터였다.

다시 모퉁이를 돌았을 때 나는 전이를 했다. 몇 초 뒤, 희미한 연기 냄새가 났다. 나는 다시 약간 전이를 했다.

가넬론이 말했다.

"빠르게 다가오고 있어! 난 방금…… 저건 연기야! 불이야! 숲이 불타고 있어!"

나는 껄껄거리며 뒤돌아보았다. 언덕 중턱의 절반이 연기에 휩싸였고, 푸른 나뭇잎들 사이로 오렌지색 불길이 번져 갔으며, 나무들이 탁탁거리며 타는 소리가 들렸다. 말들은 제멋대로 속력을 올렸다.

"코윈! 자네가……?"

"맞아! 만약 언덕이 더 가파르고 나무가 없었다면 난 산사태를 일으켰을 거야."

하늘은 순식간에 새들로 가득 찼다. 우리는 검은 길로 더 가까이 접근했다. 파이어 드레이크는 고개를 치켜들고 히힝거렸다. 재갈에 거품이 묻어 있었다. 놈은 달아나려 하다가 뒷발로 일어서서 앞발로 허공을 긁어 댔다. 스타는 두려움에 찬 소리를 내며 오른쪽으로 마차를 끌었다. 나는 순간 고삐를 잡아당기며 방향을 제대로 잡았고, 말들이 잠시 내달리게 그냥 두기로 했다.

"아직도 쫓아오고 있어!"

가넬론이 외쳤다.

나는 욕설을 내뱉으며 짐마차를 몰았다. 결국 우리 진로는 검은 길과 나란해졌다. 우리가 곧게 뻗은 길에 접어들었을 때 힐긋 뒤돌아보니 언덕 전체가 불길에 휩싸여 있었고, 길은 끔찍한 흉터처럼 언덕을 가로지르고 있었다. 기수를 본 것은 그때였다. 기수는 언덕을 거의 반 정도 내려와 있었고, 켄터키 더비 경마 경기에라도 참여하는 양 빠르게 움직였다. 신이시여! 대체 어떤 말이기에 저리 빨리 움직인단 말인가! 어느 그림자에서 나온 말인지 궁금했다.

나는 고삐를 잡아당겼다. 처음에는 가볍게, 이어서 세게 잡아당기자, 마침내 말들은 속력을 늦추기 시작했다. 그즈음 우리는 검은 길로부터 겨우 100~200미터 정도 떨어져 있을 뿐이었고, 전방으로 그리 멀지 않은 곳에 그 간격이 10~15미터 정도로 좁아진 부분이 보였다. 우리는 그곳에 도착했을 때에야 간신히 마차를 멈출 수 있었다. 말들은 걸음을 멈추고 몸을 떨었다. 나는 가넬론에게 고삐를 넘기고 그레이스 원더를 뽑은 뒤 마차에서 뛰어내렸다.

이곳이 안 될 이유가 뭔가? 이곳은 넓고 평평하고 알맞은 장소였다. 바로 옆에 있는 삶과 성장의 색채와 대비되어, 저 검고 시든 땅이 내 안에 존재하는 병적인 본능에 호소했는지도 모르겠다.

"이제 어떻게 할 거야?"

가넬론이 물었다.

"떨쳐 버릴 수가 없어. 그리고 만약 저 불을 뚫고 온다면 몇 분 안에 여기에 도착할 거야. 더 이상 도망쳐 봐야 소용없어. 여기서 싸울 거야."

가넬론은 앞 좌석 난간에 고삐를 묶고는 자기 칼에 손을 뻗었다.

"그러지 마. 어떻게 하든 자네는 결과에 영향을 줄 수 없어. 대신 이렇게 해 줘. 짐마차를 저 앞에 세우고 기다려. 만약 내가 원하는 대로 일이 풀린다면 우린 계속 갈 수 있을 거야. 만약 원하는 것과 반대의 결과가 나온다면 즉시 베네딕트에게 항복해. 베네딕트가 원하는 건 나뿐이고, 베네딕트는 자네를 아발론으로 데려다 줄 수 있는 유일한 인물이야. 베네딕트는 자네를 아발론으로 데려다 줄 거야. 그러면 적어도 자넨 고향으로 은퇴할 수 있어."

가넬론이 망설였다.

"어서 가. 내가 말한 대로 해."

가넬론은 땅으로 시선을 내렸다. 가넬론이 고삐를 풀었다. 가넬론이 나를 바라보았다.

가넬론이 말했다.

"행운이 함께하길."

이윽고 가넬론은 고삐를 흔들어 말들을 몰고 앞으로 갔다.

나는 오던 길을 거슬러 가 묘목이 들어선 작은 숲 앞으로 가 기다렸다. 나는 그레이스 원더를 계속 움켜쥐고 있었고, 검은 길을 힐긋 본 뒤 우리가 온 길에 시선을 고정했다.

얼마 지나지 않아, 불길의 경계선 부근에 기수가 나타났다. 기수 주위는 온통 연기와 화염으로 가득 찼고, 불타는 가지가 떨어졌다. 분명 베네딕트였다. 얼굴을 부분적으로 가리고, 잘린 오른팔 그루터기를 들어 눈을 가린 채 지옥에서 빠져나온 듯 무시무시한 모습으로 다가오고 있었다. 비 오듯 쏟아지는 불꽃과 휘날리는 재를 뚫고 나온 베네딕트는 우리가 지나온 길을 따라 맹렬히 돌진해 왔다.

곧 말발굽 소리가 들렸다. 신사적으로 하려면 칼을 칼집에 넣고 기다려야 하겠지만 그랬다가 다시는 칼을 뽑지 못할 수도 있었다.

나는 베네딕트가 어떻게 칼을 찾을지, 그리고 어떤 칼을 가지고 왔을지 나도 모르게 상상했다. 곧은 칼? 굽은 칼? 긴 칼? 짧은 칼? 베네딕트는 어느 칼이든 능숙하게 다뤘다. 내게 검술을 가르쳐 준 이는 바로 베네딕트였다……

그레이스 원더를 칼집에 넣는 것이 신사적일 뿐 아니라 현명한 행동일 수도 있었다. 우선 대화를 원할 수도 있고, 그렇다면 지금 내 행동은 내 쪽에서 싸움을 거는 것과 마찬가지였다. 하지만 말발굽 소리가 커짐에 따라, 나는 두려워 도저히 칼을 집어넣을 수 없다는 사실을 깨달았다.

베네딕트가 시야에 들어올 때까지, 나는 손바닥의 땀을 단지 한 번만 닦았다. 베네딕트는 모퉁이를 돌기 위해 속력을 늦춘 참이었고, 내가 베네딕트를 본 것과 동시에 베네딕트도 나를 본 게 분명했다. 베네딕트는 나를 향해 천천히 말을 몰았다. 하지만 말을 멈출 생각은 없는 듯했다.

그것은 신비롭기까지 한 경험이었다. 달리 어떻게 표현해야 할지 모르겠다. 베네딕트가 다가오자 내 마음은 시간을 추월했고, 내 형인 이 남자의 접근을 영원히 음미하는 듯한 느낌이 들었다. 베네딕트의 옷은 더러웠으며 얼굴은 검댕으로 시커멓고 오른팔의 그루터기는 위로 올라간 채 어딘가를 가리키고 있었다. 베네딕트가 탄 거대한 짐승은 검정색과 붉은색 얼룩무늬였고, 갈기와 꼬리털은 제멋대로 자라 있었다. 하지만 그것은 진짜 말이었다. 눈을 희번덕거리며 입에는 거품을 물고, 듣기 괴로울 정도로 숨을 몰아쉬었다. 그때 베네딕트의 오른쪽 어깨 위로 높게 튀어나온 칼자루를 본 나는 베네딕트가 칼을 비스듬히 메고 있다는 사실을 깨달았다. 베네딕트는 여전히 천천히 말을 몰았지만 시선은 내게 고정한 채 떼지 않았으며, 길에서 벗어나 약간 내 왼편으로 다가왔다. 베네딕트는 고삐를 한 번 잡아당겼다가 놓고, 두 무릎만으로 말을 통제했다. 베네딕트의 왼손이 경례를 하듯 올라가더니 머리 위를 지나 칼자루를 쥐었다. 칼은 소리 없이 칼집에서 빠져나와 머리 위에서 아름다운 호를 그렸고, 왼쪽 어깨 위에서 살짝 뒤로 기운 채 무시무시한 위치에 가 멈췄다. 마치 가느다란 거울처럼 빛을 반사하는, 중간은 두껍지만 테두리가 아주 얇은 강철 날개 같았다. 그런 베네딕트의 모습은 기묘하게 사람을 사로잡는 장엄하고 웅장한 기운을 뿜으며 내 뇌리에 깊게 새겨졌다. 베네딕트의 칼은 긴 낫을 연상케 했다. 예전에 그 칼을 쓰는 것을 본 적이 있다. 다만 당시에 우리는 같은 편이 되어 공통의 적에게 맞섰다는 점만이 달랐다. 당시 나는 도저히 그 적을 물리칠 수 없다고 생각했다. 그러나 베네딕트는 그날 밤 내 생각이 틀렸음을 보여 줬다. 그 칼이 나를 겨눈 것을 본 지금, 나는 나 역시 언젠가는 죽어야 할 운명이라는 사실에 압도당했다. 지금까지 단 한 번도 느껴 보지 못한 감정이었다. 마치 세계가 얇게 한 겹 벗겨지면서 돌연 죽음 그 자체를 완전히 이해한 듯한 느낌이었다.

그 순간이 지났다. 나는 뒷걸음질 쳐 작은 숲으로 들어갔다. 내가 숲 앞에 서 있던 것은 나무들을 이용하기 위해서였다. 나는 3~4미터 정도 숲으로 들어가 왼쪽으로 두 걸음 옮겼다. 말은 나무에 부딪히기 직전에야 뒷발로 일어섰고 히힝거리며 씨근거렸다. 축축한 콧구멍이 확 부풀어 올랐다. 말은 옆으로 몸을 돌리며 잔디를 짓뭉갰다. 베네딕트의 팔은 마치 벌레를 잡는 두꺼비 혀처럼 거의 보이지 않을 정도로 빠르게 움직였고, 직경 7센티미터 정도 되는 묘목에 칼날이 지나갔다. 나무는 한순간 그대로 서 있는가 싶더니 곧 천천히 쓰러졌다.

베네딕트의 장화가 땅에 닿았고, 곧 베네딕트는 나를 향해 성큼성큼 걸어왔다. 바로 이런 이유 때문에도 나는 숲을 선택한 것이다. 나뭇가지나 줄기에 거치적거려 긴 칼을 휘두르기 어려운 장소로 베네딕트가 오게 하고 싶었다.

하지만 베네딕트는 내게 다가오며 거의 아무렇게나 앞뒤로 칼을 휘둘렀고, 베네딕트가 지나갈 때마다 나무들은 하나씩 쓰러졌다. 베네딕트가 저렇게 악마처럼 능력이 출중하지 않았다면 얼마나 좋았을까. 저자가 베네딕트만 아니었다면……

아무렇지도 않은 목소리로 내가 말했다.

"베네딕트, 그 여자는 이제 어른이야. 자기 일은 알아서 결정할 수 있다고."

그러나 베네딕트는 내 말을 들은 척도 하지 않았다. 베네딕트는 계속 긴 칼을 좌우로 휘두르며 내게 다가올 뿐이었다. 칼날이 공중을 가르자 날카로운 소리가 울렸고, 칼날이 나무에 닿으면서 '써걱!' 하는 소리가 이어졌다. 하지만 칼날의 속력은 거의 줄어들지 않았다.

나는 그레이스 원더를 들어 칼끝으로 베네딕트를 겨눴다.

내가 말했다.

"더 이상은 다가오지 마, 베네딕트. 너와 싸우고 싶지 않아."

베네딕트는 칼을 움직여 공격 자세를 취했고, 딱 한마디만 뱉었다.

"살인자!"

베네딕트가 손을 비틀었고, 거의 동시에 내 칼이 옆으로 튕겨 나갔다. 나는 뒤이은 찌르기 공격을 받아넘겼고, 베네딕트는 내 빠른 되찌르기 공격을 가볍게 옆으로 쳐 내고 다시 공격해 왔다.

이번에 나는 아예 되찌르기를 시도조차 하지 않았다. 그냥 베네딕트의 칼을 받아넘기며 후퇴했고 나무 뒤로 숨었다.

"도무지 이유를 모르겠어. 난 최근에 아무도 죽이지 않았어. 아발론에서는 말할 필요도 없고."

나무줄기를 스치며 내 몸을 꿰뚫을 뻔한 칼날을 옆으로 쳐 내며 내가 말했다.

다시 '써걱!' 하는 소리와 함께 나무가 내 쪽으로 쓰러졌다. 나는 옆으로 비키며 베네딕트의 칼날을 막으며 후퇴했다.

베네딕트가 또 다시 말했다.

"살인자."

"무슨 말을 하는지 도무지 모르겠어, 베네딕트."

"거짓말!"

나는 물러서지 않고 베네딕트의 칼을 막아 냈다. 젠장! 억울한 누명을 쓰고 죽는다면 말도 안 된다! 나는 최대한 빠르게 되찌르기를 하며 빈틈을 찾아보았다. 빈틈 따위는 없었다.

내가 외쳤다.

"적어도 설명이라도 해 줘. 부탁해!"

그러나 베네딕트는 할 말을 다 마친 듯했다. 베네딕트는 나를 압박하며 전진했고, 나는 다시 후퇴해야 했다. 마치 빙하와 대결하는 느낌이었다. 나는 베네딕트가 제정신이 아니라고 확신했다. 별 도움이 되는 결론은 아니었다. 베네딕트가 아닌 다른 이라면, 광기는 전투의 통제력을 잃게 한다. 그러나 베네딕트는 몇 세기에 걸쳐 반사신경을 단련해 왔고, 설사 베네딕트에게서 대뇌피질을 제거한다 해도 완벽한 움직임은 전혀 변하지 않을 거라고 나는 진심으로 믿었다.

베네딕트는 계속해 나를 몰아붙였고, 내가 나무들 사이로 피하면 나무를 베며 계속 다가왔다. 나는 공격하는 우를 범했고, 되찌르기를 해 온 베네딕트의 칼끝을 가슴 몇 센티미터 앞에서 간신히 막아 냈다. 베네딕트가 나를 숲 가장자리로 몰고 있음을 깨달은 나는 성난 파도처럼 밀려오는 공포를 간신히 억눌렀다. 곧 베네딕트는 거추장스러운 나무들이 없는 공터에서 나를 잡을 터였다.

나는 온통 베네딕트에게만 주의를 기울였기 때문에 무슨 일이 일어났는지 나중에야 깨달았다.

엄청난 고함을 지르며, 어디선가 가넬론이 뛰쳐나왔다. 가넬론은 두 팔로 베네딕트를 껴안았고, 칼을 든 팔을 옆구리에 밀어붙여 움직이지 못하게 했다.

하지만 설사 내가 정말로 베네딕트를 죽이고 싶어 했더라도, 그럴 기회는 없었다. 베네딕트는 너무나 빨랐고, 가넬론은 베네딕트의 힘이 얼마나 센지 몰랐다.

베네딕트는 오른쪽으로 몸을 비틀어 자신과 나 사이에 가넬론을 둠과 동시에 오른팔 그루터기를 곤봉처럼 들어 가넬론의 왼쪽 관자놀이를 후려쳤다. 그리고 왼쪽 팔을 빼내 가넬론의 허리띠를 잡고 번쩍 들어 올리더니 내 쪽으로 내던졌다. 내가 옆으로 비키자 베네딕트는 발치에 떨어졌던 칼을 집고 다시 내게 다가왔다. 내 뒤쪽으로 열 걸음 정도 떨어진 덤불에 가넬론이 떨어지는 모습이 얼핏 보였지만 그쪽에 관심을 둘 여유가 없었다.

나는 베네딕트의 공격을 받아넘기며 후퇴를 계속했다. 이제 내게 남은 책략은 단 하나뿐이었으며, 만약 그 책략이 실패한다면 앰버는 정당한 군주를 잃게 되리라는 생각에 슬퍼졌다.

왼손을 잘 쓰는 이와 칼싸움을 하는 것은 오른손을 잘 쓰는 이와 싸우는 것보다 약간 더 어렵고, 이 사실 또한 내게 불리했다. 그러나 실험을 조금 해 보아야만 했다. 위험을 무릅쓰더라도 알아내야 할 게 있었다.

나는 한 걸음 성큼 물러나 순간적으로 베네딕트의 공격 범위 밖으로 나갔다가 상체를 숙이고 공격해 들어갔다. 치밀하게 계산된, 아주 순식간에 벌인 행동이었다.

예상치 못한 결과가 나왔다. 어느 정도는 운이 따라 주었다고 확신하지만, 비록 목표를 빗나가기는 했어도 베네딕트의 방어를 돌파한 것이다. 순간, 그레이스 원더는 자신을 받아넘기려는 상대의 칼날을 훨씬 지나 베네딕트의 왼쪽 귀에 작은 상처를 냈다. 이로 인해 베네딕트의 움직임이 잠시 살짝 느려지기는 했지만 문제가 될 정도는 아니었다. 오히려 이 공격으로 베네딕트는 방어를 더 단단하게 할 뿐이었다. 나는 계속 공격을 했지만, 더는 효과가 없었다. 작은 상처에 지나지 않았지만, 귓불을 따라 흐르는 피가 몇 방울 튀겼다. 이 때문에 내 주의가 흐트러질 수도 있었지만, 지금은 그런 것에 맘 쓸 여유가 전혀 없었다.

그리고 나는 내가 두려워하던 일을 했다. 어쩔 수 없었다. 내 심장을 찔러 오리라는 사실을 알면서도 짧은 순간이나마 일부러 빈틈을 보인 것이다.

베네딕트는 내 예상대로 움직였고, 나는 마지막 순간에 베네딕트의 칼날을 막았다. 그때 베네딕트가 얼마나 가까이 다가왔는지는 다시 생각하고 싶지 않다. 이윽고 나는 다시 후퇴하기 시작했고, 숲에서 뒷걸음질 쳐 나왔다. 공격을 받아넘기고 후퇴를 하며 나는 가넬론이 쓰러진 지점을 지났다. 나는 신중하게 방어를 하며 5미터 정도 더 물러섰다.

이윽고 나는 다시 한 번 빈틈을 보였다.

베네딕트는 아까처럼 공격해 들어왔고, 나는 다시금 간신히 그 공격을 막아 냈다. 베네딕트는 더욱 강력하게 나를 압박해 왔고, 검은 길 가장자리까지 나를 밀어붙였다.

그곳에서 나는 후퇴를 멈추고 베네딕트의 공격을 막으며 내가 미리 골라 둔 장소로 조금씩 이동했다. 내 계략을 성공시키려면 몇 초 정도 더 베네딕트의 공격을 막아 내야 했다…….

아주 아슬아슬한 순간도 몇 번 있었지만, 나는 열심히 싸우며 다음 순간을 준비했다.

이윽고 나는 다시 베네딕트에게 아까와 마찬가지의 빈틈을 보였다.

베네딕트가 아까처럼 공격해 오리라는 사실을 나는 알고 있었다. 나는 오른쪽 다리를 왼쪽 다리 뒤로 교차했고, 베네딕트가 공격하는 순간 오른쪽 다리를 쭉 뻗었다. 나는 베네딕트의 칼을 막는 둥 마는 둥 하며 검은 길이 있는 뒤쪽으로 뛰어들었고, 동시에 칼을 든 팔을 뻗어 베네딕트의 찌르기 공격을 저지했다.

이윽고 베네딕트는 내가 원하던 대로 움직였다. 베네딕트는 내 칼을 쳐 냈고, 내가 팔을 내리며 칼끝으로 자기 오른쪽 가슴을 겨누자 그대로 다가왔고……

…… 내가 뛰어넘은, 검은 풀이 자란 지점으로 들어왔다.

나는 처음에는 아래를 볼 엄두를 내지 못했다. 나는 그냥 그 자리에 서서 풀들이 자기 할일을 하도록 했다.

풀들이 자기 일을 하는데는 몇 초밖에 걸리지 않았다. 베네딕트는 다음 걸음을 디디려다가 그 사실을 깨달았다. 베네딕트의 얼굴에 당혹감이 스쳐 갔고, 이윽고 긴장감이 서렸다. 풀들이 베네딕트를 잡은 것이다.

하지만 그리 오래 붙잡혀 있을 것 같지는 않았기에 나는 신속히 움직였다.

나는 오른쪽으로 껑충 뛰어 칼의 공격 범위 밖으로 나간 뒤 앞으로 달려 풀을 뛰어넘어 다시 검은 길 밖으로 나왔다. 베네딕트는 몸을 돌리려 했으나 풀들은 무릎까지 올라와 다리를 칭칭 감고 있었다. 베네딕트는 한순간 비틀거렸으나 곧 중심을 되찾았다.

나는 베네딕트의 뒤를 지나 오른쪽으로 갔다. 이제 한 번만 찔러도 베네딕트는 죽은 목숨이었지만, 물론 이제 와서 그럴 이유는 없었다.

베네딕트는 머리 뒤로 팔을 흔들며 고개를 돌렸고, 칼끝으로 나를 겨눴다. 베네딕트는 왼발을 뽑아 내기 시작했다.

그러나 나는 베네딕트의 오른쪽을 공격하는 척했고, 베네딕트가 내 공격을 받아넘기려 움직였을 때 나는 그레이스 원더의 칼 면으로 베네딕트의 목덜미를 후려쳤다.

그 충격으로 베네딕트는 잠시 멍한 상태가 되었고, 나는 그 틈을 타 베네딕트의 신장 부근에 왼손을 날렸다. 베네딕트는 살짝 몸을 꺾었고, 나는 칼을 든 베네딕트의 팔을 막으며 다시 목덜미를 강하게 때렸다. 이번에는 칼 옆면이 아닌 주먹으로였다. 베네딕트는 정신을 잃고 쓰러졌고, 나는 베네딕트의 칼을 빼앗아 옆으로 던졌다. 왼쪽 귓불에서 흐른 피가 목으로 흘러내리며 이국풍 귀걸이처럼 보였다.

나는 그레이스 원더를 내려놓고 베네딕트의 양쪽 겨드랑이에 손을 넣은 뒤 검은 길 밖으로 그를 끌어냈다. 풀들이 거세게 저항했지만, 나는 온 힘을 다했고, 마침내 베네딕트를 꺼낼 수 있었다.

그즈음 가넬론은 일어나 있었다. 가넬론은 절룩거리며 다가와 내 곁에 서서 베네딕트를 내려다보았다.

"엄청난 사내로군…… 엄청난 사내야……. 이제 이자를 어쩔 거지?"

나는 소방수처럼 베네딕트를 어깨에 걸치고 일어났다.

"바로 짐마차에 데려갈 거야. 우리 칼을 가져와 주겠어?"

"그래."

나는 길을 걸었다. 베네딕트는 계속 의식을 잃은 상태였다. 다행이었다. 어쩔 수 없는 경우라 할지라도 베네딕트를 다시 때리고 싶지 않았다. 나는 짐마차 부근 길가의 튼튼한 나무 둥치에 베네딕트를 내려놓았다.

가넬론이 돌아오자 나는 칼들을 칼집에 꽂았고, 상자 몇 개에서 밧줄을 풀어 가져와 달라고 부탁했다. 가넬론이 내가 부탁한 일을 하는 동안, 나는 베네딕트의 몸을 뒤져 내가 원하던 것을 찾아냈다.

이윽고 나는 베네딕트를 나무에 묶었고, 그사이 가넬론이 베네딕트의 말을 끌고 왔다. 우리는 말을 근처의 관목에 매어 놓았고, 베네딕트의 칼도 그곳에 걸어 두었다.

이윽고 나는 짐마차의 마부석으로 올라갔고, 가넬론이 옆자리에 앉았다.

가넬론이 물었다.

"그냥 저렇게 두고 갈 거야?"

"지금은."

우리는 길을 따라 갔다. 나는 뒤를 돌아보지 않았지만 가넬론은 뒤돌아보았다.

"아직 안 움직여."

가넬론이 알려 줬다. 이윽고 다시 가넬론이 말했다.

"날 그런 식으로 집어 던진 사람은 아무도 없었어. 그것도 한 손으로."

"그러니까 마차에서 기다리라고 했잖아. 그리고 내가 지더라도 베네딕트에게 대들지 말라고도 했고."

"이제 저자는 어떻게 되는 거야?"

"곧 알아서 할게."

"하지만 뭔가 해를 입히지는 않을 거지?"

나는 고개를 끄덕였다.

"그럼 됐어."

길을 따라 3킬로미터 정도 더 간 뒤 나는 말들을 멈추고 짐마차에서 내렸다.

"무슨 일이 일어나더라도 놀라지 마. 이제 베네딕트를 도울 준비를 할 거니까."

나는 길에서 나와 그늘로 가 섰고, 베네딕트가 가지고 있던 트럼프를 꺼냈다. 나는 카드를 넘기며 제라드의 카드를 찾아 뽑아냈다. 나머지 카드들은 비단 안감에 상아로 상감된 베네딕트의 나무 상자에 도로 집어넣었다.

나는 제라드의 카드를 들고 정신을 집중해 바라보았다.

잠시 뒤, 카드는 따뜻해졌고 진짜처럼 바뀌며 움직이는 듯했다. 나는 제라드의 존재를 느꼈다. 제라드는 앰버에 있었다. 낯익은 거리를 걷고 있었다. 제라드는 나와 매우 닮았다. 단지 덩치가 더 크고 육중할 뿐이다. 제라드는 여전히 턱수염을 기르고 있었다.

제라드는 걸음을 멈추고 이쪽을 바라보았다.

"코윈!"

"그래, 제라드. 잘 지내는 듯하군."

"네 눈! 볼 수 있는 거야?"

"그래, 다시 볼 수 있게 됐어."

"지금 어디지?

"이리로 와. 그럼 알 수 있을 테니까."

제라드의 시선이 팽팽해졌다.

"그럴 수 있을지 모르겠어, 코윈. 지금은 너무 바쁘거든."

"베네딕트 때문이야. 믿고 맡길 사람이 너밖에 없어."

"베네딕트? 베네딕트에게 문제가 생긴 거야?"

"그래."

"그럼 왜 베네딕트가 직접 날 부르지 않고?"

"그럴 수가 없어. 묶여 있거든."

"왜? 어쩌다가?"

"지금 설명하자면 너무 길고 복잡해. 우선은 날 믿어 줘. 베네딕트는 네 도움이 필요해. 당장."

제라드는 윗니로 수염을 잘근거렸다.

"그리고 너는 도울 수 없단 말이야?"

"절대 불가능한 상황이야."

"나는 할 수 있고?"

"너라면 가능해."

제라드는 칼집에서 칼을 살짝 뽑았다.

"이게 무슨 계략이라고 생각하고 싶지는 않지만, 코윈."

"계략 따위는 없어. 오랜 시간 동안 나는 생각 말고는 달리 할 일이 없었어. 만약 계략을 펼칠 생각이었다면 이보다는 더 교묘한 걸 짜냈을 거야."

제라드는 한숨을 쉬었고, 곧 고개를 끄덕였다.

"좋아. 가겠어."

"자, 이리 와."

제라드는 잠시 서 있다가 한 발 앞으로 디뎠다.

제라드는 내 곁에 서 있었다. 제라드는 한 손을 뻗어 내 어깨를 잡았다. 제라드가 싱긋 웃었다.

"코윈, 눈이 다시 보인다니 다행이야."

나는 고개를 돌려 시선을 피했다.

"동감이야."

"짐마차에 있는 건 누구야?"

"친구. 가넬론이라고 해."

"베네딕트는? 무슨 문제야?"

내가 손을 들어 뒤편을 가리켰다.

"저쪽이야. 이 길로 3킬로미터 정도 가면 나와. 나무에 묶여 있어. 근처에 말이 매여 있고."

"그런데 넌 왜 여기에 있지?"

"도망치는 중이야."

"누구에게서?"

"베네딕트. 베네딕트를 묶은 건 나야."

제라드가 이마를 찡그렸다.

"무슨 말인지 도무지……."

나는 고개를 저었다

"오해가 있었어. 베네딕트는 내게 말할 기회를 주지 않았고, 결국 싸우게 됐지. 나는 베네딕트를 기절시켜 묶어 놓았어. 풀어 줄 수는 없었어. 그 랬다가는 다시 내게 덤벼 들 테니까. 그렇다고 그냥 그렇게 묶어 놓은 채 갈 수도 없잖아. 스스로 밧줄을 풀기 전에 무슨 해라도 당할지 모르니까. 그래서 널 부른 거야. 베네딕트에게 가서 밧줄을 풀어 주고 집까지 바래다줘. 부탁해."

"그동안 넌 뭘 할 건데?"

"도망칠 거야. 그림자 속에 모습을 감출 거야. 베네딕트가 나를 쫓아오지 못하게 한다면 넌 우리 둘을 위해 좋은 일을 하는 거야. 베네딕트와 다시 싸우고 싶지 않아."

"알겠어. 이제 어째서 이런 일이 일어났는지 말해 주겠어?"

"나도 잘 모르겠어. 베네딕트는 나보고 살인자라고 하더군. 맹세컨대, 아발론에 있는 동안 아무도 죽인 적이 없어. 부탁이니 내가 그렇게 말했다고 전해 줘. 난 네게 거짓말할 이유가 없고, 맹세컨대, 그 말은 진실이야. 베네딕트의 심기를 건드릴 만한 일을 한 게 있긴 해. 만약 베네딕트가 그 말을 꺼내면, 다라의 설명을 믿으라고 전해 줘."

"그건 뭔데?"

나는 어깨를 으쓱했다.

"만약 베네딕트가 그 말을 꺼내면 너도 알게 될 거야. 만약 아무 말 없다면, 좀 전의 말은 못 들은 걸로 해."

"다라라고 했어?"

"그래."

"알았어. 네가 말한 대로 하지……. 자, 앰버에서 어떻게 빠져나왔는지 말해 주겠어?"

나는 싱긋 웃었다.

"지적 호기심 때문이야, 아니면 나중에 너도 같은 방법을 써야 할 거 같아서 묻는 거야?"

제라드가 킬킬댔다.

"알고 있으면 편리한 정보라는 생각이 들거든."

"안타깝게도, 세상은 아직 그걸 발표해도 좋을 만한 상황이 아니야. 만약 누군가에게 말을 해야 하는 상황이 된다면 네게 말을 해 주고 싶어. 하지만 그걸 알아봐야 네게 도움이 되지도 않고, 더구나 비밀에 부쳐 두면 나중에 내게 도움이 될 수도 있어."

"다시 말해, 넌 앰버로 들락날락거릴 수 있는 비밀 통로가 있다는 말이로군. 무슨 속셈이야?"

"뭘 거라고 생각해?"

"물론 답은 뻔하지. 하지만 그 문제에 대해 내 감정이 좀 혼란스럽거든."

"그게 무슨 뜻인지 말해 주겠어?"

제라드는 우리가 선 곳에서 보이는 검은 길의 일부를 가리켰다.

"저 길, 저건 콜버 산 발치까지 뻗어 있어. 온갖 위협적인 것들이 저 길을 따라 앰버를 공격하고 있지. 우리는 방어를 하고, 늘 이겨 냈어. 하지만 공격은 점차 거세지고 또한 잦아지고 있어. 지금은 네가 움직이기에 좋은 때가 아니야, 코윈."

"또는 최적의 시기일 수도 있지."

"네 입장에서는 그렇겠지만 앰버에도 그런 건 아니지."

"에릭은 어떻게 대처하고 있어?"

"적절하게. 말했듯이, 우리는 계속 이겼어."

"앰버에 대한 공격을 말한 게 아냐. 문제 전체와 그 원인을 말하는 거야."

"나는 검은 길을 따라 가 보았어. 무척 멀리까지 가 봤지."

"그랬더니?"

"끝까지 갈 수 없었어. 앰버에서 멀어질수록 그림자들이 거칠어지고 묘하게 바뀌는 건 너도 알지?"

"그렇지."

"…… 결국 마음 자체가 비틀어지고 광기를 향해 나아가는 것도?"

"그래."

"…… 그리고 그 너머 어딘가에 '혼돈의 궁정'이 있잖아. 길은 계속 뻗어 있어, 코윈. 난 저 길이 그곳까지 뻗어 있을 거라고 확신해."

"내가 두려워했던 그대로군."

"그래서 내가 네게 공감하든 안 하든가와는 별개로, 나는 네가 지금 움직이지 않기를 권해. 앰버의 안전이 다른 모든 것에 우선하니까."

"알았어. 그럼 그것에 대해서는 더 이상 할 말이 없군."

"네 계획은?"

"그게 뭔지 넌 모르니까 계획은 변함없다고 말해도 네게는 아무 소용없겠지. 그리고 계획은 변함없어."

"행운을 빌어 줘야 할지 말아야 할지 잘 모르겠지만, 네 일이 잘 되길 바라. 네 시력이 돌아와 기쁘고."

제라드는 내 손을 꼭 쥐었다.

"이제 베네딕트에게 가 봐야겠어. 심하게 다치게 하지는 않았겠지?"

"나 때문에 다치지는 않았어. 그냥 몇 대 쳤을 뿐이니까. 내 말을 전하는 거 명심하고."

"명심하지."

"그리고 아발론까지 데려다 줘."

"노력해 보지."

"그럼 여기서 작별을 해야겠군, 제라드."

"잘 가, 코윈."

제라드는 몸을 돌려 길을 갔다. 나는 제라드가 시야에서 사라질 때까지 뒷모습을 지켜보다가 짐마차로 돌아왔다. 그리고 제라드의 카드를 다시 상자에 넣고 앤트워프로 향했다.

8

나는 언덕 위에 서서 그 집을 내려다보았다. 주위에는 관목이 무성했기에 특별히 남의 눈에 띌 염려는 없었다.

이곳에서 뭘 보고 싶었던 건지 모르겠다. 불에 타고 뼈대만 남은 집? 진입로에 세워 둔 차? 삼나무로 된 야외용 식탁과 의자 주변에 있는 가족? 무장 경비원?

지붕 슬레이트 일부를 교환해야 했고 잔디는 이미 오래전에 자연 상태로 돌아가 있었다. 놀랍게도, 전체를 통틀어 깨진 창문은 뒤편에 하나뿐이었다.

따라서 저 집은 버려진 집처럼 보일 터였다. 나는 생각에 잠겼다.

땅에 재킷을 펼치고 그 위에 앉았다. 담배에 불을 붙였다. 근처에 다른 집들은 없었다.

다이아몬드로 70만 달러 정도 되는 돈이 생겼다. 거래를 끝내기까지 열흘이 걸렸다. 우리는 앤트워프에서 브뤼셀로 향했고, 밤이 되면 샤레핑 가의 클럽에서 시간을 보냈다. 내가 찾던 사내가 클럽에서 나를 발견한 건 며칠이 지나서였다.

아서는 내 조건에 무척 당황했다. 아서는 백발에 단정한 콧수염을 기른 홀쭉한 사내로, 전직 영국 공군 장교이자 옥스퍼드 대학 졸업생이다. 아서는 대화를 시작한 지 2분 만에 고개를 저었고, 몇 번이나 내 말을 가로막고 배달 방법에 대해 물었다. 비록 아서는 바실 자하로프 경*은 아니었지만 고객의 계획이 어설프다고 생각하면 진심으로 걱정하곤 했다. 배달이 끝난 뒤 바로 뭔가 문제가 생길까 봐 불안해한 것이다. 그럴 경우 어떤 식으로든 그 여파가 자신에게 미칠 거라고 생각한 듯했다. 이런 이유로, 물건 선적에 관한 한, 아서는 다른 동업자들보다 훨씬 더 도움이 되었다. 아서는 내 수송 계획이 제대로 이뤄질지 걱정했다. 내게 아무런 계획도 없어 보였기 때문이다.

이런 거래에서는 일반적으로 최종 사용 증명서가 요구된다. 기본적으로, X국이 무기를 주문했다는 사실을 확인하는 문서다. 제조국에서 수출 허가를 받으려면 이 서류가 필요하다. 이 서류가 있으면 무기는 합법적으로 보인다. 일단 국경을 넘어간 뒤 송장이 Y국으로 변경된다 할지라도 말이다. 증명서를 얻기 위해서는 X국의 대사관 대표(되도록이면 그 나라의 국방부와 연줄이 있는 친척이나 친구가 있는 인물이 좋다)를 매수해 도움을 받는 게 일반적이다. 비싸게 먹히기는 하지만, 나는 아서의 머릿속에 현재 시세 목록이 남김없이 들어 있다는 사실을 알고 있었다.

아서는 끈질기게 물었다.

"하지만 어떻게 옮길 생각인데? 원하는 장소로 어떻게 옮길 거야?"

"그건 내가 알아서 할 문제고. 그러니 그건 내게 맡겨 둬."

하지만 아서는 계속 고개를 저었다.

"그런 식으로 마무리를 하는 건 안 좋아, 대령. 영 깔끔하지 않아. 그런 식으로 하면 몇 달러 정도 아낄 수도 있지만 그러다가 화물 전부를 잃고 큰 곤란에 빠질 수도 있다고. 내가 아프리카의 신흥국을 통해 좋은 조건으로 해 줄 테니까 그쪽을 통하는……."

---

* 터키 태생의 국제 무기상.

(여남은 해인가 전에 처음 만났을 때부터 아서는 나를 대령이라 불렀다. 왜 그런지는 나도 모르겠다)

"아니, 그냥 무기 주문만 처리해 줘."

우리가 이야기를 나누는 동안, 가넬론은 그냥 잠자코 앉아 맥주를 마셨다. 붉은 턱수염과 험상궂은 얼굴은 악역으로 안성맞춤이었다. 가넬론은 내가 뭐라고 할 때마다 고개를 끄덕였다. 가넬론은 영어를 못 했기 때문에 협상 과정이 어떻게 진행되는지 전혀 몰랐다. 아니, 사실 관심조차 거의 없었다. 하지만 가넬론은 내가 지시한 대로 가끔씩 타리 어로 내게 말을 걸었고, 그러면 우리는 잠시 그 언어로 잡담을 나누곤 했다. 악질적인 책략이라 할 수 있었다. 가엾게도, 아서는 뛰어난 어학자였으며, 무기의 목적지를 알고 싶어 했고, 가넬론과 내가 이야기를 나눌 때마다 어느 나라 언어인지 알아내려고 주의를 집중했다. 급기야 아서는 우리 말을 알아듣겠다는 듯 고개를 끄덕이기 시작했다.

잠시 더 협상이 진행된 뒤, 아서는 개 머루 먹듯 말했다.

"나도 신문을 읽어. 자네 친구의 동료들은 보험에 가입할 여유가 있다고 생각해."

내 쪽에서는 이 말을 들은 것만으로도 클럽 입장료를 낸 보람이 있었다.

내가 말했다.

"아니, 날 믿어. 내가 자동 소총을 받자마자 그 물건들은 지구상에서 자취를 감출 거야."

"재미있군. 나도 아직 그걸 어디서 받을지 모르는데 말이야."

"그건 문제가 안 돼."

"자신감이 있다는 건 좋은 거야. 하지만 무모함은…….”

아서가 어깨를 으쓱하며 말을 이었다.

"정 원한다면 그렇게 하라고. 그쪽 문제니까."

이윽고 내가 탄약에 대해 이야기하자 아서는 내가 치매에 걸렸다고 확신한 게 분명했다. 심지어 고개를 가로젓지조차 않고 한참 동안 나를 빤히 바라만 보았다. 명세서를 보게 하는 데까지 10분은 족히 걸렸다. 그러고 나서 아서는 은제 탄환과 비활성 뇌관에 대한 내용을 보며 터무니없다는 듯 고개를 저으며 뭐라고 중얼거렸다.

하지만 궁극적인 조정자, 즉 현금으로 아서를 납득시켜 내가 원하는 대로 일을 진행시킬 수 있었다. 아서는 소총이나 트럭 쪽은 문제가 없지만, 내가 원하는 탄약을 만들도록 무기 공장을 설득하려면 돈이 많이 들 거라고 말했다. 내 주문을 받아들일 공장이 있을지조차 자신할 수 없다는 투였다. 돈은 문제가 안 된다고 말하자 아서는 더욱 당혹하는 듯했다. 만약 그런 괴상하고 실험적인 탄약에 막대한 금액을 쓸 수 있다면 최종 용도 증명서를 얻는 일 정도는…….

나는 단호히 말했다.

"아니, 내 방식대로 하는 거야."

아서는 한숨을 쉬더니 콧수염 끝을 잡아당겼다. 이윽고 아서는 고개를 끄덕였다.

"좋아. 자네 식대로 하자고."

물론 아서는 내게 과도한 금액을 물렸다. 다른 점에서 나는 멀쩡했기 때문에, 만약 미친 게 아니라면 나는 쓸데없이 막대한 돈만 들어가는 일을 벌이는 셈이었다. 그런 추론이 아서에게 꽤 흥미로웠던 듯은 하지만 이런 수상한 일에 더 깊이 발을 들여 놓지 않는 편이 낫겠다고 생각한 듯했다. 아서는 이 프로젝트와 관계를 끊도록 내가 제공한 모든 기회를 서슴없이 받아들였다. 일단 탄약 제조업자(스위스 회사였다)를 찾아 준 뒤, 아서는 계약 절차를 전부 내게 넘기고 돈을 제외한 모든 일에서 깨끗이 손을 씻었다.

가넬론과 나는 가짜 여권으로 스위스에 들어갔다. 여권상 가넬론은 독일인, 나는 포르투갈인이었다. 위조만 잘 되어 있다면 여권 내용이 어떻든 나는 상관없었지만, 가넬론이 배우기에 가장 알맞은 언어는 독일어라 생각했기 때문이다. 어차피 가넬론은 언어를 하나 배워야 했고, 독일 관광객은 어딜 가나 있었다. 가넬론은 독일어를 빠르게 배웠다. 나는 가넬론에게, 만약 진짜 독일인이나 스위스인이 묻거든 핀란드에서 자랐다고 대답하라고 일러두었다.

우리는 스위스에 3주 동안 머물며 주문한 탄약의 품질 관리가 만족할 수준에 도달할 때까지 기다렸다. 예상했던 대로, 내가 주문한 물건은 이 그림자에서는 전혀 불이 붙지 않았다. 그러나 나는 배합식을 제대로 만들었고, 이 시점에 중요한 것은 바로 배합식이었다. 물론 은 탄환은 비쌌다. 어쩌면 너무 신중했는지도 모르겠다. 하지만 앰버 부근에는 이 금속으로 처리하는 게 최선인 것들이 있었고, 나는 은 탄환을 제작할 만한 돈이 있었다. 그 점에 대해 말하자면, 금은 예외로 치고, 왕을 쏘는데 은만큼 좋은 탄환이 어디 있단 말인가? 만약 내가 에릭을 쏘게 된다면 적어도 불경죄에 해당되지는 않으리라. 내 어리광을 받아 주시길, 형제들이여.

그런 다음 나는 가넬론에게 당분간 혼자 있으라고 했다. 가넬론이 스타니슬랍스키*같은 열정으로 관광객이라는 자기 역할에 푹 빠졌기 때문이다. 나는 목에 카메라를 걸고 먼 곳을 바라보는 듯한 가넬론을 이탈리아로 보냈고, 나 자신은 비행기를 타고 미국에 돌아왔다.

돌아왔다고? 그렇다. 지금 내가 내려다보는 언덕 중턱의 황폐한 저 집은 10년 가까이 내가 살던 곳이었다. 내가 어쩔 수 없이 도로를 벗어나 사고를 당한 것은 저 집으로 가던 도중에 생긴 일이었다. 그 사고 뒤 많은 일들이 일어났다.

나는 담배 연기를 빨아들이며 집을 바라보았다. 당시에는 저렇게 황폐하지 않았다. 나는 언제나 집을 잘 관리했다. 융자 따위도 없는 상태였다. 방 여섯 개, 차가 두 대 들어가는 차고. 대지는 2만 8000평방미터. 사실상,

---

*   러시아의 연극 배우이자 연출가.

이 언덕 중턱 전부였다. 보통 나는 저 집에서 혼자 살았다. 대부분의 시간을 방과 작업실에서 보냈다. 서재에 아직도 모리의 목판화가 걸려 있을까 궁금했다. 〈얼굴을 맞대고〉라는 제목으로, 병사 둘이 생사를 건 결투를 벌이는 장면을 묘사한 작품이었다. 그 작품을 다시 볼 수 있으면 좋으리라. 하지만 이미 사라지고 없을 거라는 예감이 들었다. 설사 도둑맞지 않은 물건이 있더라도 밀린 세금을 치르기 위해 경매로 팔려 갔으리라. 뉴욕 주라면 그러고도 남으리라고 생각했다. 집에 다른 사람이 들어와 살고 있지 않다는 사실이 오히려 놀라울 지경이었다. 나는 확실을 기하기 위해 계속 지켜보았다. 젠장, 서두를 필요는 없었다. 딱히 서둘러 갈 만한 곳이 있는 것도 아니었고.

나는 벨기에에 도착한 뒤 곧 제라드와 접촉했다. 한동안은 베네딕트와 연락하지 않는 편이 좋겠다고 다짐한 뒤였다. 베네딕트에게 연락했다가는 내가 뭐라고 할 틈도 없이 보자마자 어떤 식으로든 나를 공격할까 겁이 났기 때문이다.

제라드는 꼼꼼히 나를 살폈다. 제라드는 어딘가 교외의 트인 곳에 있었고, 혼자인 듯했다.

제라드가 말했다.

"코윈? 그렇군……."

"맞아. 베네딕트는 어떻게 됐어?"

"네가 말한 대로 묶여 있는 걸 찾았고 풀어 줬어. 베네딕트는 다시 너를 뒤쫓으려 했지만 너하고 헤어진 다음 이미 꽤 시간이 지났다고 하니까 맘을 접더군. 베네딕트를 기절시켰다는 말을 네게 들었기 때문에 그렇게 말하는 게 최선이라고 생각했거든. 게다가 베네딕트의 말도 무척 지쳐 있었어. 우리는 함께 아발론으로 돌아왔어. 장례식이 진행되는 동안 계속 함께 있다가 말을 한 마리 빌렸어. 난 지금 앰버로 돌아가는 중이야."

"장례식? 무슨 장례식?"

또 다시, 예의 재 보는 듯한 시선.

"정말 모르는 거야?"

"젠장, 안다면 묻지도 않았을 거야!"

"베네딕트의 하인들 장례식이었어. 모두 살해당했어. 베네딕트는 네가 죽였다고 하더라."

"천만에. 아니야. 말도 안 돼. 베네딕트의 하인을 뭐 때문에 죽이겠어? 도무지 영문을……."

"베네딕트는 집에 돌아와서 얼마 지나지 않아 하인들을 찾아다녔다더군. 마중 나온 이가 아무도 없었거든. 그리고 하인들이 살해당한 것을 발견했고, 너와 네 친구가 사라진 것도 알게 된 거지."

"이제 어떻게 돌아가는지 감이 오는군. 시체는 어디에 있었지?"

"집 뒤뜰 너머의 작은 숲에 묻혀 있었다더라. 하지만 그리 깊지는 않았대."

그랬군……. 그 무덤에 대해 내가 알고 있다는 말은 안 하는 편이 나아 보였다.

"하지만 베네딕트는 대체 왜 내가 그런 짓을 저질렀다고 생각한 거야?"

"혼란스러워 하더군. 아주 혼란스러워하고 있어. 네가 기회가 있었는데도 왜 자기를 죽이지 않았는지, 그리고 그냥 묶어 두고 떠날 수 있는데 왜 나를 불렀는지 이해하지 못하더군."

"나와 싸우면서 왜 계속 나를 살인자라고 불렀는지 이제 알겠군. 하지만…… 내가 아무도 죽이지 않았다는 말을 전했어?"

"했어. 처음에는 자기 편한 대로 지껄이는 거짓말로 여겨서 들은 척도 안 하더군. 네가 진심인 듯하다고 하니까 무척 어리둥절해했어. 네가 그렇게 강하게 부인하는 게 맘에 걸리는 듯해. 네 말을 믿는지 내게 몇 번을 물었어."

"그래서 넌 내 말을 믿어?"

제라드는 시선을 내렸다.

"젠장, 코윈! 나더러 뭘 믿으라는 거야? 난 영문도 모르고 이 일에 끼어들었다고. 우린 너무 오랫동안 떨어져 지냈고……."

제라드가 시선을 들어 나와 마주했다.

제라드가 말했다.

"그것뿐이 아니야."

"뭐가?"

"왜 내게 도움을 청했지? 베네딕트에게서 완전한 트럼프 세트를 가져갔잖아. 나 말고 누구라도 부를 수 있었잖아."

"지금 농담하는 거지?"

"아니, 제대로 된 답을 원해."

"알았어. 믿을 수 있는 이는 너뿐이었거든."

"그게 다야?"

"아니, 베네딕트는 자기 소재를 앰버에 알리고 싶어 하지 않아. 베네딕트가 있는 곳을 아는 이는 너와 줄리앙뿐이지. 난 줄리앙이 싫고 믿지도 않아. 그래서 널 부른 거야."

"줄리앙과 내가 베네딕트에 대해 아는 건 어떻게 알았지?"

"얼마 전 너희 둘이 검은 길에서 난처한 상황에 빠졌을 때 베네딕트가 도와줬잖아. 그리고 회복할 때까지 자기 집에 머물게 했고. 다라가 말해 줬어."

"다라? 대체 그 다라라는 인물이 누구야?"

"베네딕트 밑에서 일하는 부부의 딸이야. 이제는 고아고. 너와 줄리앙이 베네딕트 집에 있을 때 본 적이 있을 거야."

"그리고 넌 그 여자에게 팔찌를 보냈지. 또 검은 길 근처에서 나를 불러냈을 때도 넌 그 여자 이야기를 했어."

"맞아. 뭔가 문제라도 있는 거야?"

"아니, 하지만 난 그 여자가 누군지 몰라. 그런데 왜 그리 급작스레 떠난 거지? 그러니까 죄를 짓고 도망치는 것 같잖아."

내가 말했다.

"맞아. 죄를 지었지. 하지만 살인을 하지는 않았어. 난 원하는 게 있어서 아발론에 갔고, 그걸 손에 넣은 다음 조용히 사라진 거야. 넌 짐마차를 보았고, 그 안에 짐이 실린 것도 보았어. 베네딕트가 그 짐에 대해 물으면 귀찮아질 것 같아서 베네딕트가 돌아오기 전에 도망친 거야. 젠장! 만약 정말로 도망칠 생각이었다면 짐마차를 끌고 다니는 짓 따위를 할 리가 없잖아! 그냥 가뿐히 말을 타고 빠르게 도망쳤을 거야."

"짐마차 안에는 뭐가 들어 있었지?"

"말해 줄 수 없어! 베네딕트에게 말하고 싶지 않았고, 네게도 마찬가지야. 아, 베네딕트는 알아낼 수도 있겠지만. 하지만 굳이 알고 싶다면 자기힘으로 알아내야 할 거야. 하지만 그건 중요하지 않아. 내가 원하는 게 있어서 그곳에 갔고, 그걸 손에 넣었다는 사실만으로도 충분해. 그곳에서는 별로 가치 있는 게 아니지만 다른 곳에서는 가치가 있지. 이 정도 설명이면 되겠지?"

"그래, 무슨 이야기인지 알아듣겠어."

"그럼 내 질문에 답해 줘. 내가 살인을 했다고 생각해?"

"아니, 널 믿어."

"그럼 베네딕트는? 베네딕트 생각은 어때?"

"너와 말도 하기 전에 무조건 덤비기부터 하지는 않을 거야. 지금은 반신반의하는 상태야."

"좋아. 어쨌든 전보다는 낫군. 고마워, 제라드. 이제 가야겠어."

나는 접촉을 끊으려 했다.

"기다려, 코윈! 기다려!"

"무슨 일이지?"

"어떻게 검은 길을 가로질렀지? 네가 가로지른 부분은 파괴되어 있었어. 어떻게 한 거지?"

"패턴이야. 너도 검은 길 때문에 곤경에 빠지거든 패턴으로 공격해 봐. 그림자가 도망치려고 하고 사물이 거칠게 변하기 시작할 경우에는 패턴을 불러 마음속에 품고 있어야 하는 걸 너도 알잖아."

"알아. 하지만 그렇게 해도 내 경우에는 소용없었어. 단지 두통이 찾아왔을 뿐이야. 그건 그림자에 속하지 않아."

"그렇기도 하고 아니기도 해. 그 일에 대해서는 내가 알아. 넌 충분히 세게 그러지 않은 거야. 난 머리가 쪼개지는 느낌이 들 때까지 패턴을 썼어. 거의 눈이 안 보이고 기절하기 직전까지 말이야. 그러니까 머리가 갈라지는 대신 길이 갈라지더군. 즐겁다고 할 수는 없지만 분명히 효과는 있었어."

"기억해 두지. 지금 베네딕트와 이야기를 할 거야?"

"아니, 베네딕트는 우리가 한 이야기를 이미 다 알고 있을 거야. 지금은 화도 가라앉아 냉정해졌을 거고. 무슨 일이 벌어진 건가 조사를 하겠지. 하지만 내가 접촉해서 알려 주고 싶은 마음은 없어. 또 다시 싸울지도 모르니까. 지금 접촉을 끊으면 한동안 나는 침묵을 지킬 생각이야. 또한 내게 접촉하려고 해도 답하지 않을 거고."

"앰버는? 앰버는 어쩔 거야, 코윈?"

나는 눈을 내리깔았다.

"내가 돌아갈 때 방해하지 말아 줘, 제라드. 날 믿어 줘. 그쪽에는 전혀 승산이 없어."

"코윈…… 기다려. 부탁이니 다시 생각해 봐. 지금 앰버를 공격하지는 마. 앰버는 모든 면에서 약해져 있어."

"유감이야, 제라드. 하지만 지난 5년 동안 나는 너희 모두를 합친 것보다도 더 많이 이 일에 대해 생각해 왔다고 확신해."

"나도 유감이군."

"이제 가야겠어."

제라드는 고개를 끄덕였다.

"안녕, 코윈."

"안녕, 제라드."

언덕 너머로 해가 지며 집이 때 이른 황혼에 잠길 때까지 몇 시간 정도 기다린 뒤, 나는 마지막 담배를 비벼 껐고, 재킷을 털어 입은 뒤 일어섰다. 근처에 인적은 보이지 않았으며, 더러운 창문 뒤나 깨진 창문 뒤에서도 움직임은 없었다. 나는 천천히 언덕을 내려갔다.

웨스트체스터에 있던 플로라의 집은 몇 년 전에 팔렸지만, 나는 전혀 놀라지 않았다. 단지 이곳에 돌아온 김에 호기심 차원에서 알아보았을 뿐이다. 심지어 차로 그 집 앞을 지나가 보기까지 했다. 플로라가 그림자 지구에 계속 머무를 이유는 없었다. 플로라는 오랜 감시자 역을 성공리에 마쳤고, 지난번에 마지막으로 보았을 때는 보상을 받아 앰버에서 잘 지내고 있었다. 이렇게 가까이 살았으면서 그렇게 오랜 시간 동안 플로라의 존재를 전혀 몰랐다니, 왠지 약간 열을 받았다.

랜덤과 접촉해 볼까 하다가 관두기로 했다. 랜덤을 통해 내가 얻을 수 있는 건 앰버의 현 상황에 대한 정보 정도였다. 얻을 수 있으면 좋기는 하겠지만, 꼭 필요한 정보는 아니었다. 랜덤은 믿을 수 있다는 확신이 있었다. 어쨌든, 과거 랜덤은 내게 힘이 되어 주었다. 물론 순수한 애타주의에서 비롯된 것은 아니었지만 필요 이상으로 나를 위해 힘써 주었다. 하지만 이미 5년 전 일이고, 그 뒤로 여러 일들이 일어났다. 앰버는 랜덤의 존재를 묵인했으며, 이제 랜덤은 결혼한 몸이었다. 자기 입지를 조금이라도 강하게 다지고 싶어 할 수도 있었다. 알 수 없었다. 하지만 가능한 손실을 따져 본 결과, 기다렸다가 다음번에 직접 가서 만나보는 게 낫다고 결론지었다.

나는 제라드에게 말한 대로 나와 접촉하려는 모든 시도를 물리쳤다. 그림자 지구로 온 처음 2주 동안은 누군가 거의 날마다 접촉을 해 왔다. 그러나 몇 주가 지나자 더는 귀찮게 굴지 않았다. 누구에게든지 내 생각을 맘대로 엿보게 해 줄 이유가 없었다. 그런 일은 사절이라네, 형제들이여.

나는 집 뒤쪽으로 다가가 창문에 조용히 접근해 팔꿈치로 유리창을 닦았다. 지난 사흘 동안 집을 감시했으며 누군가 안에 있을 확률은 극히 낮다는 결론을 내렸다. 하지만 혹시라도…….

안을 들여다보았다.

물론 집 안은 엉망이었으며 많은 물건들이 사라지고 없었다. 그러나 일부는 남아 있었다. 오른쪽으로 가서 문을 당겨 보았다. 잠겨 있었다. 나는 킬킬거렸다.

빙 돌아 테라스로 갔다. 안으로 아홉 번째, 위로 네 번째 벽돌. 열쇠는 아직도 그 아래 있었다. 나는 다시 문으로 돌아가며 재킷에 열쇠를 문질러 닦았다. 자물쇠를 열고 안으로 들어갔다.

사방에 먼지가 뽀얗게 앉아 있었지만 몇 군데에 누군가 다녀간 흔적이 보였다. 벽난로 안에는 커피 용기, 샌드위치 포장지, 먹다 남아 딱딱하게 굳은 햄버거가 있었다. 내가 없는 동안 굴뚝을 통해 상당한 비바람이 몰아친 듯했다. 방을 가로질러 가 굴뚝의 바람 문을 닫았다.

현관문을 보니 자물쇠가 부서져 있었다. 문을 열려 했지만 열리지 않았다. 못을 박아 막아 둔 듯했다. 현관 입구 벽에는 누군가 외설적인 낙서를 휘갈겨 놓았다. 부엌으로 갔다. 엉망이었다. 약탈을 피한 물건들은 모두 바닥에 널려 있었다. 가스레인지와 냉장고는 사라졌고, 끌린 자국이 바닥에 파여 있었다.

나는 돌아와 작업실을 살펴보았다. 역시 약탈당한 상태였다. 철저하게. 그곳을 지나 침실로 가 보았다. 놀랍게도 침실에는 흐트러진 침대와 비싼 의자 두 개가 그대로 남아 있었다.

서재에서는 뜻하지 않은 기쁨이 나를 기다리고 있었다. 커다란 책상은 잡동사니로 가득했지만, 이건 예전에도 마찬가지였다. 담배에 불을 붙이고 책상 앞에 가 앉았다. 너무 무겁고 컸기 때문에 훔쳐가지 못한 듯했다. 책은 책장에 그대로 남아 있었다. 책을 훔치는 이는 친구뿐이다. 그리고 저기에…….

믿기지 않았다. 나는 다시 일어나 방을 가로질러 가까이서 그것을 살펴보았다.

요시모토 모리의 아름다운 목판화는 예전 그 자리에 그대로 걸려 있었다. 깨끗하고, 손상 없이, 우아하고, 격렬한 모습 그대로. 내가 가장 소중히 여기는 재산 가운데 하나가 그대로 남아 있다고 생각하니…….

깨끗하다고?

나는 목판화를 찬찬히 살폈다. 액자를 손가락으로 훑어보았다.

너무 깨끗했다. 집 안에 뽀얗게 내려앉은 먼지가 액자에는 조금도 묻어 있지 않았다.

혹시 덫을 작동시킬 철사라도 설치되어 있는지 살펴보았지만 그런 건 보이지 않았다. 나는 걸쇠에서 판화를 떼어 냈다.

그랬다. 그림이 걸려 있던 부분은 밝게 변색되어 있지 않았다. 다른 벽과 똑같은 색깔이었다.

나는 모리의 작품을 창가 의자에 올려놓고 책상으로 돌아갔다. 누군가 의도한 대로, 나는 혼란스러웠다. 누군가 판화를 떼어 내 잘 보관하고 있다가(이 일에 대해서는 나도 고마움을 느낀다) 최근에 다시 제자리에 돌려놓은 것이다. 마치 내가 돌아오리라 예견이라도 한 듯이.

이 정도면 당장 도망쳐야 할 이유가 충분했다. 하지만 도망친다면 바보였다. 만약 이것이 덫의 일부라면 그 덫은 이미 닫힌 뒤였다. 나는 재킷 호주머니에서 권총을 꺼내 혁대에 끼웠다. 내가 이곳에 돌아오리라는 것은 나 자신도 몰랐다. 그냥 시간이 조금 남았고, 그래서 들러 보고 싶은 마음이 든 것이다. 왜 이곳에 오고 싶었는지는 나조차도 확실히 몰랐다.

그렇다면, 이것은 만일의 경우를 대비한 방책이라는 이야기다. 만약 내가 옛집에 돌아온다면, 그것은 집에서 유일하게 가져갈 가치가 있는 물건 때문일 터였다. 그러므로 그 물건을 잘 보관해 두었다가 내 눈에 잘 띄는 곳에 다시 걸어 놓은 것이다. 그렇다. 확실히 내 눈에 잘 띄었다. 하지만 아직 공격을 받지 않았으므로 덫은 아닌 듯했다. 그렇다면? 메시지. 메시지일 터.

어떤? 어떻게? 누가?

집에서 가장 안전한 장소는(만약 약탈당하지 않았다면) 금고이리라. 금고 여는 일은 내 형제자매에게 어려운 일이 아니다. 나는 뒤쪽 벽으로 가서 나무 널을 눌러 옆으로 돌렸다. 다이얼을 돌려 번호를 맞추고 뒤로 물러서서 예전에 쓰던 산책용 지팡이로 금고 문을 열었다.

폭발은 없었다. 좋았어. 폭발을 기대한 건 아니었지만.

금고 안에는 큰 가치 있는 것은 없었다. 현금 몇백 달러, 채권, 영수증, 편지.

편지 봉투가 보였다. 하얀 새 봉투가 눈에 잘 띄는 곳에 놓여 있었다. 예전에는 없던 봉투였다.

봉투에는 우아한 필체로 내 이름이 적혀 있었다. 볼펜으로 쓴 건 아니었다. 안에는 편지와 카드가 한 장 들어 있었다.

동생 코원에게.

만약 네가 이 편지를 읽고 있다면, 내가 어느 정도까지는 네 행동을 예측할 수 있을 정도로 아직 우리는 비슷한 식으로 생각한다는 뜻이 되겠지. 판화를 빌려 줘 고마워. 내 생각에는, 그 판화가 네가 이 누추한 그림자로 돌아온 두 가지 이유 가운데 하나야. 돌려준다는 게 정말 내키지 않았어. 우리의 취미 또한 상당히 비슷한 데다가 이 판화는 지난 몇 년 동안 내 방을 우아하게 장식하고 있었거든. 이 판화에는 사람의 마음을 울리는 무언가가 있더군. 그러니 이 판화를 돌려주는 건 내 선의의 증거이자 네 주의를 환기하려는 뜻이라고 받아들여

췄으면 좋겠어. 널 납득시키려면 우선 내가 솔직하게 털어놓아야 하겠지. 과거에 네게 한 일에 대해서 사과할 생각은 없어. 솔직히, 내가 유일하게 후회하는 점을 말하자면, 널 죽여야 했을 때 죽이지 않았다는 거야. 허영심 때문에 그런 멍청한 짓을 저질렀지. 비록 시간이 흐르며 네 눈은 회복되었지만 우리 둘 사이 파인 감정의 골은 회복되지 않았다고 생각해. '나는 돌아올 것이다'라고 네가 보낸 편지는 지금 이 순간에도 내 책상에 놓여 있어. 만약 이 편지를 쓴 게 정말로 너라면 넌 틀림없이 돌아오겠지. 우리의 공통점들로 미루어 짐작건대, 난 네가 돌아올 거라 생각하고, 또한 단순히 놀러 오는 게 아닐 거라고 생각해. 바보가 아니니 충분한 힘을 갖춰 오겠지. 그리고 지금은 과거에 허영심을 부린 대가를 현재의 자존심을 굽히는 걸로 치러야 하는 상황이 됐어. 난 너와 화해하고 싶어. 나를 위해서가 아니라 왕국을 위해서야. 그림자에서 강력한 세력이 정기적으로 앰버를 공격하고 있으며, 나는 그 세력을 완전히 이해하지 못했어. 내가 기억하는 한, 이들은 지금까지 앰버를 공격한 세력 가운데 가장 강하며, 우리 형제자매들은 나를 중심으로 하나가 되어 이들에게 대항하고 있어. 나는 이 싸움에서 네 지원을 얻고 싶어. 그게 안 된다면, 당분간 네 침공을 연기해 줬으면 해. 만약 나를 돕겠다면 네게 신하의 예를 요구하지는 않을 거야. 단순히 위기가 끝날 때까지 나를 지도자로 인정해 주기만 하면 돼. 네게 걸맞은 예우를 해 주겠어. 내 말이 진심이라는 것을 확인하려면 나에게 접촉하는 게 중요해. 네 트럼프를 통해 접촉할 수 없기에 내 트럼프를 동봉해. 내가 거짓말을 한다는 게 가장 먼저 드는 생각이겠지만, 맹세컨대, 나는 진심이야.

에릭, 앰버의 군주

나는 편지를 다시 읽어 보고는 킬킬거렸다. 대체 에릭은 저주가 왜 존재한다고 생각하는 걸까?

필요 없어, 형. 도움이 필요할 때 나를 떠올려 줘 고맙기는 해. 우리 모두 명예를 아는 사람들이기에 난 네 말을 믿어.[*] 전혀 의심치 않아. 하지만 우리 만남은 네가 아닌 내 일정에 따라 결정될 거야. 앰버에 대해서는, 앰버에 도움이 필요하다는 사실을 외면하지 않을 생각이야. 하지만 내가 생각하는 시기에 내 방식대로 도울 거야. 에릭, 넌 네가 필요한 존재라 믿는 실수를 저지르고 있어. 묘지는 아무도 자기를 대신할 수 없다고 믿었던 사람들로 꽉 차 있다고. 하지만 이 이야기는 기다렸다가 너와 직접 만나 해 주겠어.

나는 에릭의 편지와 트럼프를 재킷 주머니에 넣고 책상 위에 놓인 먼지 쌓인 재떨이에 담배를 껐다. 그리고 침실에서 시트를 가져와 나의 전투원들을 쌌다. 이번에는 좀 더 안전한 곳에서 나를 기다리게 하리라.

다시 한 번 집을 살펴보며, 나는 왜 이곳에 돌아왔을까 생각해 보았다. 내가 이곳에 살았을 때 알고 지낸 몇 명을 떠올렸다. 그리고 그 사람들이 한 번이라도 내 소식을 궁금해했을지, 내가 어떻게 된 건지 걱정했을까 궁금했다. 물론 내가 알 방법은 없었다.

밖으로 나와 문을 잠갔을 때는 이미 밤이었다. 하늘은 맑았으며 별들이 반짝였다. 나는 집을 돌아 테라스 아래 원래 장소에 열쇠를 두었다. 그리고 언덕을 올랐다.

언덕 위에서 보자 집은 어둠 속에서 움츠러든 듯 보였다. 길가에 버려진 텅 빈 맥주 깡통처럼, 한 조각 쓸쓸함이 되어 있었다. 나는 언덕을 지나 아래로 내려갔고, 들판을 지나 차를 세워 둔 곳으로 갔다. 뒤돌아 본 것을 후회하며.

---

[*] 셰익스피어의 《줄리우스 케사르》에서 안토니우스가 브루투스에 대해 한 표현을 빌려 온 것이다.

9

가넬론과 나는 트럭 두 대를 몰고 스위스로 갔다. 우리는 벨기에에서부터 운전해 왔으며, 내 트럭에는 소총이 실려 있었다. 한 정당 4.5킬로그램이 나간다고 하면, 300정의 무게는 1.5톤 정도 되므로 그리 무리는 아니었다. 무기를 실은 뒤에도 연료와 다른 물품을 실을 자리가 충분했다. 물론 우리는 국경에서 기다리며 교통 체증을 유발하는 사람들을 피하기 위해 그림자를 통한 지름길로 이곳에 왔다. 우리는 출발할 때도 같은 방법을 썼고, 길을 열기 위해, 말 그대로, 내 차가 앞장섰다.

나는 검은 언덕과 좁은 마을이 있는 지역으로 트럭을 인도했다. 그곳에서 마주친 차량은 모두 말이 끄는 것들뿐이었다. 하늘이 밝은 레몬색으로 변했을 때, 짐을 끄는 짐승들은 모두 얼룩무늬에 깃털이 나 있었다. 우리는 몇 시간을 운전했고, 마침내 하늘은 여남은 번 전이를 했으며, 지형의 윤곽이 녹아들어 언덕에서 평야로 바뀌었다가 다시 언덕이 되었다. 우리는 빈약한 도로로 기어가듯 나아갔으며, 유리처럼 매끄럽고 단단한 평야에서는 옆으로 쭉쭉 미끄러졌다. 우리는 산 중턱으로 조금씩 다가갔으며, 레드와인처럼 검붉은 바다를 에둘러 갔다. 그리고 폭풍우와 안개를 지났다.

그들을 다시 찾기까지는 하루 반이 걸렸다. 어쩌면 다른 그림자일 수도 있지만, 내가 찾는 그림자와 아주 가까웠기에 실제로는 거의 아무 차이가 없는 곳이었다. 그렇다. 예전에 한 번 내가 이용한 자들을 찾아낸 것이다. 이들은 키가 작고 털북숭이에 피부가 아주 검었으며, 긴 앞니와 안으로 집어넣을 수 있는 날카로운 손톱이 있는 종족이었다. 하지만 그자들은 방아쇠를 당길 수 있는 집게손가락이 있었고, 나를 숭배했다. 다시 돌아온 나를 맞이한 이들은 미칠 듯이 기뻐 날뛰었다. 5년 전 내가 이 종족의 가장 뛰어난 자들을 이국으로 데려가 모두 죽게 했다는 사실은 별 문제가 되지 않았다. 신은 의심의 대상이 아니라 사랑하고 존경하고 따라야 할 대상인 것이다. 내가 단지 몇백 명만 필요로 한다는 사실에 이들은 무척 실망했다. 수천 명의 자원자들을 돌려보내야 했다. 이번에는 윤리 문제로 마음이 거북하지도 않았다. 어떻게 보면, 이 집단을 통해 다른 이들의 죽음이 헛되지 않게 할 수 있기 때문이다. 물론, 내가 그런 식으로 생각한 건 아니지만, 나는 궤변론을 즐긴다. 또한 이들을 영적인 화폐를 지불받는 용병으로 간주할 수도 있었다. 돈을 위해 싸우는 것과 믿음을 위해 싸우는 것이 무슨 차이가 있단 말인가? 군대가 필요할 때, 나는 그 어느 쪽이라도 제공할 수 있었다.

하지만, 사실상 이들은 부근에서 화력을 보유한 유일한 군대였기에 무척 안전하다고 볼 수 있었다. 그러나 이들의 고향에서 내 탄약은 아직 사용할 수 없는 상태였고, 기능을 발휘할 수 있을 정도로 앰버와 충분히 닮은 곳에 닿기 위해서는 그림자 속을 며칠 동안 행군해야만 했다. 유일한 걸림돌은 그림자가 대응 일치의 법칙을 따른다는 점이다. 따라서 그 장소는 실제로 앰버에 가까웠다. 이 때문에 나는 이들을 훈련시키면서도 신경을 바짝 곤두세우고 있었다. 물론 내 형제 중 한 명이 이 그림자로 우연히 올 가능성은 거의 없었다. 하지만 그보다 더 나쁜 쪽으로 우연의 일치가 일어난 적도 있었다.

거의 3주 동안 훈련을 했고, 나는 이제 준비가 되었다고 판단했다. 그리고 어느 맑고 상쾌한 날, 우리는 야영지에서 철수해 그림자로 들어갔다. 대열은 트럭 뒤를 따랐다. 앰버에 가까워지면 트럭은 작동하지 않게 되겠지만(벌써 제대로 작동하지 않기 시작했다), 어쨌든 앰버에 최대한 가까이까지 트럭으로 장비를 운반해서 손해 볼 건 없었다.

이번에는 지난번처럼 바다 쪽으로 접근하는 대신, 콜버 산 정상을 넘어갈 작정이었다. 모든 병사들은 이미 작전을 숙지했으며, 소총 분대 배치도 결정되었고, 훈련도 마친 상태였다.

우리는 점심 식사를 위해 행군을 멈췄고, 잘 먹었으며, 다시 행군을 시작했다. 그림자들이 우리에게서 천천히, 슬그머니 사라졌다. 하늘은 어둡지만 선명한 푸른색으로 바뀌었다. 앰버의 하늘이었다. 바위들 사이로 보이는 땅은 검었으며 풀은 초록색이었다. 나무와 관목 잎들은 습기를 머금고 반짝였다. 공기는 상쾌하고 깨끗했다.

밤이 될 무렵, 우리는 아든의 숲 가장자리에 있는 거목들 사이를 통과하고 있었다. 우리는 아주 삼엄한 경계를 세우고 그곳에서 야영을 했다. 카키색 군복과 베레모를 쓴 가넬론은 밤늦게까지 나와 함께 있으면서 내가 그린 지도를 검토했다. 산악 지역에 도착하려면 아직 65킬로미터 정도 더 가야 했다.

이튿날, 트럭이 작동을 멈췄다. 트럭은 여러 번 모습을 바꾸었고, 몇 번이고 작동을 멈추더니 결국 아예 시동이 걸리지 않았다. 우리는 트럭들을 골짜기에 밀어 넣고 나뭇가지를 잘라서 덮어 두었다. 그리고 탄약과 남은 식량을 배분한 뒤 계속 행군을 했다.

그 뒤 우리는 딱딱하게 다져진 흙길을 떠나 숲을 헤치며 행군했다. 숲에 대해서 나는 아직 잘 알고 있었기에 별 문제는 없었다. 당연히 행군은 느려졌지만, 줄리앙의 순찰대와 만날 위험도 줄어들었다. 아든의 숲 안으로 깊숙이 들어 와 있었기에 나무들은 무척 커졌다. 행군을 계속함에 따라 기억 속에서 지형이 선명히 되살아났다.

그날 우리는 위협이 될 만한 존재를 만나지 않았다. 우리가 만난 건 기껏

해야 여우, 사슴, 토끼, 다람쥐 정도였다. 숲의 냄새와 녹색, 금색, 갈색이 어우러진 색채 덕분에 예전의 행복했던 시절이 떠올랐다. 일몰이 가까워지자 나는 거목에 올라갔고, 콜버 산을 품은 산맥을 눈으로 확인할 수 있었다. 봉우리 부근에 폭풍우가 몰아쳤으며, 구름이 꼭대기를 가리고 있었다.

이튿날 정오, 우리는 줄리앙의 순찰대와 마주쳤다. 실제로 어느 쪽이 어느 쪽을 놀라게 했는지, 또는 어느 쪽이 더 놀랐는지는 모르겠다. 사격은 거의 순식간에 시작되었다. 나는 목이 쉬도록 사격 중지를 외쳤지만 모두 살아 있는 표적을 향해 총을 쏘아 보고 싶어 안달이 나 있었다. 상대는 소규모였고(열여덟 명이었다), 우리는 이들 모두를 사살했다. 우리 쪽에서는 단지 경상자 한 명만 나왔을 뿐이다. 아군의 총탄에 맞았던지 아니면 오발로 자신을 쏘았던지 둘 중 하나였다. 하지만 설명을 들어 보아도 어쩌다 그렇게 되었는지 알아들을 수가 없었다. 그 뒤 우리는 서둘러 움직였다. 왜냐하면, 우리는 지독한 소음을 냈고 근처 적군의 배치 현황을 전혀 알지 못했기 때문이다.

해 지기 전까지 우리는 꽤 멀리 떨어진 고지대까지 이동했으며, 시야를 가리는 것이 없을 때면 늘 산맥이 보였다. 폭풍우 구름은 여전히 봉우리들에 걸려 있었다. 병사들은 낮에 벌어진 살육의 흥분에 그날 밤 늦게까지 잠을 이루지 못했다.

이튿날 우리는 순찰대 둘을 성공리에 피하며 산기슭에 도착했다. 해가 진 뒤에도 나는 미리 결정해 둔 은폐 지역에 도착할 때까지 병사를 이끌었다. 우리는 전날보다 500미터 정도 높은 곳에서 야영을 했다. 머리 위로는 구름이 낮게 드리워 있었고, 금방이라도 폭풍우가 몰려올 듯한 긴장감이 공기 중에 맴돌았지만 결국 비는 오지 않았다. 그날 밤, 나는 제대로 잠을 이루지 못했다. 나는 불타오르는 고양이 머리와 로레인의 꿈을 꾸었다.

아침이 되어 우리는 잿빛 하늘 아래를 행군했다. 나는 병사들을 냉혹하게 몰아쳐 꾸준히 위로 올라갔다. 멀리서 천둥소리가 들렸고, 공기에는 팽

팽한 긴장감이 맴돌았다.

아침 중반, 병사를 이끌고 바위투성이의 구불구불한 길을 나아갈 때 뒤쪽에서 고함이 들렸고, 이어 총성이 몇 번 들렸다. 나는 즉시 뒤로 갔다.

가넬론을 포함해 병사 몇이 무엇인가를 에워싼 채 아래를 보며 낮은 목소리로 이야기를 나누고 있었다. 나는 병사들을 밀치고 그곳으로 갔다.

믿을 수가 없었다. 이것이 이렇게 앰버 가까이 나타난 적은 지금까지 한 번도 없었다. 길이는 3미터 정도였으며, 사자의 어깨에 인간의 얼굴을 끔찍하게 패러디한 머리가 달려 있었고, 지금은 피투성이가 된 옆구리 위쪽에 달린 수리 같은 날개는 접혀 있었고, 전갈 같은 꼬리는 아직도 꿈틀거렸다. 이 짐승은 '맨티코라'로, 남쪽 저 멀리 섬에서 한 번 본 적이 있었다. 이 기괴한 짐승은 내 불결 목록 맨 위쪽 가까이에 위치했다.

"이놈이 랄을 반으로 찢었습니다. 이놈이 랄을 반으로 찢었습니다."

병사 하나가 되풀이해 말했다.

스무 걸음 정도 떨어진 곳에 랄의 찢긴 시신이 보였다. 우리는 랄을 방수포로 덮고 가장자리를 돌로 눌러 두었다. 우리가 해 줄 수 있는 일은 그 정도가 다였다. 하지만 이 사건 덕분에 어제의 손쉬운 승리 뒤에 사라져 버린 듯한 병사들의 경계심이 되살아났다. 병사들은 조용히, 그리고 경계를 늦추지 않으며 행군을 계속했다.

가넬론이 말했다.

"대단한 놈이로군. 그놈에게도 인간의 지능이 있나?"

"그건 몰라."

"기묘하면서 불안한 느낌이야, 코윈. 마치 뭔가 끔찍한 일이 금방이라도 일어날 듯해. 달리 어떻게 표현해야 할지 모르겠군."

"무슨 말인지 알겠어."

"그럼 자네도 그걸 느끼나?"

"응."

가넬론이 고개를 끄덕였다.

"날씨 때문일 거야."

내가 말했다.

가넬론이 다시 고개를 끄덕였다. 좀 전보다 천천히.

위로 올라감에 따라 하늘은 점점 어두워졌고, 천둥소리는 끊임없이 들려왔다. 서쪽에서는 소리 없는 번개가 번쩍였고, 바람은 점점 거세졌다. 위를 올려다보니 높은 봉우리들 주변으로 거대한 구름들이 모여 있었다. 그 앞에는 새 모양을 한 검은 것들의 윤곽이 계속해서 보였다.

나중에 다시 맨티코라 한 마리와 마주쳤지만, 이번에는 한 명도 다치지 않고 놈을 처치했다. 한 시간쯤 뒤, 면도날처럼 부리가 날카로운 거대한 새 떼가 우리를 공격해 왔다. 지금까지 한 번도 본 적이 없는 종류였다. 우리는 새 떼를 물리쳤지만, 새 떼가 계속 마음에 걸렸다.

폭풍우가 언제 몰아닥칠까 생각하며 우리는 계속 산을 올랐다. 바람이 더욱 세차졌다.

주위가 무척 어두워졌지만, 나는 아직 해가 지지 않았음을 알고 있었다. 구름 덩어리에 가까워지자 공기는 흐릿하고 뿌예졌다. 사물이 축축하게 젖어 갔다. 바위는 점점 미끄러워졌다. 정지 명령을 내리고 쉴까도 생각해 보았지만, 아직 콜버 산에서 멀리 떨어진 곳에 있었으며, 빠듯하게 가져온 식량 사정을 악화시키고 싶지도 않았다.

우리는 6킬로미터 정도를 더 나아가 몇천 피트 더 높은 곳에 도착한 뒤 행군을 멈춰야 했다. 주위는 칠흑처럼 어두웠고, 유일한 조명은 가끔씩 번쩍이는 번개가 전부였다. 우리는 단단한 바위가 노출된 비탈에 둥그렇게 모여 야영을 했고, 보초로 주위를 빙 둘러쌌다. 천둥소리가 군악대의 화려한 연주처럼 울려 퍼졌다. 기온이 곤두박질쳤다. 모닥불을 피우게 하고 싶어도 주변에는 태울 만한 것이 전혀 없었다. 우리는 웅크리고 앉아 차갑고, 축축하고, 어두운 시간을 버텨 냈다.

몇 시간 뒤, 돌연히, 그리고 소리도 없이 맨티코라들이 공격해 왔다. 병사 일곱이 죽었으며, 우리는 놈들 열여섯 마리를 죽였다. 몇 마리가 도망쳤는지는 짐작도 가지 않았다. 나는 상처에 붕대를 감으며 에릭을 저주했다. 대체 어느 그림자에서 이런 것들을 끄집어냈는지 궁금했다.

해가 떴는지 아닌지도 잘 알 수 없는 아침이 되었을 때, 우리는 콜버 산을 향해 8킬로미터 정도 전진한 뒤 서쪽으로 방향을 바꿨다. 그것은 우리가 택할 수 있는 세 가지 경로 가운데 하나였으며, 공격 경로로는 가장 좋다고 늘 생각해 오던 길이었다. 새 떼가 몇 번 더 날아와 우리를 괴롭혔다. 숫자도 늘었고, 훨씬 더 끈질겼다. 하지만 몇 마리를 쏘아 떨어뜨리자 놈들은 모두 도망쳤다.

마침내 거대하고 가파른 경사지를 돌아 천둥과 안개를 뚫고 위로 올라가자 돌연 시야가 탁 트였다. 경사지는 몇십 킬로미터에 걸쳐 아래로 내려가며 오른쪽으로 보이는 가나스 골짜기까지 계속되었다.

나는 행군을 멈추게 하고 앞으로 나가 내려다보았다.

마지막으로 그 골짜기를 보았을 때, 한때 아름다웠던 그곳은 기괴한 관목들이 비비 꼬여 있는, 황야가 되어 있었다. 하지만 지금은 그때보다 더욱 심각했다. 검은 길이 골짜기를 가로지르며 콜버 산 기슭까지 가 멈춰 있었다. 골짜기 안에서는 전투가 한창이었다. 기마병들이 서로 원을 그리다가 싸웠고, 선회하며 멀어졌다. 양측 보병이 줄을 지어 전진했고, 부딪쳤고, 후퇴했다. 끊임없이 번개가 번득이며 이들 사이로 떨어졌다. 검은 새들이 바람에 날리는 재처럼 이들 위를 날아다녔다.

차가운 담요처럼 습기가 지면을 덮었다. 천둥이 우르릉거리며 봉우리마다 메아리 쳤다. 나는 저 아래에서 벌어지는 싸움을 보여 당황했다.

거리가 너무 멀었기 때문에 누가 누구와 싸우는지 정확히 알아볼 수 없었다. 처음에는 누군가 나와 같은 일을 벌이려는 게 아닌가 하고 생각했다. 어쩌면 블레이즈가 살아남아 새로운 군대를 이끌고 돌아온 것일 수도 있다는 생각을 했다.

하지만 아니었다. 군대는 서쪽에서 검은 길을 따라 나타나고 있었다. 그리고 그 군대를 따라 새들이 따라오는 것이 보였다. 그곳에서 껑충거리는 것들은 말도, 인간도 아니었다. 아마 맨티코라인 듯했다.

놈들이 전진해 옴에 따라 그 위로 번개가 내리쳤고, 놈들을 흐트러뜨리고, 태우고, 날려 보냈다. 나는 번개가 수비군 근처에는 절대 떨어지지 않는다는 사실을 깨달았고, 에릭이 심판의 보석 조작법을 어느 정도 안다는 사실을 떠올렸다. 심판의 보석은 아버지가 앰버 근처의 날씨를 조작할 때 쓰던 물건이다. 5년 전 에릭이 우리를 상대할 때 그 물건을 무척 효과적으로 썼다.

내가 말로만 들은 그림자 세력은 내 예상보다 더욱 강력했다. 처음 그 이야기를 들었을 때 나는 기습 공격을 생각했지 놈들이 콜버 산 기슭에서 전면전을 벌이리라고는 상상도 못 했다. 나는 검은 지역 안의 움직임을 살펴보았다. 길은 근처의 활동으로 인해 마치 몸부림치는 듯했다.

가넬론이 내 곁에 와 섰다. 가넬론은 한동안 침묵을 지켰다.

나는 가넬론이 질문하기 전에 말해 주고 싶었지만 너무 기진맥진해 도저히 먼저 말해 줄 기운이 없었다.

"이제 어쩔 셈이야, 코윈?"

"더 빠르게 행군해야 해. 오늘 밤에 앰버에 들어가고 싶어."

우리는 다시 이동했다. 한동안 행군은 아까보다 쉬웠고, 덕분에 비교적 먼 거리를 갈 수 있었다. 비를 동반하지 않은 폭풍이 계속되었고, 번개는 더 밝아지고 천둥은 더 요란해졌다. 우리는 끊임없는 황혼 속에서 계속 행군했다.

그날 오후, 안전해 보이는 곳에 도착했을 때(앰버 북쪽 경계에서 8킬로미터가 채 안 되는 장소였다) 나는 다시 행군을 멈추고 병사들을 쉬게 하며 마지막 식사를 하도록 했다. 고함을 지르지 않으면 바로 옆 사람 말도 들리지 않는 상황이었기 때문에 병사들을 상대로 연설을 하지는 않았다. 단지 목표가 가까워졌으니 늘 준비 태세를 갖추고 있으라는 말만 전달했다.

병사들이 쉬는 동안, 나는 식량을 가지고 정찰을 나갔다. 1킬로미터쯤 간 뒤 가파른 경사를 올랐고, 그 정상에서 멈췄다. 앞에 보이는 비탈에서 전투가 벌어지고 있었다.

나는 몸을 숨기고 계속 관찰을 했다. 앰버측 부대가 규모가 더 큰 공격 부대와 교전 중이었다. 공격하는 쪽은 우리보다 앞서 이 언덕을 넘어왔던 지, 아니면 다른 방향에서 온 게 분명했다. 나는 후자라고 추측했다. 우리가 지나온 길에는 최근에 지나간 흔적이 없기 때문이다. 우리가 여기까지 오는 동안에 운 좋게 방위군 순찰대에게 걸리지 않은 것도 저 전투로 설명되었다.

나는 더 가까이 갔다. 비록 공격군이 다른 두 개의 길 가운데 하나를 지났을 가능성이 있기는 했지만, 그러지 않았다는 증거가 점점 뚜렷해졌다. 공격군은 지금도 도착하고 있었다. 더할 나위 없이 끔찍한 광경이었다. 이들이 하늘을 날아오고 있었기 때문이다.

이들은 돌풍에 날리는 나뭇잎처럼 서쪽 하늘에서 휘몰아쳤다. 공중에는 호전적인 새 떼 말고도 여러 종류들이 날아다녔다. 공격군은 두 다리와 날개가 달리고 용을 닮은 짐승을 타고 있었다. 내가 알고 있는 짐승 가운데 이것과 가장 닮은 놈은 문장에 쓰이는 와이번이었다. 나는 장식용이 아닌 와이번을 본 적이 한 번도 없었고, 진짜 모습을 찾아보고 싶다는 생각을 해 본 적 역시 한 번도 없었다.

수비군에는 궁수들이 많이 있었으며, 이들 때문에 날아오는 공격군에는 사상자가 많이 발생했다. 번개가 번쩍이고 불타오르며 지옥 같은 광경이 하늘 여기저기에 펼쳐졌고, 공격군은 새카맣게 타 땅으로 떨어졌다. 하지만 공격군은 계속 날아와 착륙했고, 인간과 짐승 양쪽이 참호에 있는 수비군을 공격했다. 심판의 보석은 위력을 발휘할 때면 맥동하듯 이글거리는 빛을 냈고, 나는 그 빛을 찾아보았다. 그 빛은 높은 절벽 기슭 근처, 참호에 있는 가장 큰 수비군 한가운데에서 나오고 있었다.

나는 그 빛을 응시하며 그 보석을 목에 걸고 있는 자를 유심히 살폈다. 그랬다. 의심할 여지가 없었다. 바로 에릭이었다.

나는 엎드린 채로 더 가까이 다가갔다. 가장 가까운 수비군의 지휘관이 착륙하던 와이번의 목을 단칼에 자르는 모습이 보였다. 그 지휘관은 왼손으로 기수의 혁대를 붙잡고 기수를 집어 던졌고, 기수는 9미터 정도 날아가 입술처럼 갈라진 틈 사이로 떨어졌다. 지휘관은 몸을 돌려 큰소리로 명령했다. 제라드였다. 제라드는 절벽 기슭의 수비군을 몰아붙이는 적군에게 측면 공격을 하는 듯했다. 반대편 측면에서도 비슷한 규모의 군대가 비슷한 일을 하고 있었다. 그곳도 내 형제 가운데 한 명이 맡고 있는 걸까?

골짜기와 이곳에서 전투가 얼마나 오래 계속되었을지 궁금했다. 부자연스러운 폭풍이 계속된 시간을 생각해 볼 때, 꽤 오래되었을 것이라는 생각이 들었다.

오른쪽으로 움직여 서쪽에 주의를 기울였다. 골짜기 쪽 전투는 수그러들 기미가 보이지 않았다. 이렇게 먼 거리에서는 누가 이기는지는 고사하고 누가 누구인지도 알 수 없었다. 하지만 서쪽 하늘에서 새로 도착하는 공격군이 없다는 사실은 알 수 있었다.

어떻게 행동하는 게 최선인지 가늠할 수 없었다. 앰버의 방어를 위해 적과 교전하는 이런 중요한 때에 에릭을 공격할 수는 없었다. 전투가 끝날 때까지 기다렸다가 어부지리를 취하는 것이 가장 현명한 방법일 터였다. 하지만 과연 그게 가능할지 벌써부터 의심이 들기 시작했다.

공격군측의 원군이 없다 할지라도, 이 전투의 결과가 어떻게 될지는 확실하지 않았다. 침입자들은 강했으며, 수도 많았다. 그리고 나는 에릭이 어떤 대책을 가지고 있는지 전혀 알지 못했다. 이 시점에서 앰버의 전시 채권을 사는 것이 얼마나 좋은 투자가 될지 가늠하기란 불가능했다. 만약 에릭이 진다면 나 자신이 침략자를 상대해야만 했다. 그것도 앰버의 인적 자원이 바닥난 시점에서 말이다.

만약 지금 우리가 자동화기를 들고 방어에 나선다면 와이번을 탄 침략자들이 삽시간에 박살나리란 점은 의심할 여지가 없었다. 내 형제 가운데 한두 명은 골짜기 아래에 있을 터였다. 그렇다면 트럼프를 써서 내 부하 일부를 그곳으로 보낼 통로를 만들 수도 있었다. 아래의 적이 누구든 간에 돌연 소총을 들고 나타난 앰버군에게 깜짝 놀라게 될 터였다.

나는 좀 더 가까운 곳의 전투로 주의를 돌렸다. 상황은 불리했다. 내가 개입하면 결과가 어떻게 될지 꼼꼼히 따져 보았다. 에릭이 우리를 공격할 수 없는 상황인 건 확실했다. 에릭이 내게 한 짓을 사람들이 목격하고 느꼈을 동정심은 별도로 하더라도, 에릭을 위급한 상황에서 구해 준 공로는 내 것이 되는 것이다. 에릭은 내 구원이 고마우면서도 한편으로 그 상황이 불러일으킬 대중의 생각이 그리 달갑지 않으리라. 그렇다. 나는 아주 강력한 호위대를 거느리고 대중의 지지를 받으며 앰버로 돌아가는 것이다. 흥미로운 생각이었다. 이 방법은 내가 원래 계획했던 '가혹한 정면 공격을 통한 국왕 살해'보다 훨씬 더 매끄럽게 내 목적을 이룰 수 있었다.

그렇다.

나는 어느새 빙그레 웃고 있었다. 이제 난 영웅이 되는 것이다.

하지만 여기서 나를 약간 두둔해야겠다. 왕좌에 에릭이 있는 앰버와 적에게 함락당한 앰버 가운데 하나를 택하라면, 두말할 필요도 없이 나는 같은 결정을 내렸을 터이다. 즉 적을 공격했을 터다. 현 상황을 볼 때 결과가 어떻게 될지 확신할 수 없고, 오늘 내가 구원자가 됨으로써 상황이 유리해지기는 하겠지만, 궁극적으로 볼 때, 나 자신의 이익은 중요하지 않았다. 에릭, 내가 앰버를 이토록 사랑하지 않았다면 너를 이토록 미워하지도 않았을 텐데.

나는 물러나 급히 비탈을 내려왔다. 번개가 번쩍이며 사방으로 내 그림자를 던져 댔다.

나는 야영지 가장자리에서 걸음을 멈췄다. 반대편 가장자리에 가넬론이 서서 기수 한 명과 고함을 지르며 대화를 나누고 있었다. 나는 기수가 탄 말을 알아보았다.

내가 앞으로 나아가자 기수의 신호를 받은 말이 움직였고, 병사들 사이로 내게 다가왔다. 가넬론이 고개를 저으며 그 뒤를 따랐다.

기수는 다라였다. 목소리가 닿는 범위에 다라가 들어오자마자 내가 외쳤다.

"대체 여기서 뭐하는 거야?"

다라는 말에서 내리더니 빙그레 웃으며 내 앞에 섰다.

"앰버에 오고 싶었어요. 그래서 왔죠."

"어떻게 여기까지 올 수 있었지?"

"할아버지를 뒤쫓아 왔어요. 그림자를 지나려면 자기가 그림자를 헤치고 오는 것보다 다른 사람 뒤를 따르는 것이 쉽다는 걸 알게 되었거든요."

"베네딕트가 여기 있어?"

다라는 고개를 끄덕였다.

"저기 아래, 골짜기에서 부대를 지휘하고 계세요. 줄리앙도 함께 있어요."

가넬론이 다가와 섰다.

가넬론이 외쳤다.

"며칠 동안 우리 뒤를 쫓아왔다더군. 며칠 동안 우리 뒤를 밟은 거야."

내가 물었다.

"사실이야?"

다라는 여전히 빙긋 웃으며 고개를 끄덕였다.

"별로 어렵지 않았어요."

"하지만 왜 그랬는데?"

"당연히 앰버로 오려고 그랬죠. 전 패턴을 걷고 싶어요. 당신이 가는 곳도 거기 아닌가요?"

"물론 거기로 가고 있어. 하지만 지금은 전쟁 중이라고!"

"그럼 당신은 어떻게 할 건데요?"

"당연히 이겨야지!"

"좋아요. 그럼 기다리겠어요."

나는 잠시 투덜거리며 생각에 잠겼다.

이윽고 내가 물었다.

"베네딕트가 돌아왔을 때 넌 어디 있었지?"

다라의 얼굴에서 웃음이 사라졌다.

"모르겠어요. 전 당신이 떠난 뒤 하루 종일 말을 타고 밖에 있었어요. 혼자서 생각하고 싶었거든요. 저녁 때 집에 돌아와 보니 할아버지께서는 안 계셨어요. 이튿날에도 저는 말을 타고 나갔어요. 꽤 멀리까지 나갔고, 주위가 어두워져서 저는 야영을 하기로 했어요. 평소에도 자주 그랬죠. 이튿날 오후 집에 오다가 언덕 꼭대기를 지나는데 아래쪽에서 할아버지께서 동쪽으로 가시는 모습이 보였어요. 그래서 할아버지를 쫓아가기로 했죠. 할아버지가 가신 길은 그림자를 관통해 있었어요. 지금은 알 수 있어요. 그리고 뒤를 밟는 게 더 쉽다는 당신 말이 맞았어요. 시간이 얼마나 걸렸는지는 모르겠어요. 시간이 뒤죽박죽이 되었거든요. 할아버지께서 이리로 오셨고, 저는 카드 그림 가운데 하나를 생각해 내고 이곳이 어딘지 알았어요. 할아버지께서는 북쪽 숲에서 줄리앙을 만나셨고, 둘은 저 아래쪽 전투에 합류했죠."

다라는 골짜기 쪽을 가리켰다.

"저는 며칠 동안 숲에 머물렀어요. 어떻게 해야 할지 몰랐거든요. 집으로 돌아가다가 길을 잃을까 봐 겁이 났어요. 그러다가 당신의 군대가 산으로 올라가는 걸 보았죠. 당신과 가넬론이 앞장선 걸 봤어요. 앰버가 그 방향에 있다는 걸 알기 때문에 저는 당신 뒤를 쫓았어요. 이제야 당신 앞에 나타난 건, 너무 일찍 나타나면 저를 돌려보낼 거라고 생각했기 때문이에요. 앰버에 너무 가까워져 그럴 수 없을 때까지 기다린 거죠."

"네가 전부 사실대로 말했다고는 생각하지 않아. 하지만 그걸 따질 여유가 없어. 이제 우리는 진격할 거고, 전투를 시작할 거야. 너에게 가장 안전한 건, 여기 그냥 머물러 있는 거야. 호위병을 몇 명 붙여 주겠어."

"호위병 따위는 필요 없어요."

"네가 뭘 필요로 하는지 따위에는 관심 없어. 넌 호위병과 함께 여기 있어야 해. 전투가 끝나면 사람을 보내겠어."

나는 몸을 돌려 눈에 띄는 대로 병사 둘을 골랐고, 뒤에 남아 다라를 지키라고 명령했다. 명령을 받은 둘은 내 명령이 썩 달갑지 않은 듯했다.

"당신 부하들이 가지고 있는 무기는 뭔가요?"

다라가 물었다.

"나중에 말해 주지. 난 지금 바빠."

나는 중계를 통해 간단한 상황 설명을 하고 각 분대에 명령을 내렸다.

"부하가 정말 조금이네요."

다라가 말했다.

"이 정도면 충분해. 시간이 지나면 무슨 말인지 알게 될 거야."

나는 호위병과 함께 다라를 두고 그곳을 떠났다.

우리는 아까 내가 정찰을 했던 길을 따라 이동했다. 전진하던 중 천둥이 멈췄다. 하지만 정적으로 인해 마음이 안정되기는커녕 오히려 불안만 커졌다. 다시 황혼이 깃들었으며 축축한 담요처럼 나를 감싼 공기 가운데서 나는 땀을 흘렸다.

나는 아까 상황을 관찰했던 지점에 도달하기 전에 정지 명령을 내렸다. 그리고 가넬론을 데리고 아까 그 지점으로 갔다.

비탈은 와이번 기수들로 뒤덮여 있었고, 와이번들도 기수들과 함께 싸우고 있었다. 이들은 수비군을 절벽 면으로 몰아붙이고 있었다. 에릭이나 에릭이 걸친 보석의 빛은 보이지 않았다.

가넬론이 물었다.

"어느 쪽이 적군이지?"

"짐승을 탄 쪽이야."

하늘에서 내리꽂히던 포화가 멈춘 지금, 적군은 모두 착륙하고 있었다. 이들은 단단한 지면에 착륙하자마자 앞으로 돌진했다. 수비군을 살펴보았지만 더 이상 제라드의 모습은 보이지 않았다.

소총을 들며 내가 말했다.

"부대를 데려와. 짐승과 기수 양쪽을 쏘라고 해."

가넬론이 부대를 부르러 갔고, 나는 착륙하는 와이번을 겨냥해 총을 쏘았다. 나는 놈이 갑자기 깃털로 된 돌풍이 되어 곤두박질치는 모습을 지켜보았다. 놈은 비탈로 떨어졌고, 퍼덕이기 시작했다. 나는 다시 놈을 향해 총을 쏘았다.

놈은 죽어 가며 불타오르기 시작했다. 곧 세 마리를 불덩이로 만들었다. 나는 두 번째 관측 지점으로 기어갔다. 안전한 곳에 자리 잡은 나는 다시 목표를 겨냥해 사격을 시작했다.

또 한 마리를 떨어뜨렸지만 그 무렵 놈들 일부가 내 쪽으로 방향을 바꿨다. 나는 남은 탄환을 다 쓴 뒤 서둘러 탄창을 갈아 끼웠다. 그때는 이미 몇 마리가 나를 향해 아주 빠른 속력으로 날아오고 있었다.

나는 간신히 놈들을 쏘아 떨어뜨렸고, 다시 탄창을 갈아 끼웠을 때 첫 번째 소총 부대가 도착했다. 우리는 사격을 퍼부었고, 다른 분대들이 도착함에 따라 전진을 시작했다.

10분 만에 모든 것이 끝났다. 처음 5분 사이에 놈들은 승산이 없다는 사실을 깨달은 듯했다. 놈들은 절벽을 향해 도망치기 시작했고, 공중으로 날아올라 다시 비행을 시작했다. 우리는 달아나는 적을 쏘아 떨어뜨렸고, 사방은 불타오르는 살과 연기를 뿜는 뼈로 뒤덮였다.

우리 왼쪽으로는 축축한 암벽이 깎아지른 듯 서 있었다. 정상은 구름에 가려 보이지 않았기에 암벽은 마치 끝없이 하늘로 뻗어 있는 듯 보였다. 바람은 여전히 몰아치며 연기와 안개를 때려 댔고, 바위는 피로 얼룩져 있었다. 우리가 사격을 하며 전진함에 따라 앰버군은 우리가 아군임을 깨달았고, 절벽 기슭의 방어 위치에서 나와 앞으로 돌격하기 시작했다. 케인이 부대를 이끄는 모습이 보였다. 먼 거리를 가로질러 한순간 우리 둘의 시선이 마주쳤고, 케인은 곧 전투에 뛰어들었다.

공격자들이 후퇴함에 따라, 흩어졌던 앰버군이 다시 모였다. 앰버군은 수세에 몰린 짐승 인간과 와이번 부대의 측면을 우리 반대편에서 공격했으나, 그 때문에 내 부하들은 총을 쏘는데 방해를 받았다. 하지만 이런 사실을 앰버군에게 알릴 방법이 없었다. 우리가 적군에게 조금 더 다가가자 사격은 정확해졌다.

절벽 기슭에는 아직도 소규모 집단이 남아 있었다. 이들이 에릭을 지키고 있었다. 에릭이 부상을 당했을지도 모른다는 생각이 들었다. 아까부터 돌연 폭풍이 사라졌기 때문이다. 나는 그쪽을 향해 다가갔다.

절벽 기슭의 그 집단에 다가갔을 무렵, 사격은 이미 끝나가고 있었고, 나는 그 일이 끝나는 마지막 순간에야 무슨 일이 벌어졌는지를 깨달았다.

뒤쪽에서 뭔가 거대한 것이 돌진해 오더니 눈 깜짝할 사이에 내 옆으로 왔다. 나는 몸을 구르며 무의식중에 소총을 들어 올려 사격 자세를 취했다. 하지만 방아쇠를 당기지는 않았다. 말을 타고 돌진해 내 곁을 지나는 이는 바로 다라였다. 내가 다라를 향해 고함을 치자 다라는 뒤돌아보며 까르르 웃었다.

"돌아와! 젠장! 그러다 죽는단 말이야!"

"앰버에서 봐요."

다라가 외쳤고, 소름 끼치는 바위를 쏜살같이 가로질러 그 너머 길로 말

258

을 몰고 갔다.

분통이 터졌지만 그 상황에서 내가 할 수 있는 일은 아무것도 없었다. 나는 호통을 치며 일어나 계속 걸었다.

내가 그 소규모 집단에 접근하자, 그쪽 사람들이 내 이름을 몇 번 말하는 게 들렸다. 몇 명이 고개를 돌려 나를 바라보았다. 내가 다가가자 사람들이 길을 비켰다. 낯익은 얼굴이 여럿 보였지만 나는 그들 모두를 무시했다.

내가 제라드를 보았을 때 제라드도 내 존재를 알아차린 듯하다. 병사들에게 둘러싸여 무릎을 꿇고 있던 제라드는 나를 보더니 일어나 내가 다가오길 기다렸다. 무표정한 얼굴이었다.

나는 제라드가 있는 곳에 가까이 다가갔고, 내가 예상했던 일이 사실임을 알았다. 제라드는 누워 있는 부상자를 돌보기 위해 무릎 꿇고 있었던 것이다. 에릭이 누워 있었다.

나는 제라드에게 고개를 끄덕이곤 옆으로 다가가 에릭을 내려다보았다. 착잡한 심정이었다. 가슴에 상처가 여럿 있었고, 선혈이 낭자했다. 목에 걸린 '심판의 보석'도 피로 물들어 있었다. 섬뜩하게도, 보석이 내는 어슴푸레한 빛은 엉긴 피 아래에서도 여전히 심장처럼 맥동했다. 에릭은 눈을 감고 있었고, 머리에는 둘둘 만 망토가 괴여 있었다. 호흡이 거칠었다.

나는 잿빛 얼굴에서 눈을 떼지 못한 채 무릎을 꿇었다. 내 눈앞의 인물은 명백히 죽어 가고 있다. 나는 내 형인 이자를 이해할 수 있는 기회를 갖기 위해 숨이 남아 있는 잠시만이라도 증오를 밀쳐 두려 애썼다. 목숨과 함께 에릭이 잃을 모든 것을 떠올렸고, 만약 5년 전에 내가 성공했다면 지금 이 자리에 누워 있는 자는 에릭이 아니라 나였을 수도 있다는 생각을 하니 어느 정도 동정심이 들었다. 에릭에 대해 뭔가 좋은 걸 생각해 보려 했지만 묘비명 같은 것밖에 떠오르지 않았다. 앰버를 위해 싸우다 죽다. 하지만 이건 훌륭한 업적이다. 이 문장은 늘 내 마음에 새겨져 있었다.

눈꺼풀이 파르르 떨리더니 에릭이 눈을 떴다. 나를 보고서도 에릭은 무표정했다. 나를 알아보긴 했는지 의심스러웠다.

하지만 에릭이 말했다.

"코윈, 너일 거라고 생각했어."

그리고 에릭은 몇 번 숨을 쉰 뒤 말을 이었다.

"놈들이 네 수고를 덜어 줬군, 안 그래?"

나는 대답하지 않았다. 에릭은 이미 답을 알고 있었다.

에릭이 계속 말했다.

"네 차례도 올 거야. 그럼 우리는 둘 다 소위 '돌아가신 왕'이 되는 거야."

에릭은 킬킬거리며 웃었다. 웃지 말았어야 한다는 사실을 내가 깨달았을 때는 이미 때가 늦었다. 가래가 끓는 듯한 기침을 하며 고통스러운 경련이 나타났다. 경련이 끝나자 에릭이 나를 쏘아보았다.

"네 저주를 느낄 수 있었어. 사방에서 느꼈지. 한시도 빼지 않고 말이야. 넌 그 저주가 이루어지기 위해 죽을 필요도 없더군."

이윽고 내 생각을 읽기라도 한 듯 에릭은 희미하게 웃으며 말했다.

"아냐, 네게 저주를 걸 생각은 없어. 그건 앰버의 적을 위해 쓸 생각이야. 저기 있는 놈들을 위해."

에릭이 눈으로 그쪽을 가리켰다. 그리고 저주의 말을 속삭였다. 나는 그 말을 엿듣고 온몸에 전율이 일었다.

에릭은 다시 내게 시선을 돌리고 잠시 바라보았다. 이윽고 에릭은 목에 있던 사슬을 잡아 뜯었다.

"보석을…… 가지고 패턴 중앙으로 가. 들어 올려. 아주 가깝게 눈에 대. 그리고 안을 들여다 봐. 그 안이 일종의 장소라고 생각해. 그 안에 너 자신을 투사해. 실제로 가지는 않을 거야. 하지만 그런 느낌이 들 거야……. 그러면 보석 사용법을 알 수 있어……."

"어떻게……?"

나는 말을 하다 입을 다물었다. 에릭은 이미 보석을 어떻게 동조시키는

지를 가르쳐 주었다. 그 방법을 어떻게 알아냈는지 따위를 물어 에릭의 숨을 낭비할 수는 없었다.

하지만 에릭은 내 말을 알아듣고 간신히 이렇게 말했다.

"드워킨의 기록이…… 난로 아래…… 내……."

에릭은 다시 기침을 하며 경련을 일으켰고, 코와 입에서 피가 흘러나왔다. 에릭은 깊이 숨을 들이쉬고 눈을 부라리며 몸을 일으켜 앉았다.

"나만큼만 잘해 봐, 이 서출 놈아!"

에릭은 이렇게 말하고 내 품으로 쓰러지더니 피가 섞인 마지막 숨을 크게 내쉬었다.

나는 잠시 에릭을 안고 있다가 원래 자리에 눕혔다. 아직 눈을 뜬 채였기에 손을 내밀어 눈을 감겼다. 거의 무의식중에, 나는 두 손을 모아 이제는 생명을 잃은 보석 위에 올려놓았다. 지금 당장 보석을 에릭에게서 떼어내겠다는 생각은 들지 않았다. 나는 일어났고, 망토를 벗어 에릭에게 덮어 주었다.

뒤를 돌아보자 모두가 나를 보고 있었다. 낯익은 얼굴이 여럿 보였다. 그날 밤, 내가 사슬에 묶여 있던 만찬 자리에 있었던 자들이 여럿…….

아니, 지금은 그런 생각을 할 때가 아니었다. 나는 그 생각을 떨쳐 버렸다. 사격은 멈췄고, 가넬론은 부하들을 모아 대형을 짜고 있었다.

나는 앞으로 걸어갔다.

나는 앰버인들 사이를 지났다. 죽은 자들 사이를 지났다. 부하들 사이를 지나 절벽 가장자리까지 걸었다.

아래 골짜기에서는 전투가 계속되고 있었다. 기병들은 광포한 파도처럼 합류하고, 소용돌이치고, 후퇴했고, 보병들은 곤충처럼 여전히 떼 지어 있었다.

나는 베네딕트에게서 빼앗은 트럼프를 꺼내 베네딕트가 그려진 카드를 뽑았다. 카드는 희미한 빛을 냈고, 잠시 뒤 접촉이 이루어졌다.

베네딕트는 나를 추적했을 때 탔던, 붉은색과 검은색 얼룩무늬 말을 타고 있었다. 베네딕트는 이동 중이었고, 주변에서는 전투가 벌어지고 있었다. 베네딕트가 기병과 대결 중이라는 사실을 깨달은 나는 가만히 기다렸다. 베네딕트는 단 한마디만 말했을 뿐이다.

"기다려."

베네딕트는 칼을 두 번 재빨리 움직이는 것만으로 상대방을 처치했다. 이윽고 베네딕트는 말머리를 돌려 전투에서 빠져나오기 시작했다. 길게 늘어뜨린 말고삐로 고리를 만들어 오른팔 그루터기에 느슨하게 묶은 게 보였다. 베네딕트가 비교적 조용한 장소에 도착하기까지 10분 정도가 걸렸다. 이윽고 베네딕트가 나를 보았다. 베네딕트도 내 배경을 보며 내가 어디에 있는지 살피고 있었다.

내가 말했다.

"맞아, 언덕에 와 있어. 우리가 이겼어. 에릭은 전사했어."

베네딕트는 계속 나를 보며 내가 말을 하기를 기다렸다. 베네딕트의 얼굴에는 아무런 감정도 서려 있지 않았다.

"내가 소총병을 데려왔기 때문에 이긴 거야. 마침내 이곳에서 효과가 있는 폭발물을 발견했지."

베네딕트의 눈이 가늘어졌고, 곧 베네딕트는 고개를 끄덕였다. 폭발물이 무엇이며 그것을 어디서 구했는지 알아차린 듯했다.

"의논하고 싶은 일이 산더미 같지만 우선은 적을 처치해야겠어. 만약 접촉을 유지하고 있으면 소총병을 몇백 명 보내겠어."

베네딕트가 싱긋 웃으며 말했다.

"서둘러."

큰 소리로 가넬론을 부르자 겨우 몇 걸음 떨어진 곳에서 가넬론이 대답했다. 나는 가넬론에게 부하들을 일렬로 정렬시키라고 말했다. 가넬론은 고개를 끄덕이고는 부하들에게 가 큰소리로 명령을 내렸다.

부하들의 정렬이 끝나길 기다리며 내가 말했다.

"베네딕트, 다라가 여기 와 있어. 네가 아발론에서 말을 타고 이곳으로 오는 동안 그림자를 통해 뒤를 쫓아온 거야. 난……."

베네딕트가 이를 드러내고 외쳤다.

"대체 네가 계속 말하는 그 다라가 누구야? 네가 말하기 전까지 난 그런 이름을 들어 본 적도 없어! 말해 봐! 정말 궁금하다고!"

나는 살짝 웃어 보였다.

나는 고개를 저으며 말했다.

"시치미 떼도 소용없어. 난 다 알고 있어. 다른 사람에게는 네게 증손녀가 있다는 말을 하진 않았지만 말이야."

베네딕트는 놀라서 무의식중에 입을 살짝 벌렸고 눈을 둥그렇게 떴다.

베네딕트가 말했다.

"코윈, 넌 미쳤든가 아니면 속았든가 둘 가운데 하나야. 내게 증손녀라니, 금시초문이야. 넌 누군가 내 뒤를 밟아 그림자를 통과했다고 했지만 나는 줄리앙의 트럼프를 통해 이곳에 왔어."

당연했다. 다라의 말을 들은 즉시 앞뒤가 안 맞는다는 사실을 깨닫지 못한 유일한 이유는 당면한 전투에 정신이 팔려 있었기 때문이다. 베네딕트는 전투가 벌어졌다는 사실을 트럼프를 통해 알았을 것이다. 순식간에 이동할 수 있는 수단이 있는데 구태여 먼 거리를 여행할 필요가 어디 있단 말인가?

내가 말했다.

"젠장! 다라는 지금 앰버에 있어! 베네딕트! 난 지금 당장 제라드나 케인을 불러와 네 쪽으로 부대 수송하는 걸 맡기겠어. 가넬론도 함께 갈 거야. 가넬론을 통해 병사들에게 명령을 내려."

나는 주위를 둘러보았다. 제라드가 귀족 몇 명과 이야기를 나누고 있었다. 나는 급히 급박한 목소리로 제라드를 불렀다. 제라드가 내 쪽으로 휙 고개를 돌려보더니 나를 향해 뛰어오기 시작했다.

베네딕트가 외쳤다.

"무슨 일이야, 코윈?"

"모르겠어! 하지만 뭔가 아주 이상해!"

제라드가 다가오자 나는 트럼프를 내밀며 말했다.

"내 병사들을 베네딕트에게 보내 줘. 랜덤은 궁전에 있어?"

"응."

"자유로운 상태야, 아니면 아직도 갇혀 있어?"

"자유로운 상태야. 어느 정도는. 근처에 감시병이 있을 거야. 에릭은 랜덤을 믿지 않으니…… 않았으니까."

나는 몸을 돌려 가넬론에게 외쳤다.

"가넬론, 여기 제라드가 시키는 대로 해 줘. 지금 자넬 베네딕트에게 보낼 거야. 저 아래쪽이야."

나는 그쪽을 가리키며 계속 말을 했다.

"부하들이 베네딕트 말을 따르도록 해 줘. 나는 지금 앰버로 가야 해."

"알았어."

가넬론이 대답했다.

제라드는 가넬론을 향해 갔고, 나는 다시 트럼프를 부채꼴로 펼쳤다. 나는 랜덤의 카드를 뽑아 정신을 집중했다. 그 순간, 마침내 비가 내리기 시작했다. 정신을 집중하자 거의 즉시 랜덤과 접촉이 이루어졌다.

랜덤의 모습이 살아 움직이자마자 내가 말했다.

"어이, 랜덤. 내가 누군지 알겠어?"

랜덤이 물었다.

"지금 어디야?"

"산에 와 있어. 이곳 전투는 방금 승리했고, 지금 골짜기의 잔당을 처치하도록 베네딕트에게 지원군을 보내고 있어. 난 네 도움이 필요해. 날 그쪽으로 데려가 줘."

"글쎄…… 코윈. 에릭이……."

"에릭은 죽었어."

"그럼 지금 누가 지휘하고 있지?"

"누구일 거 같아? 어서 날 그쪽으로 데려가 줘!"

랜덤은 재빨리 고개를 끄덕이고는 손을 내밀었다. 나는 손을 뻗어 랜덤의 손을 쥐었다. 앞으로 한 걸음 나아갔다. 이윽고 나는 안뜰이 내려다보이는 발코니에 랜덤과 함께 서 있었다. 난간은 흰 대리석이었고, 아래쪽에는 꽃이 별로 없었다. 우리는 2층에 있었다.

나는 비틀거렸고, 랜덤이 내 팔을 잡았다.

랜덤이 말했다.

"다쳤잖아!"

그제야 얼마나 지쳤는지 깨달은 나는 고개를 저었다. 지난 며칠 동안 거의 잠을 자지 못했다. 이런저런 일들 때문에…….

나는 피에 젖은 셔츠 앞자락을 내려다보며 내가 말했다.

"아니야, 그냥 지쳤을 뿐이야. 이건 에릭의 피야."

랜덤은 지푸라기 빛깔의 머리털을 쓸어 넘기며 입을 오므렸다.

"그럼 드디어 에릭을……."

랜덤이 조심스레 말했다.

나는 다시 고개를 저었다.

"아니, 내가 갔을 때 에릭은 이미 죽어 가고 있었어. 자, 날 따라 와! 서둘러! 중요한 일이야!"

"어디로 가는데? 무슨 일이야?"

"패턴으로. 왜냐고? 나도 확실하지는 않아. 하지만 중요한 일이라는 건 알아. 서둘러!"

우리는 궁전으로 들어가 가장 가까운 계단으로 갔다. 계단 앞에는 위병 둘이 서 있었지만 우리가 다가가자 앞을 막는 대신 차려 자세를 취했다.

계단을 내려가며 랜덤이 말했다.

"네 눈에 대한 이야기가 사실이라는 걸 알게 되어 기쁘군. 제대로 보여?"

"응, 넌 아직도 결혼한 상태라는 이야기를 들었어."

"맞아."

1층에 닿은 우리는 서둘러 오른쪽으로 갔다. 계단 끄트머리에도 위병 둘이 있었지만 우리를 막으려 하지는 않았다.

궁전 중앙을 향해 가며 랜덤이 되풀이해 말했다.

"맞아. 그 이야기를 듣고 놀랐지?"

"놀랐지. 난 네가 1년만 채우면 그만둘 줄 알았거든."

"그럴 생각이었어. 하지만 난 그 여자와 사랑에 빠지게 됐어. 진심으로."

"그보다 더 신기한 일들도 일어났으니까."

우리는 대리석으로 된 연회장을 가로질러 어둡고 먼지투성이인 좁고 긴 복도로 들어섰다. 마지막으로 이 길을 지났던 때를 생각하니 몸이 부르르 떨려 왔다. 나는 간신히 그 기분을 억눌렀다.

랜덤이 말했다.

"그 여자는 정말로 나를 좋아해. 내게 그렇게 잘해 준 사람은 처음이야."

"그런 말을 들으니 나도 기쁘군."

우리는 지하로 내려가는 긴 나선형 계단참으로 통하는 문에 도착했다. 문은 열려 있었다. 우리는 문을 지나 아래로 내려가기 시작했다.

나선형 계단을 서둘러 내려갈 때 랜덤이 말했다.

"나는 기쁘지 않아. 나는 사랑에 빠지고 싶지 않았어. 적어도 그때는 아니었어. 알겠지만, 우리는 결혼한 뒤 거의 감옥에 갇혀 있었어. 그런데도 그 여자는 전혀 싫어하는 기색이 없었어."

"그 일은 이제 끝났잖아. 넌 내 뒤를 쫓아와 에릭을 죽이려고 했기 때문에 감옥에 갇힌 거였잖아?"

"맞아. 그리고 내 아내가 날 따라 감옥에 왔지."

"그 일은 절대 잊지 않을게."

우리는 서둘러 아래로 내려갔다. 바닥까지는 멀었고, 조명이라고는 10미터 정도 간격으로 있는 호롱불이 전부였다. 그곳은 거대한 천연 동굴이었다. 이곳에 얼마나 많은 갈림길과 복도가 있는지 아는 사람이 과연 있을지 궁금했다. 이유야 어쨌든 간에, 아래쪽 지하 감옥에서 썩어 가고 있을 가엾은 사람들을 생각하니 돌연 연민의 정이 솟구쳤다. 나는 죄수 모두를 석방하든가 아니면 좀 더 나은 대우를 해 주기로 결심했다.

한참 시간이 흘렀다. 아래쪽에서 횃불과 호롱불이 깜박였다.

내가 말했다.

"젊은 여자가 하나 있어. 이름은 다라야. 그 여자는 자기가 베네딕트의 증손녀라고 하며 그 말을 믿을 만한 증거들을 내게 보였어. 난 다라에게 그림자, 현실, 패턴에 대한 이야기를 약간 해 줬어. 다라는 그림자를 지배하는 힘이 약간 있었고, 무척이나 패턴을 걷고 싶어 했어. 내가 마지막으로 다라를 보았을 때, 다라는 이곳으로 가고 있었어. 그런데 베네딕트는 다라가 자기 증손녀가 아니라고 하더군. 갑자기 나는 두려워졌어. 나는 다라가 패턴을 걷지 못하게 하고 싶어. 대신 잡아서 신문을 하고 싶어."

"묘하군. 나도 네 말에 동의해. 지금 거기 있을 거라고 생각해?"

"지금 없다면 곧 올 거야."

마침내 우리는 바닥에 도착했고, 나는 그늘진 곳들을 지나 목표로 하는 터널을 향해 달음질쳤다.

"기다려!"

랜덤이 외쳤다.

나는 달음질을 멈추고 뒤돌아보았다. 랜덤이 어디 있는지 파악하기까지는 약간 시간이 걸렸다. 랜덤이 계단 뒤로 가 있었기 때문이다. 나는 랜덤에게 갔다.

이유를 묻고 싶었으나 굳이 입을 열어 물을 필요도 없었다. 랜덤은 턱수염을 기른 건장한 사내 옆에서 무릎을 꿇고 있었다.

랜덤이 말했다.

"죽었어. 아주 얇은 칼이야. 멋진 솜씨군. 방금 당했어."

"서둘러!"

우리는 터널로 달려가 안으로 들어갔다. 우리 목적지는 일곱 번째 갈림길에 있었다. 그곳으로 다가가며 나는 그레이스 원더를 뽑았다. 금속으로 보강된 검고 거대한 문이 살짝 열려 있는 게 보였기 때문이다.

나는 문 안으로 뛰어 들어갔다. 랜덤도 내 바로 뒤를 따라왔다. 거대한 방의 바닥은 검정색이었고 마치 유리처럼 매끄러워 보였지만 미끄럽지는 않았다. 그 위에서 패턴이 불타올랐으며, 그 안의 복잡한 곡선으로 된 미로가 어렴풋이 반짝였다. 길이는 약 150미터 정도였다. 우리는 패턴 가장자리에 멈춰 서서 패턴을 살펴보았다.

누군가 그 안에서 걷고 있었다. 패턴을 볼 때면 늘 느끼곤 하는 따끔따끔한 냉기가 느껴졌다. 다라일까? 그 주위로 분수처럼 끊임없이 뿜어 나오는 불꽃 때문에 패턴 안에 있는 이가 누구인지 알아보기 어려웠다. 누구이든 간에, 왕족임이 분명했다. 왕족이 아닌 자가 패턴을 걸으면 죽는다는 것은 모두가 알고 있는 사실이다. 게다가 저 인물은 이미 그랜드 커브를 지나 마지막 베일을 향해 접어들고 있었다.

불타오르는 형체는 움직이며 그 모습을 바꾸는 듯했다. 잠시, 내 모든 감각은 잠재의식에서 흘깃 본 광경들이 의식 영역으로 올라오려는 것을 계속해 거부했다. 그러나 랜덤이 숨을 헐떡이는 소리가 들렸고, 이로 인해 내 무의식의 댐이 무너졌다. 수많은 인상들이 내 마음속으로 홍수처럼 밀려 들어왔다.

언제나 비현실적으로 보이는 이 방에서 그것은 까마득히 솟구치는 것처럼 보였다. 그러고는 점차 줄어들었고, 거의 보이지 않을 정도로 작아졌다. 한순간 그것은 날씬한 여인처럼 보였다. 다라이리라. 이글거리는 불빛을 반사해 밝게 보이는 머리털은 물결처럼 하늘거렸고, 정전기 때문에 탁탁 소리를 냈다. 이윽고 그것은 머리털이 아니라 넓은 이마처럼 보이는 곳에 난, 호를 이루며 휘어진 거대한 뿔이 되었고, 그 소유자는 비틀어진 다리의 발굽을 움직여 이글거리는 길을 어렵사리 나아가고 있었다. 그다음에는 뭔가 다른 것이…… 거대한 고양이…… 얼굴 없는 여인…… 반짝이는 날개를 가진, 말로 표현할 수 없을 정도로 아름다운 것…… 재로 된 탑…….

내가 외쳤다.

"다라! 거기, 너야?"

내 목소리가 메아리 쳤다. 저기 보이는 형체가 누구든 또는 무엇이든 간에, 지금 그 형체는 마지막 베일과 힘겨운 싸움을 벌이고 있었다. 그 노력에 나도 모르게 공감한 나머지, 내 근육도 바짝 긴장했다.

마침내 그 형체가 베일을 통과해 나아갔다.

그랬다. 저건 다라였다! 늘씬하고 위엄이 있었다. 아름다운 동시에 끔찍했다. 다라의 모습은 내 마음을 갈기갈기 찢어발겼다. 환희에 젖어 두 팔을 번쩍 치켜 올렸으며, 입술 사이로는 비인간적인 웃음소리를 흘렸다. 시선을 돌리고 싶었지만 꼼짝할 수도 없었다. 내가 정말로 저것과 껴안고 애무하고 사랑을 나누었단 말인가? 저것하고? 나는 지금까지 한 번도 느껴 보지 못한 혐오감과 유혹을 동시에 느꼈다. 나를 압도하는 이 상반된 감정을 도무지 이해할 수 없었다.

이윽고 다라가 나를 보았다.

웃음소리가 그쳤다. 달라진 다라의 목소리가 울려 퍼졌다.

"코윈 왕자여, 이제 당신은 앰버의 군주인가?"

나는 간신히 답을 찾아냈다.

"사실상 그렇지."

"좋아! 그렇다면 그대는 자신의 네메시스*를 보라!"

"넌 누구지? 넌 무엇이지?"

"그대는 절대 알지 못하리라. 이제 때가 늦었다."

"무슨 말인지 못 알아듣겠군. 무슨 뜻이지?"

"앰버는 멸망할 것이다."

그리고 다라는 사라졌다.

랜덤이 말했다.

"제길, 대체 저건 뭐야?"

나는 고개를 저었다.

"모르겠어. 정말로 모르겠어. 그리고…… 저게 무엇인지 알아내는 것이야말로 세상에서 가장 중요한 일이라는 느낌이 들어."

랜덤이 내 팔을 쥐며 말했다.

"코윈, 저 여자, 또는 저건 진심으로 그렇게 말했어. 그리고 진짜 그렇게 될 수도 있어."

나는 고개를 끄덕였다.

"알아."

"이제 어쩔 생각이야?"

나는 그레이스 원더를 칼집에 넣고 문으로 돌아갔다.

내가 말했다.

"뒷정리를 해야지. 이제 늘 원하던 걸 손에 넣었으니 그걸 잘 간직해야 해. 그리고 우리에게 다가오는 걸 멍하니 뒷짐 지고 앉아 기다리고만 있을 생각은 없어. 그것이 앰버에 오기 전에 내가 먼저 찾아 막을 거야."

랜덤이 물었다.

"어디로 가면 그걸 찾을 수 있는지 알아?"

---

* 그리스 신화에 나오는 복수의 여신.

우리는 터널을 나왔다.

내가 말했다.

"검은 길 끝에 있을 거라고 생각해."

우리는 동굴을 지나 시체가 있는 계단으로 갔고, 그 위의 어둠 속을 빙글 빙글 돌며 계단을 올라갔다.

(2권 끝)